AF282474

Gabriele Wibmer

Familie
Marx und Mauritz

Roman

Bibliografische Information der Deutschen Nationalbibliothek: Die Deutsche Nationalbibliothek verzeichnet diese Publikation in der Deutschen Nationalbibliografie; detaillierte bibliografische Daten sind im Internet über dnb.dnb.de abrufbar.

© Copyright: 2025 Gabriele Wibmer
1. Auflage
Lektorat/Korrektorat: Jacqueline Wibmer
Umschlaggestaltung: Ernst Zahlmeir (Foto: iStock)
Verlag: BoD · Books on Demand GmbH, In de Tarpen 42,
22848 Norderstedt, bod@bod.de
Druck: Libri Plureos GmbH, Friedensallee 273, 22763 Hamburg
ISBN: 978-3-7597-8407-0

Für meine Familie

Donnerstag, 19. Januar
Das Skript

Der Verlag hat mein Skript zurückgeschickt. Zu langweilig, zu langatmig und nicht authentisch. Was heißt hier nicht authentisch? Es ist ein Roman! Wer oder was soll hier authentisch sein? Ich als Person? Mein Schreibstil?

Dazu möchte ich nur so viel sagen: Wenn sie mich authentisch sein ließen, würde ich keine Liebesromane schreiben; jedenfalls nicht mehr – und allen Beteiligten bliebe dieses Drama erspart. Aber das will ja keiner wissen. Einmal Autorin von Liebesromanen, immer Autorin von Liebesromanen. So ist das.

Worüber wollen Sie denn schreiben, Frau Marx? Über die Emanzipation der Frau? Über Gewalt in der Ehe? Über die Folgen des Klimawandels? Über das Schicksal von Geflüchteten? Über Missbrauchsopfer? Aber nein, Frau Marx, darüber schreiben andere. Da lassen Sie mal schön die Finger davon.

Langsam scrolle ich durch die von mir mühevoll geschriebenen 375 Seiten Liebesroman. Die Kommentare der Lektorin am rechten Seitenrand meines Laptops starren mich fratzenhaft an – wie kleine, geschnitzte Larven sehen sie aus; in ihrer Vielzahl erschreckend, hinterhältig und unheilverkündend.

Und so kann ich im Moment beim besten Willen nicht sagen, welches meiner Gefühle überwiegt: das Entsetzen, die Enttäuschung oder die Wut?

Es ist eindeutig die Wut! Ich bin drauf und dran, meinen

neuen Roman (noch ohne Titel) samt Laptop aus der geschlossenen Balkontür in den vorbeifließenden Fluss zu werfen.

Da mir durchaus bewusst ist, dass der Januar zu den kältesten Monaten des Jahres zählt und ein Durchlöchern der Glastür für empfindliche Kälte in meinen »heiligen Hallen« sorgen wird, bekommt nun mein Agent, der Überbringer der schlechten Nachricht, meinen – nennen wir es einmal temperamentvollen – Zorn ab. Thomas ist übrigens auch der Meinung, mein Genre sollte im Bereich des Verliebtseins angesiedelt sein, was mich grundlegend ihm gegenüber in eine latente Reizbarkeit versetzt.

Thomas hört sich meinen ungehaltenen Ausbruch am Telefon ruhig an; jedenfalls das, was er meint, sich davon anhören zu müssen. Dann, als ich eine kurze Pause einlege, um meine Lungenflügel mit frischem Sauerstoff für ein erneutes, verbales Ausatmen meines Zorns, meiner Empörung, meines »Ich-habe-es-doch-gleich-gewusst« zu versorgen, grätscht Thomas geschickt dazwischen. Er spricht mit mir wie mit einem trotzigen Kind, das die Schokolade an der Supermarktkasse nicht bekommt und sich nun zu einem lautstarken Sitzstreik zwischen Einkaufswagen und Süßigkeiten auf den Boden platziert.

»Meine liebe Isabelle, dein Buch hat das Potenzial zum Bestseller! Du bist eine geniale Schriftstellerin, eine Künstlerin der Worte. Nur einige Stellen müssen eben noch einmal ein klein wenig geändert werden. Das ist doch kein Problem für dich! Ich stehe dir auch gerne jederzeit mit meinem Rat zur Seite. Das weißt du doch! Also, wozu die ganze Aufregung, meine Liebe? Wir schaffen das!«

Das mag auf den ersten Blick sehr fürsorglich erscheinen, heißt aber im Klartext nichts anderes als: Korrigiere gefälligst deinen Text im Sinne des Verlags, und wenn der Verlag meint, dass alles komplett umgeschrieben werden muss, dann schreibe alles komplett um! Und lasse nicht im Entferntesten den Gedanken aufkommen, mir mit deinem Unmut, deiner Unlust, deinem Unvermögen meine Provision zu ruinieren! Da werde ich sehr, sehr ungemütlich. Das kannst du mir glauben!

Wenn es ums Geld geht, vergisst Thomas gerne mal unsere jahrzehntelange Freundschaft, da ist er dann nur noch Geschäftsmann. Im Übrigen entbehrt sein kaufmännisches Denken jeglicher Kreativität, denn irgendwo habe ich dieses »Wir schaffen das« schon einmal gehört …

Dienstag, 31. Januar
Glaubenssätze

Die letzte Woche ist zäh wie Honig dahingeschlichen. Genau genommen sind fast zwei Wochen ohne nennenswerte Neuerungen in meiner Einstellung zu meinem Roman sowie ohne nennenswerte Änderungen in meinem Roman verstrichen. Es ist nun wirklich an der Zeit, mich mit dem Thema Korrektur zu befassen respektive ein ausgeklügeltes Motivationsprogramm zu entwickeln.

Meine Freundin Tessa, begeisterte Hobbypsychologin, die mich gerne als Probandin für ihre Studien heranzieht, sagt, man müsse sich ständig selbst reflektieren. Seine Stärken und seine Schwächen herausarbeiten. Seine Vorlieben, seine Abneigungen kennen. Positive Glaubenssätze verfassen. Und ein Ziel vor Augen haben. Ganz wichtig. Nur mit einem klar definierten Ziel kann man erfolgreich sein! So sagt das Tessa.

Tessas Ziele sind offensichtlich nicht immer klar definiert, denn die einzigen konstanten Komponenten in ihrem Leben sind die berufliche Erfolglosigkeit (sie arbeitet für eine Zeitarbeitsfirma mit Einsätzen in vielen unterschiedlichen Firmen ohne Aussicht auf eine Festanstellung) und andere Dramen (Beziehungen). Diese Dramen zelebriert Tessa in stundenlangen Telefonaten mit mir, wonach es ihr dann besser geht, meine Stimmung aber auf den Nullpunkt absinkt. Manchmal nehme ich ihren Anruf erst gar nicht entgegen, wenn ich ihren Namen im Display sehe. Was, du hast angerufen? Keine Ahnung, warum mir deine Nummer nicht angezeigt wurde. Das tut mir echt leid. Wirklich ganz blöd, diese Technik. Natürlich fragt Tessa, warum allen anderen ihre Anrufe anzeigt werden, nur mir nicht? Ich zucke dann hilflos die Schultern.

Aber es geht jetzt nicht um Tessas Problematik, sondern um ein vernünftiges Definieren meines Ziels. Was ist überhaupt mein Ziel? Wieder ein Buch auf einer Bestsellerliste zu haben? Hm. Ja, sicherlich. Aber mit diesem Buch wird das nichts. Die ganze Mühe wird umsonst sein. Könnte Tessa meine Gedanken hören, würde sie ihr Gesicht verziehen, als hätte sie auf rohen Ingwer gebissen. Man muss an etwas glauben, man muss etwas wirklich wollen, man muss dafür brennen, sagt Tessa.

Ich höre nochmals in mich hinein und stelle fest, dass da nichts brennt, dass ich nicht die geringste Lust habe, mein Skript nach den Vorstellungen des Verlags umzuschreiben. Dass ich noch nicht einmal willens bin, mir die Anmerkungen der schlauen Lektorin genauer anzuschauen. Ich hole mir erst noch eine Tasse Kaffee … Danach fällt es mir sicherlich leichter, das Problem in einem anderen Licht zu sehen …

Ich nippe an meinem Kaffee, schaue aus der Balkontür auf den Fluss und kreiere positive Glaubenssätze:

Ich will wieder erfolgreich sein! Ich werde wieder erfolgreich sein! Ich arbeite kreativ! Ich arbeite strukturiert! Ich arbeite konsequent! Ich bin eine geniale Schriftstellerin! Ich werde Verben und Adjektive auf und ab sausen lassen wie die Enten, die gerade auf den Wellen des Flusses an mir vorüberschießen! Ich werde eine Domina der Worte sein! Ich werde meinen Roman auf die Bestsellerlisten dieser Welt peitschen …

Mittwoch, 1. Februar
Neuanfänge

Welch sonderbare Glaubenssätze habe ich gestern produziert? War da was im Kaffee?

Bin sehr früh aufgestanden, denn heute beginnt ein neuer Monat und ich beginne mit der Realisierung meines neuen Projekts: Umschreibung des Skripts nach den Wünschen des Verlags. Aber erst einmal etwas mehr Kaffee (stelle nach inzwischen zwei geleerten Tassen weder Sonderbares am Kaffee noch an meinem Denken fest) und noch etwas Selbstreflexion.

Ich mag Neuanfänge; neue Tage, neue Wochen, neue Monate, neue Jahre. Ich mag neue Kleider, neue Schuhe, neue Handtaschen … Lassen wir das; das klingt nun doch sehr oberflächlich …

Neue Menschen kennenzulernen bereitet mir allerdings größere Schwierigkeiten. Eigentlich ist es so, dass sich für mich jeglicher menschliche Kontakt mit Unbekannten höchst diffizil gestaltet. Lesungen vor Publikum, Interviews mit Journalisten und die Anwesenheit auf Buchmessen fallen in die Kategorie: Ich will nicht sein, wo ich bin. Und: Ich will nicht sein, wer ich bin. Man könnte sagen, ich habe kein offenes Verhältnis zur Öffentlichkeit.

Einmal wurde ich von einem Radiosender eingeladen. Eine nette Moderatorin stellte mir nette Fragen und ich saß wie eine Erstklässlerin unbequem auf einer bequemen blauen Couch. Meine Eloquenz hatte ich bereits beim Betreten des Studios verloren, aber dass ich nun – damals tatsächlich mit meinem Buch auf einer Bestsellerliste – keinen vollständigen Satz ohne »äh«, »mmm«, »ähäm« und »im Prinzip« herausbrachte, war ein gar trauriges Hörspiel. Über die Fernsehinterviews möchte ich erst gar nicht sprechen, und ich möchte auch nicht daran erinnert werden!

Im Prinzip – kleiner Joke – genügt mir meine Familie. Mein geliebter Mann Jens, unsere vor wenigen Tagen zehn Jahre alt gewordenen eineiigen Zwillinge Tim und Tom (teilzeitgeliebt) und unsere bereits etwas in die Jahre gekommene, höchst eigenwillige weiße Perserkatze Happy (teilzeitgeliebt).

Happy (von Mann und Kindern eher nur geduldet) residiert in unserem Haushalt wie eine alte Diva. Nicht selten katapultieren sie ihre Gemütskapriolen in Sekundenschnelle vom Schmusekätzchen zur Raubkatze. Das endet dann für uns schon einmal mit blutigen Kratzern oder tiefen Abdrücken ihrer Fangzähne auf unseren Handrücken. Kinder betrachtet Happy als Lebewesen, die die Welt nicht braucht.

Tim und Tom sind aber der Ansicht, dass Kinder durchaus ein Tier brauchen. Das brachte Jens und mich letztes Jahr im Frühsommer zu langwierigen Überlegungen, welches weitere Haustier für uns überhaupt infrage käme, da Happy natürlich keine anderen Götter neben sich duldet. Wir entschieden uns, die unerfüllte Tierliebe der Zwillinge mit zwei flauschigen schwarzen Hasen zu stillen.

Jens baute für die Langohren in wochenlanger Heimarbeit an seiner Werkbank im Keller (mein Mann ist gern im Keller, wenn er zu Hause ist; zu viel Unruhe in den oberen Räumen) ein herrschaftliches Landhaus mit vier! Zimmern, zwei separaten Eingängen und vielen runden Türmchen auf dem Dach.

Unser vierbeiniger Landadel verfügt natürlich auch über ein angemessenes Stück Land, in dem bei noch sommerlichen Temperaturen die Hasen lustig herumhoppelten und die Zwillinge ausgelassen herumsprangen. Dann kam ein nebliger, nasser Herbst. Die Besuche bei den schwarzen Vierbeinern wurden weniger. Jetzt ist es Winter. Die Hasen verlassen ihr (inzwischen) mit Zeitungspapier verkleidetes und mit Stroh ausgepolstertes Domizil nicht mehr. Parallel verlassen auch die Zwillinge ihre Zimmer nicht mehr, um sich um die Hasen zu kümmern. Ich hoffe, es handelt sich nur um eine saisonale Unlust; es ist im Moment wirklich verdammt kalt da draußen.

Sunny, unser kanadisches Au-pair, hat kein Problem mit der Kälte, weshalb die winterliche Hasenfürsorge nun in ihren Aufgabenbereich übergegangen ist. Sunny ist, wie ihr Name bereits aussagt, ein Sonnenschein. Fröhlich, zuversichtlich und hilfsbereit. Leider viel zu jung, viel zu hübsch und viel zu schlank. Wie all die Sunnys vor ihr.

Seit ich als Autorin einen gewissen Bekanntheitsgrad erreicht habe, gehört auch meine Mutter zu meiner Familie. Ex-Fotomodell. Es gibt kein Gespräch, in dem sie vergessen würde, das zu erwähnen. Optisch könnten wir gleich alt sein; sie ohne Falten und Mimik; ich mit Falten und Mimik. Meine Mutter wurde mit siebzehn Jahren schwanger, wusste nicht, wer der Vater ihres Kindes sein könnte, und parkte mich gleich nach meiner Geburt bei ihren Eltern. Das endete dann für mich als Dauerparkplatz. Dafür danke ich ihr. Ansonsten gibt es nichts zu danken. Jedenfalls nicht von meiner Seite.

Tatsächlich ist es meiner Mutter gelungen, sich bis auf drei Besuche im Jahr (jeweils mit neuen Vätern für mich) und die obligatorische Reise auf die Kanaren in den

Pfingstferien (ebenfalls mit neuen Vätern, denen sie deutlich mehr Interesse entgegenbrachte als mir) komplett aus meinem Leben herauszuhalten.

Mutters Fokus lag und liegt ausschließlich auf ihrer Optik und auf Bekanntschaften mit Männern, die sie manipulieren kann. Ihre Enkelkinder behandelt sie, als hätten diese eine ansteckende Krankheit. Tim und Tom dürfen sie nicht mit »Oma« anreden, was meines Erachtens extrem albern von ihr ist. Meine Mutter heißt Klothilde! Dem ist nichts hinzuzufügen. Wenn Klothilde (sie nennt sich Cloé) ihre Enkelkinder, die sie natürlich heimlich »Oma Klo« nennen, zur Begrüßung flüchtig umarmt, hat man das Gefühl, dass sie lieber einen Schutzanzug tragen würde. Meinen Mann umarmt sie deutlich liebevoller. Ohne Schutzanzug.

Ich mag Zahlen. Jedenfalls, wenn man mich jünger als fünfundfünfzig schätzt und meinen Mann, der sieben Jahre jünger als ich ist, älter schätzt (ist noch nicht passiert). Ich mag Zahlen auf meiner Waage, wenn sie sich in der Abwärtstendenz befinden. Passiert auch relativ selten.

Könnte sein, dass es sich bei meinem Verhältnis zu Zahlen um ein eher selektives handelt. Ich verwechsle auch gerne Plus und Minus. Das ist auf Kontoauszügen erst einmal beruhigend, langfristig dann aber doch problematisch.

Obwohl ich Regeln und klare Strukturen in meinem Alltag präferiere (Tessa sagt, dass sich mein Eigenbild sehr vom Bild, das andere über mich haben, unterscheidet), stellt sich mein Terminkalender oftmals als verwirrendes Strickmuster dar (denke, ein Strickmuster könnte so aussehen, hatte noch mit keinem zu tun). Ich vergesse Geburtstage. Auch meinen eigenen, was aber auch nicht hilft, um mich jünger zu machen. Ich würde jeden Hochzeitstag verpassen, wenn mein Mann nicht bereits früh morgens mit einem riesigen Strauß roter Rosen vor mir stehen und mir sagen würde, dass er mich mit jedem Jahr, das er mit mir verbringen durfte, mehr liebt.

Na ja, in der Summe haben wir nicht so viele Jahre miteinander verbracht, denn Jens ist beruflich viel unterwegs. Sehr viel. Meine Mutter nennt ihn deshalb mit einem süffisanten Grinsen — soweit ein Grinsen in ihrem Botoxgesicht möglich ist — »Mrs Columbo« (womit sie sagen will, wozu ich einen Mann habe, wenn der nie anwesend ist) und Tessa spricht über »das Phantom« (womit sie sagen will, dass es besser ist, einen unsichtbaren Mann zu haben als gar keinen).

Manchmal übersehe ich Termine mit meinem Agenten Thomas (macht ihn sehr wütend) und Termine meiner Lesungen, was wiederum Thomas wütend macht, da er den Ärger mit den Inhabern der gebuchten Lokalitäten bekommt. Ich kann das nicht ändern; soll er mich doch am Tag davor anrufen und zwei Stunden vor Beginn des Termins nochmal, dann würde das vielleicht auch klappen. Er ist doch der Agent!

Bei der Zählung meiner Handtaschen unterläuft mir nie ein Fehler. Deren Anzahl kenne ich sehr genau. Egal, wie oft sich diese verändert (stetig ansteigend). Meine Handtaschen habe ich farblich, nach Stil und Materialien auf unterschiedlichen Etagen in einem Glasregal im Schlafzimmer angeordnet (um sie gleich nach dem Aufwachen sehen zu können, sagt mein Mann; das stimmt nicht!). Von meiner Freundin Tessa wurde ich einmal gefragt, ob mir meine Handtaschen oder meine Familie wichtiger wären? Was für eine Frage. Ich liebe Handtaschen!

Wenn ich jetzt so explizit über mich nachdenke, mag

es tatsächlich sein, dass ich nicht ganz so strukturiert bin, wie ich es gerne wäre; dass es mir sogar gelingt, Abläufe, die bereits eine Struktur haben, umzustrukturieren und diese in einem fast heillosen Chaos enden zu lassen. Dieses Chaos findet sich auch in meinen Romanen. Es erschreckt mich sehr, wenn die Handlungsstränge meiner Geschichte selbst für mich undurchsichtig werden. Und es kostet mich viel Zeit, diese Knoten wieder zu lösen, wobei es passieren kann, dass dabei die Geschichte eine ganz andere wird.

Apropos Schreiben und Organisation: Irgendwie hat sich soeben die Realisierung meines Projekts auf morgen oder besser noch auf nächsten Montag verschoben. Wenn Neubeginn, dann schon richtig!

Übrigens, Tessas Frage bezüglich meiner Handtaschen und meiner Familie finde ich ziemlich bescheuert. Da sprach wohl etwas Missgunst aus ihr. Sie ist ungewollt mann- und kinderlos, was sich jedes Jahr zur Weihnachtszeit zu einem Drama entwickelt. Aber das ist eine andere Geschichte.

Montag, 6. Februar
Dessous

Ich sitze an meinem Schreibtisch. Beim Überarbeiten meines Skripts. Es langweilt mich grenzenlos. Meine Augen sind mehr über dem Bildschirm als auf dem Bildschirm. Über dem Bildschirm sehe ich Erfreulicheres: Ein Schwanenpaar gleitet auf dem grauen, träge dahinfließenden Fluss; über dem Fluss ziehen Möwen ihre gefräßigen Kreise. Am gegenüberliegenden Ufer hohe schneebestäubte, blätterlose Bäume gefangen im Winterschlaf.

Aus meiner Sicht trennen mich vom Wasser nur ein kleiner Balkon, eine Glastür, mein Schreibtisch und mein Laptop, was mir das Gefühl gibt, Teil des Flusses zu sein: grau und träge. Und irgendwie auch Teil der Bäume: gefangen im Winterschlaf.

Happy liegt geräuschvoll vor sich hinträumend auf der altrosa Samtcouch. Ich kann weder Kopf noch Schwanz erkennen; ein weißes Fellbüschel auf einer altrosa Samtcouch.

Tim und Tom sind in der Schule und werden anschließend von Sunny abgeholt, um zum Klavierunterricht in den Nachbarort gefahren zu werden. Sunny, die eigentlich Suzanne heißt, paukt in einer Sprachenschule im Münchner Westen deutsche Vokabeln, deutsche Grammatik und die deutsche Aussprache. Dieses Konvolut der deutschen Sprache bietet für Sunny viel Raum an Kreativität, was aber keine große Rolle spielt, denn egal was sie sagt, so wie sie es sagt, klingt alles ausschließlich französisch.

Mein Mann hat sich heute sehr früh in Sachen Dessous auf den Weg nach Rom gemacht. Ich sehe gerade seine WhatsApp: »Bin gut angekommen. Die Models wieder sehr hübsch.« Dazu ein grinsender Smiley mit einem blauen Tropfen auf der Stirn ... Das ist sein Humor. Das findet er lustig. Ich finde das nicht lustig! Ich bin sicherlich dreißig Jahre älter und sicherlich dreißig Kilogramm schwerer als diese Hungerhaken! Und ich trage nicht Größe XXS; weder in Unterwäsche noch in sonst etwas! Bemerke gerade, dass ich dermaßen in Rage gerate, dass meine Wortwahl wie die Sunnys klingt – nur ohne ihren liebreizenden französischen Akzent.

Bin mir wegen der Bedeutung des Smileys auch nicht sicher: Steht er für nochmal gutgegangen? Oder will mein Mann einfach nur witzig sein? Aber im Endeffekt ist das auch völlig egal. Ich hadere, seit ich Jens kenne, mit seinem Beruf. Das ist doch kein Job, sich ständig mit schönen Frauen zu umgeben, seine Dessous an die Frau zu bringen. Welcher Mann arbeitet denn für eine Wäschefirma? Und welcher Mann reist mit diesen Spitzenteilchen in allen möglichen Farben und Formen, die so winzig klein sind, dass sie in eine Kinderfaust passen, ohne dabei herauszuschauen, durch die Welt? Und trifft dort auf die hübschesten Models, ebenfalls jeglicher Couleur, aber immer der gleichen Form: unsäglich dünn und unsäglich lange Beine in ihren unsäglich hohen High Heels. Halbnackig. In klitzekleinster Unterwäsche.

Ich habe keine langen Beine; wie denn auch mit einer Körpergröße von knappen 160 Zentimetern; das wäre nur möglich, wenn meine Beine direkt aus dem Hals wachsen würden. Absätze von zehn Zentimetern helfen natürlich etwas bei der Streckung meiner Beine, aber seien wir doch einmal ehrlich; das bringt mich nicht annähernd auf die von Natur aus gegebene Höhe der Models.

Mein Mann trifft nicht nur auf hübsche Models. Seine Reisen führen ihn auch in viele exklusive Wäscheboutiquen. Zu vielen – vielleicht nicht ganz so dünnen, nicht ganz so langbeinigen, aber dennoch außerordentlich hübschen – Wäschegeschäftsbesitzerinnen, mit denen er aus kleinen Tässchen Espresso schlürft, aus zierlichen Schälchen am grünen Tee nippt oder mit prickelndem Champagner seine Kehle benetzt. Das ist davon abhängig, in welchem Teil der Welt er sich gerade befindet und in welcher Sprache er gerade Komplimente über die Schönen dieser Welt ergießt. So stelle ich mir den Job meines Mannes jedenfalls vor.

Ich werde seine Nachricht erst einmal ignorieren und dann irgendwann irgendetwas Flapsiges mit vielen Grinse-Smileys zurückschicken. Wenn ich auf seine Nachricht so reagiere, wie er es meines Erachtens verdient, schiebt er (wie in den letzten zwanzig Jahren, seit wir uns kennen) alles auf meine Hormone. Das ist Blödsinn. Demnach hätte mein Denken über seinen Beruf in früheren Jahren unter ständigem PMS gelitten, was dann kurzfristig von einer hormongesteuerten Schwangerschaft unterbrochen, ohne nennenswerte Zeitverzögerung, direkt in die Wechseljahre übergegangen wäre.

Mein Mann bezirzt nicht nur die Frauen dieser Welt (angeblich ausschließlich beruflich) mit seinem Lächeln wie frisch aus der Zahnpastatube, sondern da sind eben auch noch die sieben Jahre Altersunterschied zu seinen Gunsten. Ich erachte die Kombination aus Reisen, attraktiven Frauen und Altersunterschied als bedenklich. Noch bedenkenswerter wird diese Konstellation, wenn ich wie gerade eben unzufrieden untätig an meinem Schreibtisch vor dem Fluss sitze, das unveränderte Skript mich vorwurfsvoll fixiert, während mein Mann in Rom auf einer von weißen Säulen umrandeten Terrasse in der Februarsonne sitzt, mit einem weltmännischen Grinsen Cappuccino schlürft und sich anschließend den Schaum von den Lippen leckt. Natürlich umringt von den hübschesten Frauen, die Mütter dieser Erde jemals geboren haben. So stelle ich mir sein Leben jedenfalls vor.

Jetzt bin ich schon irgendwie entnervt und habe noch gar nicht die Sprachnachricht meiner Mutter von heute Morgen abgehört …

Fortsetzung Montag, 6. Februar
Mutter

Sie hat es wieder geschafft. Meine Mutter. Sprachnachricht über WhatsApp in weinerlichem Tonfall: »Schätzchen (sie spricht alle Menschen mit Schätzchen an), es ist etwas Schreckliches passiert. Ruf mich bitte sofort an.«

Ich sehe meine Mutter blutüberströmt nach einem Unfall aus ihrem Wagen steigen und völlig verwirrt auf der Fahrbahn stehen … Ich sehe sie weinend über ihren derzeitigen Lebenspartner gebeugt, der nicht mehr atmet … Ich sehe sie die Arztpraxis mit einer Krebsdiagnose verlassen … Ich bin eine schlechte Tochter. Ich bin ein schlechter Mensch. Ich hätte sie vor Stunden zurückrufen sollen.

Als ich dann endlich mein Telefon zur Hand nehme, zittern meine Finger dermaßen, dass ich Jens' Handynummer erwische und meinen Mann anrufe. Dieser ist gleich hektisch alarmiert, dass den Kindern oder mir etwas zugestoßen sein könnte, da wir üblicherweise nur abends telefonieren. Nach Beruhigung meines Mannes und Sammlung meiner eigenen Kräfte erreiche ich tatsächlich meine Mutter. Bereits ihr »Hallo«, das sie lasziv in den Hörer haucht, klingt eher nach Sexhotline als dramenbehaftet. Dennoch frage ich sie angsterfüllt, was passiert sei.

»Die Welt ist so ungerecht, so gemein«, sagt sie.

Ich bemerke, dass aus dieser Anklage bereits das eine oder andere Glas Wein spricht, sage nichts dazu und lasse sie weitersprechen. »Es ist so furchtbar …«

Ich höre ein leises Quietschen beim Öffnen der Kühlschranktür, dem ein dumpfes Gluckern beim Befüllen ihres Glases folgt.

»... so furchtbar schrecklich«, sagt sie nun mit tränenerstickter Stimme. Dann mehrere Schlucke aus dem Weinglas und Schweigen. Mein Gott, sie hat doch Krebs!

»Mutter, was ist so schrecklich?«, frage ich nun schon fast panisch.

Meine Mutter zieht ganz undamenhaft die Nase hoch und mit brüchiger Stimme sagt sie: »Dass mir das Leben so etwas antun konnte. Das habe ich nicht verdient.«

Ich höre ein erneutes Quietschen sowie ein erneutes Gluckern. Wie kann das Glas denn schon wieder leer sein?

»Mutter, was ist los mit dir?«

Und dann trinkt meine Mutter noch einen großen Schluck Weißwein (ich kenne keine andere Flüssigkeit, die sie zu sich nehmen würde; bei einer Schnittverletzung blutet sie sicherlich Weißwein) und sagt diesmal mit fester, lauter Stimme: »Die wollen, dass ich Werbung für Blasenschwäche mache. Die sagen, dass es für mich sonst keine Angebote mehr gäbe. Die sagen, dass ich ein Alter habe ...«

Sie bricht ab, kurzes Schweigen, dann schreit sie in das auf Lautsprecher gestellte Telefon, das nun erschüttert auf unserem neuen Designer-Couchtisch vibriert: »Denken diese Arschlöcher denn, ich bin zu nichts anderem mehr in der Lage, als mir in die Hose zu pinkeln?«

Ups. Erst einmal tief durchatmen. Sich nicht über Mutter aufregen. Dann etwas finden, was das Gute im Schlechten sein könnte und Mutter mit diesen positiven Argumenten (unter Beachtung von Tessas psychologischen Studien) überzeugen ...

Finde nichts, womit ich Mutter überzeugen kann;

befürchte, sie wird noch zorniger, wenn ich etwas Gutes finde … Bin froh über jegliche Schadensbegrenzung: Kinder sind beim Hallenfußballtraining (hoffe jedenfalls, sie sind dort und stellen keinen anderen Unfug an); das heißt, sie können das peinliche Geschrei ihrer Großmutter, das wie giftige Pfeile durch unser (meist) friedliches Wohnzimmer schießt, nicht hören …

Im Übrigen muss ich zu Mutters Drama im Moment auch keine Stellung beziehen, denn sie ist nun dermaßen in Rage, dass sie ihrem Zorn auf die Castingleute, auf das Alter, auf die Menschheit insgesamt und die ganze Welt obendrein unter Anwendung übelster Schimpfwörter freien Lauf lässt. Es scheint, als hätten meine Großeltern nur bei mir auf eine gute Ausdrucksweise geachtet …

Ich stelle die Lautstärke des Telefons leiser. Nach zwanzig Minuten, in denen ich die Wocheneinkaufsliste verfasst und den Terminkalender für morgen gecheckt habe, ist das Thema Ungerechtigkeit und Blasenschwäche für mich erledigt und ich schalte mein Handy einfach aus … Zur Sicherheit ziehe ich auch den Stecker vom Festnetz. Ich bin eine schlechte Tochter!

Freitag, 17. Februar
Big Brother

Ein wirklich schöner Tagesbeginn im Hause Marx und Mauritz. Meine Mutter hat sich bisher nicht wieder gemeldet. Scheint beleidigt zu sein. Oder peinlich berührt wegen der Kreativität ihrer Wortwahl. Denke aber, dass es kaum etwas gibt, was meiner Mutter peinlich ist.

Mein Mann befindet sich nach einigen Tagen, in denen er meine häusliche Organisation völlig auf den Kopf gestellt hat (Pappa ante portas), wieder auf Reisen. In Tokio. Für neun Tage. Das müsste reichen, um erneut Ordnung in das Chaos zu bringen.

Die Kinder und das Au-pair sind in ihren jeweiligen Instituten gut verräumt. Ich befasse mich nicht lange mit meinem zu korrigierenden Skript, werfe mich in Daunenmantel und Boots und spaziere im frühen winterlichen Sonnenschein am Flussufer entlang. In der Bäckerei am Hauptplatz kaufe ich fünf (warum eigentlich fünf?) Faschingskrapfen. Lecker! Viel zu lecker, denn ich belasse es dann nicht bei dem einen für mich angedachten Krapfen, sondern esse noch einen zweiten und schließlich verlässt mich jeglicher Anstand und ich vergreife mich noch an einem dritten Krapfen. Und das alles auf dem Nachhauseweg!

Wieder zu Hause wird mir bewusst, dass zwei Krapfen für Tim, Tom und Sunny ein rechnerisches Ungleichgewicht ergeben, was mich dazu veranlasst, das klebrige Gebäck mit Zuckerguss und Marmeladenfüllung in sechs gleiche Teile zu zerschneiden. Leider sieht der dabei entstandene maisgelbe Matschbrei nicht mehr sehr appetitlich aus. Stelle alles einfach einmal in den Kühlschrank und sage nichts dazu.

Inzwischen aber hat sich das fehlende Gebäckstück zu meinem kleinsten Problem entwickelt. Ich überlege gerade ernsthaft, während Thomas auf meine Antwort wartet, ob ich mir ein Glas Schnaps einschenken soll, wobei ich denke, dass Schnaps auch nicht helfen wird. Vielleicht einige Tropfen Klosterfrau Melissengeist. Denn mir ist gerade grauenhaft schlecht, was natürlich auch an den drei Krapfen liegen kann.

»Bist du noch dran?«, fragt Thomas, als er nichts von mir hört.

Natürlich bin ich noch dran, sage aber nichts, weil ich erstens nicht weiß, was ich sagen soll, und mir zweitens ernsthafte Gedanken um Thomas' Geisteszustand mache; und in diesem Zusammenhang auch um mein weiteres Leben. Wie kann er auf eine solche Idee kommen? Wie kann er so ignorant, so gedankenlos, fast schon boshaft sein? Er kennt mein nicht offenes Verhältnis zur Öffentlichkeit zur Genüge. Er kennt mich zur Genüge. Schließlich haben wir fast ein halbes Leben miteinander verbracht (das ist in unserem Alter viel Zeit). Meist beruflich, aber auch als Freunde. Gute Freunde. Von seiner Seite viele Jahre mit dem Wunsch nach einer Beziehung mit mir. Na ja, bis zu dem Tag, als ich Jens kennenlernte und wusste, dass er der Mann ist, mit dem ich mein Leben verbringen will. Schonend und geschickt verpackt wollte ich Thomas beibringen, dass sich von nun an mein Leben und somit unsere enge Freundschaft verändern würde. Und dann ging die Fantasie mit mir durch.

Ich erzählte Thomas von einer Kartenlegerin, die mir prophezeit hätte, ich würde einen geschiedenen Mann ohne Kinder kennenlernen (was auf Jens zutraf) und mit diesem Mann den Rest meines Lebens verbringen. Leider war mir dabei entgangen, dass auch Thomas geschieden und kinderlos war. Und so führte die behutsame Interpretation der imaginären Tarotkarten einige Tage später zu einer herben Enttäuschung für Thomas; als er angetan mit einem Strauß roter Rosen vor meiner Wohnungstür stand – ich im Negligé öffnete und Jens aus der Küche rief, wie ich mein Frühstücksei haben wolle.

Aber das ist lange her.

»Isabelle?«

»Nein, niemals!«, sage ich bestimmt, während die kommenden Wochen und Monate meines Lebens wie düstere Episoden aus einem verstörenden Horrorfilm an mir vorüberziehen.

»Isabelle, ich weiß, dass das schwierig für dich ist. Ich würde dich nicht dazu drängen, wenn mich nicht der Verlag drängen würde.«

Aha, nun sind wir wieder so weit: Ich soll etwas tun, was ich nicht will, und Thomas muss das trotzige Kind von seinem Sitzstreik zwischen Einkaufswagen und Schokolade erlösen. Der Verlag ist böse. Sehr böse. Thomas ist gut. Er will mich retten und verspricht mir so viel Schokolade, wie in meinen Magen passt …

»Ich sehe einfach keine andere Möglichkeit. Du brauchst Präsenz. In allen Medien. Auch im Fernsehen. Die Zeit ist schnelllebig. Wer von den neuen Leserinnen kennt noch eine Isabelle Marx? Du hast einfach zu lange nichts geschrieben. Und deshalb gehen auch die Zahlen deiner Buchverkäufe enorm zurück.«

»Ah, so ist das. Keiner kennt mich, ich verkaufe keine Bücher und nun habe ich Schrott geschrieben«, lamentiere ich. »Aber es ist nicht meine Schuld. Der Verlag wollte einen Liebesroman von mir, der auch vor dreißig Jahren spielen hätte können. So haben sie es gesagt, so hast du es gesagt und so habe ich meinen Roman geschrieben. Eine smartphonefreie Zone. Was wollt ihr alle nur von mir? Sollen nun meine von der modernen Welt so glücklich verschonten Protagonisten über Facebook, Instagram und WhatsApp kommunizieren?«

»Was redest du da, Isabelle? Natürlich nicht. Das ist doch gar nicht der Punkt.«

Ich weiß sehr wohl, dass das nicht der Punkt ist, aber die Fakten, die Thomas soeben geschaffen hat, erschüttern mich dermaßen, dass ich lieber einen Nebenkriegsschauplatz errichte, um die Realität nicht kommentieren zu müssen. Einfach die Augen zusammenkneifen, die Fäuste ballen und dann aufwachen aus diesem Albtraum … Ausschließlich das fällt mir dazu ein …

Thomas wartet kurz, ob ich etwas zu sagen habe, aber ich habe nichts mehr zu sagen. Vielleicht werde ich nie wieder sprechen. Einfach stumm bleiben. Ein Leben lang. Einfach so.

»Es geht um deine Wiederauferstehung in den Medien. Das hat doch mit deinem neuen Roman nichts zu tun. Es geht um Marketing. Wir vermarkten dich und dein Leben! Dich und die Familie Marx und Mauritz im Reality-TV! Das wollen die Menschen sehen! Die Zuschauer werden dich lieben! Die Nachfrage nach deinem neuen Buch wird so groß sein, dass die Druckereien nicht mehr hinterherkommen!«

Thomas unterbricht seinen Wortschwall. Wahrscheinlich erschreckt er sich gerade selbst darüber, was er da von sich gibt. Ich sage nichts.

Werde nicht nur in diesem Leben nicht mehr sprechen; auch im nächsten nicht. Werde als Ameise wiedergeboren. Ameisen sprechen nicht. Fleißig und tonlos werde ich mein Tagwerk vollbringen ... auch auf die schabenden Geräusche der Beine, die Ameisen angeblich zur Verständigung erzeugen, werde ich verzichten ... völlig geräuschlos werde ich Tannennadel um Tannennadel auf den wachsenden Ameisenhaufen schaufeln ...

»Es ist sinnlos, das jetzt am Telefon zu diskutieren. Ich bin gleich bei dir. Dann trinken wir eine Tasse Cappuccino und reden in Ruhe. So hätten wir das von Anfang an machen sollen.«

Ein Cappuccino hat mich noch nie beruhigt. Eher vier Stück Prinzregententorte. Eine Dreihundertgramm-Tafel Schokolade mit ganzen Nüssen. Eine Neunerpackung von den superdicken Schaumküssen. Oder soll ich den maisgelben Matschbrei aus dem Kühlschrank noch aufessen? Aber eigentlich ist mir ja bereits schlecht ... und da klingelt es auch schon an der Tür.

Das ist verwunderlich, denn Thomas kann nicht aus dem siebzig Kilometer entfernten München in weniger als drei Minuten angereist sein (das schafft selbst er nicht; auch nicht mit seinem Angeber-Porsche). Wahrscheinlich stand er die ganze Zeit vor meiner Terrassentür und hat mich beobachtet, wie ich in stummem Entsetzen die Wände angestarrt und mich in Ameisenfantasien ergangen habe ... Im Übrigen habe ich nicht gesagt, dass Thomas vorbeikommen soll ...

Und dann sind wir in meinen »heiligen Hallen« (spöttelnde Bezeichnung von Jens für mein kleines Schreibzimmer im Dachgiebel, das niemand ohne meine ausdrückliche Genehmigung betreten darf). Ja, es gibt für mich einen Ort der Ruhe und der Stille … und der ausschließlichen Harmonie, wobei ich mir die Harmonie meist nur in meinen Romanen zurechtschreibe.

Wir sitzen nebeneinander auf der altrosa Samtcouch. Thomas' halbvolle Cappuccino-Tasse steht vor ihm auf dem Marmortischchen. Im Inneren seiner Tasse bildet sich ein hellbraunes Muster aus Milch und Kaffee. Ich könnte schwören, das Muster sieht wie der Teufel persönlich aus. Ich trinke keinen Cappuccino. Bin noch mit der Überlegung beschäftigt, einige Tropfen Klosterfrau Melissengeist zu mir zu nehmen. Für die Nerven und gegen die Übelkeit.

Thomas beteuert währenddessen, dass er nur das Beste für mich will. Und das Beste für sich; das sagt er aber nicht. Meine Argumente, ich könne das meinen Kindern, meinem Mann, meiner Katze und meinem Au-pair nicht antun, sind für ihn keine Argumente. Kurzfristig denke ich daran, noch die Hasen und meine Mutter anzuführen, aber davor schrecke dann selbst ich zurück.

Natürlich sind für Thomas die Filmaufnahmen, die in einer dreiteiligen Miniserie über mein Leben zu mehr Berühmtheit (für mich) und mehr Reichtum (für ihn) führen sollen, eine beschlossene Sache, an der es nichts zu rütteln gibt. Und das, obwohl er meine Auftritte in der Öffentlichkeit persönlich miterlebt hat, mit eigenen Augen gesehen und eigenen Ohren gehört hat, wie diese mehr oder weniger im Desaster endeten; meistens mehr. Eine irreversible Notwendigkeit für den Erfolg meines neuen Buches sei diese Serie, sagt Thomas. Wie naiv von mir zu denken, ich könnte meine Leserschaft mit meinem schriftstellerischen Können überzeugen …

Nachdem ich mich nicht weiter mit der furchteinflöß-
enden Filmerei beschäftigen will, rege ich mich über die
Umschreibung meines Skripts auf. Thomas sieht das natürlich nicht als Schikane, sondern als Vertrauensbeweis
des Verlags.

»Möchtest du wirklich, dass irgendjemand dein Manu-
skript umschreibt und es gnadenlos kürzt? Bei deinem letzten Buch bist du fast ausgerastet, als die Lektorin es genau
so gemacht hat.«

Mit diesem Argument lässt er meinen zum Protest bereits geöffneten Mund schweigend zuklappen. Ich bin wegen der Korrekturen des Lektorats nicht nur fast ausgerastet; ich bin völlig ausgerastet. Thomas blieb nichts anderes
übrig, als mich schnell aus dem Besprechungszimmer des
Verlags zu entfernen, in dem ich dann einige Leute sehr
brüskiert auf ihren weißen Ledersesseln zurückließ.

»Das Haus ist reparaturbedürftig«, versuche ich es noch
einmal zaghaft, um dieses Film-Damokles-Schwert von
mir fernzuhalten. »Können wir die Filmaufnahmen nicht
verschieben?«

»Das wird das Fernsehteam nicht interessieren, in welchem Zustand dein Haus ist«, meint Thomas seelenruhig.

Seelenruhig deshalb, weil es ihm mit seinen Argumenten (Aussicht auf Ruhm oder mein schriftstellerisches Nirgendwo) mit relativ wenig Gegenwehr meinerseits gelungen ist, ein dreiköpfiges Fernsehteam sechs Monate lang
Teil meines Lebens werden zu lassen.

Willkommen bei Big Brother. Mein Leben ist ruiniert!
Und das Leben meiner Familie! Die habe ich gleich mit-
verkauft!

Montag, 20. Februar
Punjab

Ich kann mich nicht auf mein Skript konzentrieren. Habe nur das Schreckensgespenst der bevorstehenden Filmaufnahmen vor Augen. Werde Tessa anrufen, die sich im Moment ohne beruflichen Einsatz zu Hause langweilt.

Nachdem ich sie frage, wie es ihr geht, und sie mit einem »Geht so« antwortet, erzähle ich ihr von den Filmaufnahmen.

Und alles, was Tessa dazu zu sagen hat, ist: »Dann hast du es also wieder einmal geschafft!«

»Was habe ich geschafft?«, frage ich irritiert.

»Jetzt wirst du auch noch Filmstar.«

»Filmstar? Das Ganze ist eine reine Katastrophe für mich. Das weißt du … Ich würde viel darum geben, um aus der Nummer rauszukommen …«

»Deine Sorgen möchte ich haben …«

»Also Tessa!«

Ich bemerke, dass es ein Fehler war, Tessa anzurufen. Irgendwie ein ungünstiger Zeitpunkt, um meine Belange mit ihr zu diskutieren …

»Was ist los, Tessa?«

»Was soll schon los sein? Ich fühle mich gerade richtig verarscht …«

Und dann erzählt Tessa, dass ihr temporärer Lover (ein um siebenundzwanzig Jahre jüngerer Inder – sie könnte locker seine Mutter sein) seit einigen Wochen bei seiner Familie im indischen Bundesstaat Punjab weilt. Er hat sich gestern das erste Mal seit seiner Abreise (vor wie vielen Wochen war das eigentlich? Ich hinterfrage das besser nicht!) telefonisch gemeldet. Auf die berechtigte Frage Tessas (Bobby, wie er sich nennt, nimmt es mit der Treue nicht ganz so genau), ob es da eine andere Frau in Indien gibt, weil er nun seine Abreise schon mehrmals verschoben hat, antwortet Bobby: »Nein, was du denken? Keine andere Frau. Ich nur dir lieb. Ich dir nix lüg.«

Tessa bleibt skeptisch. Vor allem auch deshalb, weil sie durch ihre Ersparnisse Bobbys Reise in sein Heimatland erst ermöglichte und ihm als Abschiedsgeschenk ein nicht kleinlich berechnetes Budget übergab, um Geschenke für seine Familie zu kaufen.

»Was soll ich dazu jetzt sagen?«, frage ich nun völlig von meinem Thema abgelenkt. Wie kann Tessa denn vergessen haben, dass ich bereits zu Beginn dieser sonderbaren Liaison (vor fünf Monaten) gesagt habe, dass Indien eher zu Europa gehören wird, als dass Bobby zum adäquaten Partner für sie wird?

»Denkst du wirklich, er betrügt mich?«

»Ach Tessa …«

»Aber er hat doch gesagt, dass er mich nicht anlügt … und dass er nur mich liebt …«

Ich könnte nun sagen, dass er das das letzte Mal und das vorletzte Mal auch gesagt hat, obwohl nachweislich – innerhalb dieser kurzen Beziehungszeit – zwei andere Frauen mit ihm das Bett geteilt hatten. Ich könnte nun auch sagen, dass es dieser Typ nicht im Ansatz wert ist, nur einen einzigen Gedanken an ihn zu verschwenden, aber tut man so etwas?

»Ich weiß nicht«, sage ich vage.

»Meinst du, ich soll ihn noch einmal anrufen?«

»Ich weiß nicht«, wiederhole ich, weiß aber definitiv, dass Tessa mein »Ich-weiß-nicht« als Legitimation ansehen wird, Bobby anzurufen, um ihm huldvoll zu verzeihen; bin aber zu feige, ihr meine ehrliche Meinung zu sagen.

In diesem Stil setzen wir unser Gespräch – eigentlich mehr Tessas Gespräch, da ich außer »hm« und »ich weiß nicht« und »ach Tessa« nicht wirklich etwas dazu beisteuern will – weitere drei Stunden fort.

Diese drei Stunden meiner subtilen Zweifel überzeugen Tessa schließlich von der absoluten Ehrlichkeit und der endlosen Liebe ihres Lovers. Wie konnte das passieren?

Ich bin nach diesem Gespräch so frustriert, dass ich kurzfristig das avisierte Kamerateam vergesse; leider aber auch die weitere Korrektur meines Romans.

Montag, 6. März
Busch'sche Störung

Der Gedanke an das Fernsehteam verschafft mir Magenschmerzen und Albträume. Wie soll ich gut in der Öffentlichkeit ankommen, wenn ich die Öffentlichkeit nicht mag? Ich bin Schriftstellerin, nicht Schauspielerin. Heute Nacht hatte ich keine Albträume. Ich bin erst gar nicht eingeschlafen; habe mich nur wild im Bett hin und her gewälzt und in Horrorszenarien schweißgebadet. Wie diese Szenarien aussahen? Da will ich nicht weiter darauf eingehen. Das muss nicht wiederholt werden.

Also, ich bin mit unausgeschlafenem Magendrücken sehr schlecht gelaunt in den Tag gestartet. Jens ebenso schlecht gelaunt, da auch ihm meine nächtlichen Aktivitäten (deren Grund er immer noch nicht kennt!) den Schlaf rauben. Der Arme muss heute noch nach Wien fahren. Die Zwillinge befinden sich im Max-und-Moritz-Modus. Super Konstellation für ein harmonisches Familienleben!

Der Max-und-Moritz-Modus entstammt ihren Kindergartenzeiten. Irgendwann kam eine sehr kluge Erzieherin wegen meines Nachnamens und dem meines Mannes auf die glorreiche Idee, meine Kinder als die Max-und-Moritz-Zwillinge zu betiteln.

Dabei handelt es sich noch um den halbwegs witzigen Teil der Geschichte. Natürlich wollten Tim und Tom wissen, wer denn diese Max und Moritz seien. Ich sagte ihnen, dass es sich bei den beiden um absolut boshafte, missratene Buben handle, die allerlei sehr dumme Streiche begangen hätten, was sie bei ihrem letzten Streich dann auch direkt ins Grab beförderte. Das musste doch genügen, um meine halbwegs vernünftigen Kinder von »unartigen« Streichen abzuhalten.

Es genügte nicht. Einige Tage, nachdem sie von allen im Kindergarten nur noch Max und Moritz genannt wurden, wurde ich dringlich zu einer Stellungnahme bezüglich meiner unerzogenen Kinder in den Kindergarten beordert.

Tim und Tom hatten nicht nur alle Waschbecken und Toiletten im Waschraum mit mehr als fünfzig Rollen Toilettenpapier umwickelt, sondern auch alle Zahnbürsten der anderen Kinder in den Handtaschen der Erzieherinnen versteckt. Anscheinend verfügten meine Kinder über Insiderinformationen zu den Max-und-Moritz-Streichen, denn sie empfanden ihre Aktion als nicht ausreichend. So entwendeten sie auch noch sämtliche Zahnpastatuben und drückten diese über den Zahnbürsten in den Erzieherinnenhandtaschen aus.

Mein Blumenstrauß, meine Entschuldigung und meine Haftpflichtversicherung konnten dem Zorn der Kindergärtnerinnen kaum Herr werden. Noch uneinsichtiger wurden sie, als ich ihnen sagte, dass es im Grunde auch ihre Schuld sei, denn wer kommt auf die absurde Idee Kindergartenkindern von den verfehlten geistigen Ergüssen Wilhelm Buschs zu erzählen? In welchem Zeitalter leben wir denn? Und demnächst würden sie die Kinder noch mit den »Struwwelpeter«-Geschichten traumatisieren!

Nach meinem durchaus ernst gemeinten Statement gab es ein langes kollektives Schweigen in der Kindergartenstube und ich bin sicher, dass die drei Erzieherinnen noch viel zu sagen gehabt hätten, wenn ich nicht Isabelle Marx, die Autorin, gewesen wäre. Von meiner Seite gab es nichts mehr zu sagen.

Die Sache mit den Kindergärtnerinnen hatte ich geklärt. Nur bei meinen Söhnen kam immer mehr Unverständnis über meine Aversion zu Max und Moritz auf. Je negativer ich die Protagonisten Wilhelm Buschs schilderte, desto interessierter wurden meine Kinder und desto mehr eigener Blödsinn kam ihnen in den Sinn. Daran hat sich bis heute nichts geändert. Und so tritt der Max-und-Moritz-Modus, die *Busch'sche Störung*, wie Jens die oftmals sehr ärgerlichen Streiche unserer Kinder mit einem Schmunzeln nennt (mein Mann findet alles gut und lustig, was seine Söhne machen), immer wieder auf.

Besonders witzig fand Jens auch die Aktion der Zwillinge, damals noch vierjährig, als sie (jemand hatte ihnen spaßeshalber einen ganz besonderen Geruchssinn attestiert) beschlossen, Parfümeure zu werden. Für eine wirklich eigene Kreation eines Parfüms reichte ihr Wissensstand dieses Metiers nicht aus und so vermischten sie in einer Salatschüssel sämtliche Düfte, die da so hilflos, aber in großer Zahl in unserem Badezimmer herumstanden. Ohne Rücksicht auf die enormen Herstellungskosten brauten die beiden damit ein grauenvoll stinkendes Süppchen, das sie anschließend großzügig auf allen Teppichen im Haus verteilten. Das Haus sollte duften wie das Haus eines Parfümeurs, so ihr ehrgeiziger Gedanke.

Wir brauchten Tage, um die Teppiche zu entfernen, Wochen, um einen neuen Boden zu verlegen, und Monate, um diesen fürchterlichen Gestank wieder loszuwerden. Im Zuge dieser Parfümeur-Aktion verloren wir auch unser erstes Au-pair Betty (eine nette, hübsche Engländerin), die allergisch auf die vielfältigen Inhaltsstoffe der Parfüms reagierte. Ihr hübsches Gesicht zierten viele rote, juckende

Pusteln, die sich auf ihrem formvollendeten Körper fortsetzten. Sie kündigte ihren Job bei uns.

Jens fiel zu diesem Thema nichts anderes ein, als von der unbeschreiblichen Kreativität seiner Jungs zu schwärmen.

Und heute bricht wieder die *Busch'sche Störung* wie Bettys juckender Ausschlag aus ihnen hervor. Ich bin wirklich gestresst wegen des Filmteams, das nun unausweichlich ab dem ersten Mai einen Platz in meinem, unserem Leben einnehmen wird. Ich weiß immer noch nicht, wie ich das meiner Familie beibringen soll. Mein Mann wird toben.

Im Moment geht es aber nicht um den anstehenden Unmut meines Mannes, sondern um Happy. Happy ist verschwunden. Ihr Futter liegt seit heute früh unberührt in der Schale. Ich begebe mich auf die Suche nach ihr. Im Haus, im Keller, im Garten, im Schuppen, in der Garage – suche auch im herrschaftlichen Landhaus der Hasen, wo ich aber ausschließlich auf die zwei schwarzen Gesellen stoße; von einer weißen Katze keine Spur. Frage die Kinder nach ihrer Heimkehr aus der Schule, wann sie Happy das letzte Mal gesehen haben. Diese blicken nur stumm auf ihre Sneakers, als wären ihnen diese völlig fremd. Irgendetwas stimmt doch hier nicht: Max-und-Moritz-Modus; *Busch'sche Störung*, sage ich nur.

»Was ist mit Happy?«, frage ich in böser Vorahnung.

Sie bewundern immer noch ihre Schuhe, bis Tom (manchmal denke ich, er wäre der Vernünftigere der beiden, was aber dann auch schnell wieder ins Gegenteil umschwenken kann) zugibt, dass es da ein Problem gibt.

»Ich höre«, sage ich unfreundlich.

»Na ja, es ist so«, druckst Tim herum. »Happy hatte heute früh richtig gute Laune. Haben wir jedenfalls geglaubt. Sie ist Tom um die Füße gestreift und er wollte sie streicheln, weil wir ja dachten, dass sie gut gelaunt ist … Und dann hat das blöde Vieh ihre Krallen ausgefahren und Tom so gekratzt, dass er geblutet hat.«

Tom streckt mir als Beweis seine Hand, die tatsächlich mit einem leichten Kratzer versehen ist, entgegen.

»Warum fasst ihr diese Katze überhaupt an? Zum Anfassen habt ihr eure Hasen!«, sage ich inzwischen sehr beunruhigt, deshalb sehr zornig. »Was habt ihr mit Happy gemacht?«

»Wir haben sie in den Schrank im Keller eingesperrt«, fügt Tom ohne weiteres Hinauszögern hinzu.

»Verdammt nochmal«, schimpfe ich, obwohl ich wegen der Kinder eigentlich nicht fluche. »Ihr seid doch an Dummheit nicht zu überbieten.«

Ich weiß, Aussagen dieser Art können sich schlecht auf das langfristige Selbstbewusstsein meiner Kinder auswirken (Tessa wäre entsetzt über meine Wortwahl), aber die weitere Entwicklung meines Nachwuchses ist mir im Moment ziemlich egal.

Ich stürme in den Keller, die Kinder hinterher, und so stehen wir drei vor dem verschlossenen Schrank und starren in ein dunkel klaffendes Schlüsselloch ohne Schlüssel. Hinter der Schranktür hören wir Happy zaghaft miauen. Warum hat sie denn nicht miaut, als ich vormittags nach ihr im Keller gerufen habe?

»Mama, es gibt da noch ein Problem«, sagt Tom. »Also, es ist so …«

Ungeduldig wie ein in den Startlöchern stehendes Rennpferd scharre ich auf dem Boden. Mir ist auch nach ungehaltenem Wiehern sowie ungestümem Ausschlagen mit den Hinterhufen – um im Pferdejargon zu bleiben.

Was gibt es da rumzudrucksen von meinen Kindern? Ich will Fakten! Und zwar schnell!

»Also, es ist so …«, wiederholt Tom in aller Ruhe. »Wir haben den Schlüssel mit in die Schule genommen. Und dann haben wir in der Pause Fußball gespielt. Und irgendwie ist er uns aus der Tasche gefallen. Wir haben den ganzen Pausenhof abgesucht, aber er war nicht mehr da.«

Ich glaube es nicht! Wie kann denn beiden gleichzeitig ein Schlüssel aus der Tasche fallen, der sich dann einfach in Luft auflöst? Meine wie zwei Magnete zusammenhaftenden Kinder, in deren Zusammenhalt nie einer den anderen beschuldigen würde, starren hilflos auf ihre Schuhe. Ich starre ebenso hilflos auf den Schrank.

Was hilft, um die Tür aufzubrechen? Eine Nagelfeile? Eine Schere? Ein Messer? Ein Brecheisen? Aber wo haben wir denn ein Brecheisen? Kurzfristig überlege ich, eine Anleitung aus dem Darknet zu holen, aber wie kommt man denn in dieses Darknet? Und meine arme Happy wimmert in ihrem Gefängnis leise vor sich hin …

»Und wie bekommen wir nun die Tür auf?«, blaffe ich.

Meine Kinder schauen immer noch schweigend auf ihre Schuhe, als fänden sie die Lösung in den Schnürsenkeln.

»Könnt ihr einfach einmal aufhören, eure Schuhe anzustarren und nachdenken?«

Happys jämmerliches Miauen formt in meinem Kopf ein Bild roher Gewalt gegenüber meinen ad hoc nicht ganz so geliebten Kindern. Ich sehe mich, sie an den Schultern packen, sie wild schütteln und ihre Köpfe wackeln lassen, sodass ihre blonden Locken nur so durch die Gegend fliegen. Ich bin eine wirklich schlechte Mutter, allein schon wegen meiner Gedanken (Tessa wäre darüber starr vor

Entsetzen). Aber schuld sind doch letztendlich diese Kindergärtnerinnen, Wilhelm Busch, Max und Moritz und unsere Nachnamen, wobei ja Tim und Tom genau genommen nur Marx heißen. Auch egal ...

Happys Miauen wird immer kläglicher ... Mist, Mist, Mist ...

Unser Au-pair Sunny kommt aufgescheucht durch die Aufregung im Keller die Treppe heruntergestürzt. Jedoch ihr »Isch bin noch nischts eingebrochen« hilft uns jetzt auch nicht weiter. Zumindest kommt sie auf die Idee, den Nachbarn zu Hilfe zu holen.

Ich finde den Nachbarn und seinen Sohn in ihrem unter riesigen, dunklen Tannen stehenden Haus sehr suspekt. Ebenso sonderbar finde ich die ständig wechselnden Luxuskarossen, die in ihrer von Gras, Büschen und Sträuchern halb zugewachsenen Einfahrt stehen. Aber es hilft ja nicht. Ich bleibe bei Happy und versuche, sie zu beruhigen. Tim, Tom und Sunny schicke ich zum Nachbarn. Soll der meine Kinder doch in den Keller sperren, dann wissen sie, was sie der Katze angetan haben. Nur so ein kurzer, boshafter Gedanke am Rande, während ich bereits mein Handy in der Hand halte, um – wenn die drei nicht nach fünf Minuten wieder zurückgekehrt sind – einen Notruf absetzen zu können ...

Sie kommen mit dem Sohn des Nachbarn zurück. Dieser sagt kurz »Hallo«, schaut mich lächelnd an, biegt den Draht, den er in der Hand hält, fährt damit ins Schlüsselloch des Schranks, rüttelt ein bisschen herum und zieht ihn wieder heraus. Der Schrank bleibt verschlossen. Happys Miauen ist verstummt. Meine Kinder haben die Katze umgebracht!

Der Nachbarsjunge (ist eher schon ein junger Mann)

biegt den Draht ein Stückchen weiter, steckt ihn wieder ins Schlüsselloch, dreht noch einmal kurz und die Tür springt unter lautem Knarzen auf. Im gleichen Moment springt auch Happy offensichtlich unbeschadet aus dem Schrank, um sich sogleich in den unordentlichen Tiefen des Kellers zu verstecken.

Ich bin sehr erleichtert, stehe aber nun einem potenziellen Einbrecher gegenüber und weiß nicht, wie man solch kriminelle Subjekte entlohnt. Vielleicht mit: Vielen Dank, dass du unsere Katze gerettet hast, hier hast du zwanzig Euro. Wir erzählen auch niemandem von deiner fragwürdigen Berufskarriere. Aber bitte verlasse unser Haus, bevor du unseren Safe aufbrichst … (nicht, dass da viel drin wäre, aber darum geht es ja jetzt nicht).

Als ich mich dann letztendlich herzlich bei ihm bedanke, da ich ihm wirklich sehr dankbar für die schnelle Errettung unserer Katze bin, und ihm dreißig Euro in die Hand drücken will, winkt er peinlich berührt ab.

»Das habe ich gern gemacht, Frau Marx. Ich mag Ihre Katze. Sie liegt oft bei uns auf der Bank vor dem Haus.«

Der kennt meinen Namen? Ich habe keine Ahnung, wie die Nachbarn heißen.

»Wenn ich mich auf die Bank neben Happy setze, kommt sie sofort auf meinen Schoß und schnurrt. Ich darf dann gar nicht mehr aufstehen, bis sie meint, dass sie jetzt genug von mir gestreichelt wurde.«

»Sie legt sich auf deinen Schoß? Du streichelst sie und sie schnurrt?«, wiederhole ich ungläubig fragend seine Aussage. »Das ist nicht unsere Katze. Du verwechselst sie.«

»Natürlich ist das Ihre Katze. Ich erkenne sie an dem schwarzen Glitzerhalsband. Und da steht Happy drauf. Sie rufen sie doch auch Happy. Das höre ich doch.«

Der Nachbarsjunge muss langsam denken, bei uns hat die ganze Familie einen an der Klatsche.

»Ja. Das stimmt schon. Ich bin nur sehr überrascht, weil Happy sich eigentlich von niemandem gerne anfassen lässt. Das, was du sagst, klingt so gar nicht nach ihr«, sage ich, um die peinliche Situation halbwegs zu retten. Und da kommt Happy, die sich nach ihrem Schock eben noch zwischen undefinierbaren langjährigen Kellerinsassen verkrochen hat, nach oben in die Diele, steuert mit senkrecht in die Höhe ragendem Schwanz (ich kenne sie nur mit skeptisch geknickter Schwanzspitze) geradewegs auf den Nachbarsjungen zu und schnurrt um seine Beine. Dieser geht in die Hocke und streichelt ihr sanft über das Fell. Und Happy schnurrt in einer unfassbaren Lautstärke! Vier Augenpaare geraten gerade – wie in einem Comic – in unvorstellbares, hühnereigroßes Staunen.

Als ich abends mit meinem Mann skype, mich noch einmal irrsinnig über unsere Söhne aufrege, mit welcher unsäglichen Naivität diese gesegnet seien, fragt mein Mann schmunzelnd, wessen Gene das sein könnten? Blöder Mann. Blöde Kinder. Ich erzähle Jens dann noch von dem Nachbarsjungen, dem Katzenflüsterer.

»Ja, der Bernd und sein Sohn sind nett. Die helfen mir immer beim Reifenwechsel. Die reparieren Autos. Haben auch noch eine Werkstatt in Weihern. Die reparieren auch unsere Autos.«

»Unsere Autos?«, frage ich. Ich habe mir nie Gedanken darüber gemacht, wohin unsere Autos zur Reparatur gebracht werden. Aber neulich stand dort drüben im Nachbargrundstück tatsächlich ein schwarzes Cabrio, das dem unseren zum Verwechseln ähnelte.

»Bernds Frau ist vor zwei Jahren gestorben. Seitdem

geht es ihm psychisch oft nicht gut. Manchmal kann er sein Haus nicht verlassen und nicht arbeiten. Dann übernimmt Sebastian die Arbeiten in der Werkstatt seines Vaters, kümmert sich um den Haushalt und seinen Vater. Ein toller Junge. Studiert in München Informatik. Wusstest du das alles nicht?«

Soll ich mich nun schlecht fühlen? Soll ich mich schlecht fühlen, weil mir über fünfzehn Jahre entgangen ist, wer Zaun an Zaun mit uns lebt? Und wer dort nicht mehr lebt? Soll ich mich schlecht wegen meines Desinteresses, meiner Vorurteile fühlen? Soll ich schnell irgendwelche Ausreden, irgendwelche Entschuldigungen kreieren?

»Nein, das wusste ich nicht«, murmle ich schuldbewusst in den Bildschirm.

Jens sagt nichts dazu, erzählt mir noch eine lustige Anekdote seines Arbeitstags, in der ich die Pointe nicht verstehe, da ich wegen meiner um die Nachbarn kreisenden Gedanken nicht richtig hinhöre …

Dienstag, 7. März
Zuckerguss

Das schlechte Gewissen lässt meine Kinder gerade zwei
Tüten Leckerlis für die Katze aus dem Zoogeschäft anschleppen. Hierfür konnten sie tatsächlich alleine mit dem
Bus fahren, was normalerweise zu den Dingen der absoluten Unmöglichkeiten gehört. Vielleicht ist es auch gar nicht
das schlechte Gewissen, sondern sie wollen Happy – nachdem ein Ersticken im Schrank erfolglos blieb – nun mit
diesen Unmengen von Leckerlis endgültig in den Katzen-
himmel befördern. Wer weiß denn schon, was in ihren
blondgelockten Köpfen so vorgeht?

Ich habe einen Kuchen gebacken, den ich dem jungen
Katzenflüsterer und seinem Vater bringen werde. Mein
erster ohne Backmischung gebackener Kuchen, liegt dann
blass und platt in seiner Form. Bin wegen der Zutaten und
der Optik des Kuchens etwas verunsichert. Fahre nachmittags in die Konditorei und kaufe eine kleine Torte, die ich
gleich noch mit einer Inschrift aus Zuckerguss (Herzlichen
Dank von Happy) verzieren lasse. Will die Nachbarn ja
nicht umbringen, wo sie jetzt so gut wie zur Familie
(sprich: zu Happys favorisierter Familie) gehören.

Bis ich vom Konditor zurückkomme, haben Sunny und
meine Kinder die Hälfte meiner platten, blassen Kreation
in der Springform bereits aufgegessen. Es scheint ihnen
gut zu gehen.

Mittwoch, 8. März
Nepal

Ich habe den Familienrat einberufen. Familienrat ist vielleicht die falsche Bezeichnung, denn es gibt ja nichts mehr zu beraten. Das Fernsehteam kommt unabänderlich.

Weil mein Mann zornig sein wird, schon allein deshalb, weil ich so lange nichts gesagt habe, weil sich seine solidarischen Söhne seinem Zorn ohne zu wissen, um was es geht, anschließen werden und es ungewiss ist, ob Sunnys Loyalität mir gegenüber so weit geht, für mich Partei zu ergreifen, habe ich Thomas als Moderator dem Familienrat hinzugefügt. Schließlich hat Thomas den Grundstock für dieses Drama gelegt. Soll er sich doch die blutige Nase holen!

Thomas hält dann einen zehnminütigen, sehr durchdachten Vortrag über die zwingende Notwendigkeit eines kleinen Filmchens (wie er es nennt) über das Alltagsleben der Familie Marx und Mauritz. Ich höre erst wieder zu, als er (sehr sachlich) zum Prozedere der Filmaufnahmen kommt.

»Das Fernsehteam besteht voraussichtlich aus drei Leuten. Eine davon ist Journalistin. Sie wird nur zu den Interviews dabei sein. Die beiden anderen drehen. Ich kenne alle persönlich. Sehr nette junge Leute. Unaufdringlich und diskret«, referiert Thomas.

Ich frage mich, wie unaufdringlich und diskret ein Filmteam, bestehend aus drei Leuten, das in unserer Privatsphäre herumfilmt, sein kann? Aber egal, Thomas macht das alles sehr gut.

»Die Filmaufnahmen werden sich sporadisch über ein halbes Jahr verteilen. Natürlich meldet sich die Filmcrew immer rechtzeitig vorher an. Und dann versucht einfach, die Kameras zu ignorieren und einen normalen Alltag zu leben. Seid so, wie ihr immer seid. Das ist das, was der Zuschauer sehen will.«

Ich frage mich, was wird da noch normal an unserem Alltag sein? Und wie sind wir denn, wenn wir wie immer sind? Ich schaue Jens an, der mit leicht süffisantem Grinsen Thomas' Worten zu lauschen scheint und meinen Blick nicht bemerken will. Mir fällt auf, dass Jens seine Haare gegelt hat, ein Sakko trägt und seine rechte Hand mit dem Ehering dekorativ auf der Tischplatte liegen lässt. Auch Thomas ist nicht untätig, denn er drapiert seinen Unterarm mit der sündhaft teuren Rolex (wahrscheinlich mit der Provision, die er für meinen Bestseller erhalten hat, bezahlt) am Handgelenk ebenfalls auf der Tischplatte. Außerdem hat er sich in eine wahre Wolke eines sehr männlichen Duftes gehüllt. Jens wird, nachdem Thomas gegangen ist, alle Fenster und Türen aufreißen. Stundenlang, bis der letzte Hauch des fremden Männerduftes verschwunden ist. Vielleicht wird er auch sein Parfüm darüber sprühen. Man (Mann) kann sich nicht leiden.

Es gibt kein lautstarkes Veto meines Mannes. Nicht nach Thomas' Ansprache und auch nicht, nachdem Thomas gegangen ist. Jens scheint das Thema Filmaufnahmen lustig zu finden, ist nur verwundert, dass ich das mitmache, und findet es nicht gut, dass ich nicht zuerst mit ihm darüber gesprochen habe, sondern Hilfe bei meinem Agenten gesucht habe. Er lüftet nach Thomas' Weggang nicht und sprüht auch keine eigenen Düfte durch die Gegend.

Ich hätte es wissen müssen: Mein Mann ist ein Optimist und ein Opportunist. Er nimmt alles, wie es kommt. Vor unserer gemeinsamen Zeit wollte er nach Neapel reisen, um sich den Vesuv und Pompeji anzuschauen. Er ging in einen Buchladen, um sich mit Reiselektüre zu versorgen, kaufte in der Eile versehentlich ein Buch über Nepal und dieses begeisterte ihn dermaßen, dass er nicht Italien bereiste, sondern einige Monate in Nepal und Indien verbrachte.

Tim und Tom verziehen sich flüsternd in Tims Zimmer; ich hoffe, dass sie nach der Happy-Geschichte nicht schon wieder an der *Busch'schen Störung* leiden respektive wir darunter leiden müssen.

Auch Sunny verschwindet anschließend sehr schnell und sehr kommentarlos. Spät abends, auf dem Weg ins Schlafzimmer, höre ich Sunny aus dem ersten Stock in ihrem französischen Singsang aufgeregt telefonieren.

Donnerstag, 9. März
Vater

Das avisierte Fernsehteam bringt mich an den Rand des Wahnsinns. Nur ganz früh morgens gibt es diesen kurzen glücklichen Moment, in dem ich gleich nach dem Aufwachen denke, alles nur geträumt zu haben … Danach ersterben die glücklichen Momente … genauso wie meine Ideen für die Umschreibung meines Romans im Nirgendwo versickern …

Ich verharre in Erwartung eines Wunders. Ein Wunder, das Haushalt und Haus bis Mai auf Vordermann bringt. Ein Wunder, das mir bis zu diesem Zeitpunkt ein perfektes Aussehen verleiht (es wird hoffentlich nicht so weit kommen, dass ich Rat bei meiner Mutter einholen muss). Ein Wunder, das meine Kinder nicht in den Max-und-Moritz-Modus verfallen lässt …

Ach, eigentlich warte ich nur auf ein einziges Wunder: Dass es keine Filmaufnahmen geben wird!

Jens versteht mich nicht mehr. Er beginnt seinen angeborenen Optimismus zu verlieren. Wir streiten nun sogar über Skype. Nicht immer ist die Technik eine gute Erfindung, denn mein Mann sieht auf dem Bildschirm gar nicht einmal mehr so gut aus, wenn ihm die Zornesröte ins Gesicht steigt und es sich bei seiner in Falten gelegten Stirn auch um eine rissige Lederhandtasche handeln könnte.

Insbesondere versteht Jens mein hektisches Renovierungsbedürfnis der »alten Villa« nicht.

»Wir haben nun fünfzehn Jahre lang wenig Energie in

die Renovierung des Hauses gesteckt und nun willst du in weniger als zwei Monaten eine Komplettsanierung. Das funktioniert nicht«, sagt mein Mann. »Du kannst ja mal schauen, ob du so kurzfristig Maler findest, die die Innenwände streichen, wenn du meinst, unbedingt etwas tun zu müssen.«

Ja, Wände streichen klingt gut. Auf den Wänden ist schon lange keine einheitliche Farbe mehr erkennbar; es ist wenig geblieben von dem einstigen unschuldigen Weiß … nur noch beschriebene Blätter … gespurt von Essensresten, Wasserfarben, Knete und Buntstiften aus Kinderhand …

Verbringe den ganzen Tag ausschließlich mit der Suche nach einem Maler (das heißt, ich rufe alle Menschen an, die ich kenne, in der Hoffnung, dass jemand jemanden kennt, der vielleicht jemanden kennt, der auch kurzfristig einen Auftrag annehmen kann), bis mir bewusst wird, dass das Streichen der Wände nur ein Tropfen auf den heißen Stein sein kann. Wenn ich es genau betrachte, hat Jens recht damit, dass wir uns viele Jahre nicht um den gepflegten Erhalt des Hauses gekümmert haben. Fünfzehn Jahre ist nicht richtig. Da sind wir erst eingezogen. Das werde ich ihm bei unserem nächsten Gespräch dringend sagen müssen. Manchmal neigt er zu Übertreibungen.

Zur »alten Villa« am Fluss bin ich wie die Jungfrau zum Kind gekommen (diese abgedroschene Floskel werde ich nachher ändern). Alles begann mit einem unerwarteten Schreiben des Amtsgerichts, das mich als erbberechtigte Person des Vermögens eines Mannes auswies, den ich nie gesehen hatte und von dem ich nie gehört hatte. Bei der Testamentseröffnung erfuhr ich, dass es sich bei dem Unbekannten um meinen leiblichen Vater handelte und ich nun Erbin seines großen Grundstücks und des renovierungsbedürftigen Hauses am Fluss sein würde. Ich weiß nicht, ob dieser Mann wirklich mein Vater war; selbst meine Mutter kann sich nicht daran erinnern, jemals einen Mann dieses Namens gekannt zu haben; was aber aufgrund der Vielzahl ihrer männlichen Bekanntschaften und ihres exzessiven Alkoholgenusses auch nicht weiter verwundert.

Aber egal, ob nun Vater oder nicht. Die »alte Villa«, wie Jens und ich das Haus im Stil der 1920er Jahre bereits bei unserer ersten Besichtigung liebevoll nannten, würde nun mir gehören. Ein opportuner Zeitpunkt für ein unerwartetes Erbe, da meine (seinerzeit inhaltlich anspruchsvollen) Bücher unter einer samtenen Staubschicht in den hinteren Regalen der Buchläden verschwanden und folglich meine Ausgaben größer als meine Einnahmen waren (was ich aber gut mit meiner Plus-/Minuszahlenschwäche zu kompensieren wusste). Ein schlechter Zeitpunkt für die Erbschaftssteuer, die das Finanzamt in großer Höhe und innerhalb recht kurzer Zeit von mir haben wollte. Diese Zahl auf dem graubeigen Recyclingpapier ließ eigentlich nur noch einen schnellen Verkauf der Immobilie zu.

Jens, seinerseits bereits mit einem Erbe ausgestattet und dem Wunsch nach einem eigenen Haus, zögerte nicht lange, überwies die ungeheuerliche Summe an das Finanzamt und so wurde die »alte Villa« zu unserer »alten Villa«. Das kastenförmige Haus war wirklich in keinem guten Zustand, und so begannen Jens und ich, die alten Linoleumböden durch Parkett- und Teppichböden zu ersetzen und die bereits vorhandenen alten Parkettböden abzuschleifen. Im Jahr darauf ließen wir im Erdgeschoss neue Terrassentüren und neue Fenster einsetzen. Die Balkontüren und

Fenster im ersten Stock und im obersten Geschoss (in meinen »heiligen Hallen«) sollten folgen. Aber dann kamen so viele andere dringend notwendige Reparaturen auf uns zu, deren Kosten schließlich auch ein dickes Minuszeichen auf Jens' Konto hinterließen. Einige Jahre danach füllten sich zwar unsere Bankkonten wieder, aber wir hatten uns so an das Haus gewöhnt, wie es nun war, und renovierten einfach nicht weiter. Als vage Entschuldigung unseres fehlenden Ehrgeizes kann ich vielleicht anführen, dass wir wenig zu Hause waren, da Jens damals bereits in Sachen Dessous die Welt bereiste und ich ihn oft begleitete, da es für mich keine Rolle spielte, wo ich meine Romane schrieb.

So kam es zwar zum Renovierungsstillstand der »alten Villa«, aber mich inspirierten die Reisen in fremde Länder, die Einblicke in andere Kulturen, die dortigen Erlebnisse zu einer neuen Art von Romanen. Und so schrieb ich keine gesellschaftskritischen Romane mehr, sondern Liebesromane, in denen Jens und ich die Protagonisten waren.

Jens und ich in Italien, in Spanien, in Frankreich, in der Schweiz und in Marokko. Es waren wundervolle, eindrucksvolle, verliebte, inspirierende Jahre des Herumreisens …

Nur das Haus haben wir nicht weiterrenoviert … und dann kamen die Zwillinge und an Restaurierungsarbeiten war sowieso nicht mehr zu denken.

Freitag, 17. März
Seite 43

Ich telefoniere nicht mehr wegen eines Malers; schreibe nun E-Mails und WhatsApps in dieser Angelegenheit. Ansonsten schreibe ich nichts. Und als Thomas anruft, wie weit die Änderungen in meinem Skript gediehen sind, sage ich: »Bin schon auf Seite 43«, obwohl ich eigentlich noch gar nicht ernsthaft mit der Korrektur begonnen habe. Und dann fragt Thomas auch noch, um welches Kapitel es sich handelt? Hm, keine Ahnung. Erkläre schnell, dass das Festnetztelefon klingelt und ich das Gespräch annehmen muss (mein Festnetz kann gar nicht klingeln; der Stecker ist immer noch gezogen!).

Montag, 20. März
Bob Marley

Ich glaube es nicht; ich bin fündig geworden! Der Großvater eines Klassenkameraden der Zwillinge schleppt gerade zwei Eimer Farbe, Farbrollen, Pinsel und eine Abdeckplane in unsere Diele. Sein von wilden grauen Locken
umrahmtes Gesicht ist vor Anstrengung erdbeerrot ver-
färbt. Sein Blick schweift kurz durch das Erdgeschoss,
dann runzelt sich seine bereits in Falten gelegte Stirn noch
mehr und er fragt, wie er hier streichen soll?

Das ruft etwas Unverständnis in mir hervor. Ich sage,
das müsse doch er wissen, schließlich sei er der Maler. Da-
raufhin wird sein Gesicht noch faltiger und noch erdbeer-
röter und seine gemütliche Großvaterstimme wird schrill:
»Wie soll ich die Wände streichen, wenn hier alles vollge-
stellt ist! Wie haben Sie sich das gedacht? Das ist eine Zu-
mutung! Ich habe selten einen solchen Saustall gesehen …«

Das klingt gar nicht nett; ich sehe durchaus ebenso ein
hier herrschendes Chaos, fühle mich aber nur bedingt ver-
antwortlich. Unsere langjährige Haushaltshilfe ergriff vor
einigen Monaten die Flucht (es war ihr zu chaotisch bei
uns) und bis dato hat sich keine neue finden lassen.

Aber das interessiert den Maler nicht, denn er meint
nicht nur den »Saustall« per se, sondern insbesondere, dass
es Tage dauern würde, um zu den zu streichenden Wänden
vorzudringen. Er murmelt noch etwas Unverständliches,
packt Farbeimer, Rollen, Pinsel und Abdeckplane und

bewegt sich Richtung Ausgang. Wie kann man denn so empfindlich sein?

»Das können Sie mir nicht antun«, flehe ich erschrocken und verbarrikadiere die Tür, indem ich mich wie ein Hampelmann mit ausgebreiteten Armen und Beinen davorstelle. »Bitte, bitte bleiben Sie. Ich mache Ihnen erst einmal einen leckeren Kaffee, dann können wir in Ruhe reden ...«

»Nötig habe ich das alles nicht«, sagt er grimmig, stellt aber Eimer, Rollen, Pinsel und Abdeckplane wieder ab und folgt mir in die Küche. »Eigentlich bin ich Kunstmaler. Und so weiß ich, dass es nicht immer einfach ist, Künstler zu sein. Deshalb bleibe ich. Sie sind doch in einem gewissen Sinne auch Künstlerin?«

»Ja, ja, Künstlerin der Worte«, gackere ich beglückt, dass wir eine Gemeinsamkeit gefunden haben.

Dann schaue ich mir ungefähr fünfhundert von ihm gemalte Bilder auf seinem Handy an, deren Aussagekraft ich vermisse (erkenne nur Kreise in kuriosen Farben), sehe mich aber gezwungen, eines besonders ansprechend zu finden, das ich dann für dreihundert Euro erwerbe.

Der Kunstmaler ist inzwischen guter Dinge und voller Tatendrang.

»Na, dann packen wir mal in der Diele an. Dann kann ich da streichen, während Sie das Wohnzimmer ausräumen.«

Wie ich das Wohnzimmer ausräumen soll, sagt er mir nicht, weshalb ich mich mitten in unserem fleißigen Räumen und Schieben in der Diele schnell ins Bad stehle, um einen Hilferuf an Sunny abzusetzen: »Komm bitte auf der Stelle nach Hause! Ich brauche dich!« Auf Sunnys »Was ist sich passiert?« schreibe ich: »Der Maler ist da!« und Sunny schreibt: »Warum muss ich da sein, wann der Maler ist da? Ist er ein böse Mensch?«

So texten wir dann zehn Minuten hin und her, bis ich sie schließlich anrufe und ihr flüsternd erkläre, dass wir hier einen empfindsamen Künstler hätten, der vielleicht die Wände streichen wird, wozu sie aber auf der Stelle ihr Sprachinstitut verlassen und sich in Blitzgeschwindigkeit nach Hause begeben muss. Und wenn die Münchner Verkehrsbetriebe wieder einmal streiken, ein Oberleitungsschaden den Verkehr lahmlegt oder sonstige Missgeschicke zu einem Ausfall des öffentlichen Fuhrparks führen, sich verdammt noch einmal in ein Taxi setzen soll … Sie versteht nicht genau, was ich ihr damit sagen will, macht sich aber auf den Weg.

Inzwischen klopft der Maler an die Badtür und fragt, ob es mir nicht gut geht oder ob ich mich vor der Arbeit drücken will. Wenn er nicht weitermachen kann, geht er …

Es ist elf Uhr. Die Wände in der Diele sind von Schränken, Kommoden und Bildern (dem malenden Großvater stand das blanke Entsetzen über meine Franz-Marc-Leinwanddrucke ins Gesicht geschrieben) befreit; alles steht mit einer Plane abgedeckt in der Mitte des Raums.

Und nun endlich öffnet der Kunstmaler kunstvoll den Deckel des ersten Farbeimers und zelebriert andächtig das Danebenlegen mehrerer Pinsel sowie einer Farbrolle.

»Ich kann nicht ohne Bob Marley arbeiten«, sagt er und zaubert aus seinem farbbeklecksten Kittel eine CD, deren Hülle bereits mehrmals gebrochen ist.

»Wir haben keinen CD-Player«, sage ich und ahne, dass wir nun beim nächsten Problem angelangt sind.

Sunny, die gerade abgehetzt zur Tür hereingekommen

ist und noch im Mantel neben mir steht, zückt geistesgegenwärtig ihr Smartphone, lädt blitzschnell über ihren Streamingdienst eine »Best of Bob Marley«-Playlist herunter und schon trällert über Bluetooth »No woman, no cry« lautstark aus dem Wohnzimmer. Der Maler kratzt sich am inzwischen wieder ins Erdbeerrote tendierenden Kinn.

»Nein, das klingt nicht gut«, sagt er. »Das klingt nicht wie Bob Marley.«

»Wie kann es nicht nach Bob Marley klingen, wenn es Bob Marley ist?«, frage ich naiv die empfindliche Künstlerseele ignorierend.

»Es klingt einfach nicht wie Bob Marley.«

»Aber ist Original genau wie auf dem CD«, sagt Sunny.

»Wenn ich sage, es klingt nicht gut, dann ist das so.«

»Möchten Sie noch einen Kaffee?«, versuche ich abzulenken. Er beantwortet die Kaffeefrage nicht.

»Ich bin Künstler und kann ohne Bob Marley nicht arbeiten.«

Es ist inzwischen halb zwölf. Ich gehe in den Keller, wühle mich durch jahrzehntelange Vergangenheit auf der Suche nach der alten Stereoanlage, die ich tatsächlich finde und mit zwei Boxen nach oben ins Wohnzimmer wuchte. In der Diele sind alle Steckdosen abgeklebt, was ein dortiges Anstecken der Anlage unmöglich macht.

Herr Kunstmaler sitzt jetzt doch bei einem Kaffee in der Küche; bei einem Kaffee aus seiner Thermoskanne, da es sich bei unserem Kaffee nicht um Filterkaffee handelt und er nur Filterkaffee trinkt. Dann packt er seine Brote aus und isst. Er beschließt, eine Mittagspause von einer Stunde einzuhalten. Bob Marley brüllt seine Reggaegesänge lautstark im Wohnzimmer, in dem Sunny und ich die Schränke ausräumen. Dann Stille. Alle Lieder sind gespielt.

Die CD ist zu Ende.

»Drücken«, schreit der Maler aus der Küche.

Sunny und ich schauen uns irritiert an. Was sollen wir drücken?

»Drücken«, schreit es noch einmal aus der Küche und Sunny versucht es mit einem erneuten Starten der CD.

Der Maler verlängert seine Mittagspause. Er sitzt auf dem Barhocker, seinen Kopf mit einer Hand auf dem Tisch abgestützt und schläft. Um 14.00 Uhr begibt er sich erneut in die Diele. Um 15.00 Uhr schreit er, nachdem Bob Marley kurzfristig verstummt ist, »Drücken« aus der Küche, wo er es sich wiederum bei einem Kaffee aus seiner Kanne gemütlich macht. Sunny und ich sind halb taub, während wir Schränke und Couchen verschieben, die darunter verborgenen Staubnester entfernen, Spinnweben von den Wänden fegen, deren Erbauer einfangen und in den Garten setzen (immer darauf bedacht, wegen der durchdringenden Gesänge die Türen schnell wieder zu schließen).

Wir versuchen heimlich Bob Marleys Lautstärke etwas zu drosseln, da kommt schon der Maler persönlich ins Wohnzimmer geschossen, um den Lautstärkenknopf wieder in die andere Richtung zu drehen. Sunny und ich verständigen uns nur noch über WhatsApp.

Dann ist es plötzlich still. Bob Marley schweigt. Aus der Diele hören wir kein »Drücken« und auch keine anderen Geräusche.

Der Maler ist, ohne sich zu verabschieden und ohne seine Bob-Marley-CD mitzunehmen (was ich als positives Zeichen für eine morgige Rückkehr erachte), gegangen. Eine Wand in der Diele ist gestrichen.

Und auch nach der Pinselniederlegung des Kunstmalers

nehmen die Überraschungen des Tages noch kein Ende. Diesmal sorgen dafür nicht – wie gewöhnlich – meine Aufregungen verursachenden Söhne. Diese haben nach Schulschluss nur einen kurzen Blick in Diele und Wohnzimmer geworfen, wo sie einen alten Mann, ein zerzaust aussehendes Au-pair und eine hyperventilierende Mutter vorfanden. Um nicht in diese sonderbare Gesellschaft einbezogen zu werden, baten sie um eine Übernachtungsmöglichkeit bei Freunden, setzten mein »Ja« voraus (musste ihnen nachtelefonieren, wo sie gelandet sind), stürmten die Treppe hinauf und wieder hinunter, um anschließend mit gepackter Tasche unverzüglich das Haus zu verlassen. Meine Kinder sind wie mein Ehemann Fluchttiere.

Also, es ist diesmal Sunny, die vorsichtig ein Gespräch mit mir beginnt, während wir (ich sehr erschöpft) mit aufgestellten Beinen, unsere Teller auf den Knien, auf der in die Mitte des Wohnzimmers gerückten Couch lümmeln. Warum wir das tun? Keine Ahnung; kommen irgendwie nicht auf die Idee, in der Küche oder im Esszimmer zu essen.

»Isch werde zurückgehen nach 'ause Ende April«, sagt Sunny.

»Ja, ich weiß«, sage ich und habe keinen Schimmer, auf was sie hinauswill.

»Die Team *de télévision* wird kommen aber in Mai.«

»Ja?«, frage ich und denke, dass ich sie doch nicht aus ihrem Sprachinstitut nach Hause zitieren hätte sollen; ihr Deutsch ist heute extrem schlecht.

»Isch will bleiben. Bis in die Ende Oktober.«

»Wieso denn?«, frage ich desinteressiert und lasse meinen Blick stolz durch das ausgeräumte Wohnzimmer schweifen. Unfassbar, was wir heute alles geschafft haben!

»Isch will sein da, wann die Team *de télévision* kommt. Und bleiben, bis die Team geht. Der ganze Zeit.«

Entsetzt lege ich mein Brot, das ich schon Richtung Mund geführt habe, wieder auf den Teller zurück.

»Sunny, das geht nicht. Mitte Mai kommt (ich hätte beinahe gesagt, eine andere Sunny) Michelle aus Paris zu uns.«

»Das ist egal. Wir werden teilen meinen Zimmer. Isch werde 'elfen Michelle mit deutscher Sprache.«

»Sunny, was sind denn das für Ideen?«

»Isch werde 'elfen putzen. Du 'ast gesehen, wie alles ist schmutzig. Isch mache sauber«, ereifert sich Sunny. »Die 'aus wird sein sauber wie eine *clinique*!«

Es ist sogar für mich offensichtlich, dass Sunny gerade versucht, meine Notsituation auszunutzen. Aber was soll's? Ich brauche Hilfe und hier ist Hilfe.

»Ich werde darüber nachdenken«, sage ich zögerlich, obwohl es für mich nichts mehr nachzudenken gibt. Sunny wird bleiben – allein schon, weil ich sie mag … Und die Zwillinge mögen sie und sie mag die Zwillinge. Und sie macht Jens keine schönen Augen (wie die Sunny vor ihr). Aber was mache ich mit Michelle? Keine Ahnung … Jetzt werden erst einmal die Wände gestrichen.

Dienstag, 4. April
Kraniche

Die Wände sind endlich gestrichen; der Kunstmaler walzte in zehn Tagen acht Wände und zwei Decken. Am sechsten Tag verließ ihn kurzfristig die Lust an seiner eintönigen Arbeit. Ich kaufte ihm ein weiteres seiner Bilder ab; da entflammte die Freude an der Monotonie wieder. Wie viel ich letztendlich für die Malerarbeiten samt künstlerischen Farbexplosionen auf Leinwand bezahlt habe, bleibt mein Geheimnis. Zu den Kosten für den Maler kommt noch der Gehörschaden meiner Familie; jedenfalls hört niemand, wenn ich nach ihnen rufe. Im Gegensatz dazu höre ich immer noch ab und an ein lautstarkes »Drücken« aus der Küche, obwohl das nicht sein kann. Den kommodenlangen Schriftzug mit seinem Namen – gut versteckt hinter der Kommode – entdeckten wir erst, als wir das Möbel an die andere Wand stellen wollten. Na ja, vielleicht wird der Maler ja einmal berühmt und wir kommen mit seiner künstlerischen Hinterlassenschaft zu großem Reichtum. In diesem Fall hätte sich auch meine Investition in seine Bilder gelohnt. Ein Verrutschen der Kommode kommt jedenfalls derzeit nicht infrage.

Die Wände und Decken der Zimmer erstrahlen in einem grellen Weiß. Gestern schien die Sonne ins Wohnzimmer und ich war versucht, eine Sonnenbrille zu tragen, um nicht geblendet zu werden. Ebenso bemerkte ich einen latenten Gelbstich im Fell meiner einst schneeweißen Katze. Man zahlt eben für alles seinen Preis.

Nun sitze ich in meinen »heiligen Hallen« am gläsernen Autorenschreibtisch (sagt mein Mann) und starre auf den Bildschirm meines Laptops. Happy residiert wohlig eingerollt auf der Samtcouch; hier neben den fliegenden, grauen Kranichen an den Wänden erglänzt sie noch in ihrem ursprünglichen Weiß.

Wer wohl diese Tapete ausgesucht hat? Und warum? Ich habe hier noch keine Kraniche gesehen. Oder sie nicht erkannt. Über dem Fluss fliegen Enten, Schwäne, Wildgänse und Möwen. Manchmal auch Störche. Vielleicht sind die Störche gar keine Störche, sondern Kraniche? Werde bei der nächsten Vogelobservation eine Brille aufsetzen.

Eigentlich sollte ich gar nicht über Wasservögel nachdenken, während sich mein Skript noch immer in jungfräulicher Korrektur befindet. Der Text wird sich nicht von alleine verbessern. Oder vielleicht doch? Bin kurzfristig mit der Überlegung beschäftigt, ob mir denn nicht Künstliche Intelligenz helfen kann? Kann KI, was ich im Moment nicht kann? Hat KI auch Denkblockaden? Versuche, einen Absatz von einem Programm, das vorgibt, klug zu sein, überarbeiten zu lassen. Stelle entsetzt fest, dass der Text zur inhaltlichen und sprachlichen Gesamtkatastrophe geworden ist. Künstliche Intelligenz scheint derzeit nicht die Lösung zu sein; vielleicht warte ich noch ein Jahr mit der Veröffentlichung meines Romans; dann ist KI schon weiter …

Wer wohl auf dieser altrosa Samtcouch vor dem graugrünen Marmortischchen gesessen hat? Wurde hier Kaffee oder Tee getrunken? Oder Sekt? Was trugen diese Menschen? Saß die Mutter meiner mutmaßlichen Stiefmutter hier? Im langen Rock, eine kunstvoll gefertigte Brosche an ihre weite Bluse gesteckt? Ihr Haar aufgetürmt? Ich habe keine Ahnung, ob diese Frau jemals hier gelebt hat.

Sollte schreiben und mir keine Gedanken über Lebensumstände, Kleidung und Frisuren möglicher Verwandtschaft machen. Und auch nicht aus der Balkontür auf den Fluss schauen …

… Wie kann der Fluss beständig in eine Richtung fließen, während meine Gedanken beständig in unterschiedliche Richtungen fließen? Wieso erledigt der Fluss seine Aufgabe so gut, während ich nur hilf- und einfallslos auf den Bildschirm starre? Jetzt bin ich schon auf einen Fluss neidisch. Das ist gar nicht gut.

Ich sollte schreiben. Mein Skript verbessern …

… Sah mein Vater auch manchmal aus dem Zimmer mit den Kranichen auf den Fluss? Oder hat seine Frau von hier auf den Fluss geschaut und sich gedacht: Welch guter Fluss, der da so beständig fließt? Mein Vater hatte eine freundliche Frau; jedenfalls sagen das die vergilbten Fotos, die ich in vergilbten Alben gefunden habe. Er hatte echt Glück, dass er nicht an meiner Mutter hängen geblieben ist … Vielleicht saßen mein Vater und seine Frau auf dem altrosa Sofa … dicht nebeneinander … er streichelt sanft ihre pergamentene Hand … der Duft von Jasmin strömt durch die geöffnete Balkontür, mein Vater küsst die blasse Wange seiner Frau, die sich mit einem fast unschuldigen Rosa überzieht … beide wenden in Glück und Zufriedenheit ihren Blick dem stetig fließenden Fluss zu …

Jetzt geht doch tatsächlich meine berufliche Romantik mit mir durch; wenn auch nur unter Einbeziehung des Flusses … Wenn mich doch nur meine berufliche Romantik ebenso zur Korrektur meines Skripts animieren würde. Selbst der Monitor schaltet sich bereits gelangweilt in den

Standby-Modus und starrt mich in düsterer, unbeschriebener Schwärze vorwurfsvoll an … Kann Schwärze überhaupt starren? Egal …

Damit bin ich aber noch nicht am Ende meiner Probleme, denn mit meiner für das Fernsehen verbesserungsbedürftigen Optik bin ich auch noch nicht vorangekommen. Das Einzige, was sich bewegt, ist mein Gewicht; und zwar nach oben. Es ist wohl besser, wenn ich einen Fastentag einlege und heute nichts mehr esse.

Ich schaue weiter aus der Balkontür und überlege, wie ich auf die Schnelle noch drei Kilo meines Gewichts verlieren könnte. Tessa sagt, man braucht einen Plan. Für alles, was man erreichen möchte, braucht man einen Plan, in dem so detailliert wie möglich beschrieben ist, wie man sein Ziel erreichen will. Mein Plan ist, heute gar nichts zu essen und morgen vielleicht nur Suppe. Oder hole ich mir einen Diätdrink aus der Drogerie?

Noch nicht einmal eine Stunde später beginnt mein Magen zu knurren. Das lenkt mich ab, und ich kann nicht mehr denken. Und das, wo ich gerade so kreativ drei Seiten meines Skripts abgeändert habe. Wie soll ich denn da weiterschreiben, wenn ich einen solchen Hunger habe? Ich gehe am Fluss entlang Richtung Innenstadt und hole mir einen Diätdrink mit Himbeergeschmack. Und einen mit Vanillegeschmack. Vielleicht auch noch Schokogeschmack? Ja, den auch noch.

Der Tag verläuft dann anders als in meinem Plan. War wohl nicht detailliert genug. Ich korrigiere nichts mehr, nehme aber noch drei Diätdrinks (Himbeere, Vanille und Schoko), zwei Brote mit Fleischsalat (vegan) und einen randvollen Teller Tortellini mit Sahnesoße zu mir. Ach ja, und drei Gläser Wein wegen des aufkeimenden Frusts, während ich die zu mir genommenen Kalorien mit einer Abnehm-App ermittle. Ich wusste gar nicht, dass Diätdrinks eine so gewaltige Menge an Kalorien haben!

Und dann muss ich auch noch feststellen, dass es sich bei der von mir errechneten Kalorienzahl nicht um den Bedarf eines Tages handelt, sondern um den von zwei Tagen. Ich schreibe trotzdem alles brav in meine App, denn Tessa sagt, man muss immer ehrlich zu sich selbst sein, wenn man etwas erreichen möchte.

Montag, 17. April
Paketboten

Endlich sind die Osterferien vorbei. Wenn Tim und Tom in den Ferien zu Hause sind, ist das für alle Beteiligten eine nervliche Zerreißprobe. Für diese Kinder gibt es nur zwei Extreme: Entweder stellen sie etwas Kreatives an (die *Busch'sche Störung* ist in den Ferien besonders ausgeprägt) oder sie langweilen sich. Sie langweilen sich auch, wenn man etwas mit ihnen unternimmt – selbst, wenn sie Ziel, Zeit und Prozedere bestimmen dürfen –, aber wenigstens stellen sie dann weniger an. Natürlich bin ich während der letzten zwei Wochen weder zum Korrigieren noch zum Tagebuchschreiben gekommen.

Nun sind die Kinder wieder in der Schule. Und es hätte Ruhe im Hause Marx und Mauritz einkehren können – wenn nicht Sunny dies mit aller Vehemenz verhindern würde. Sunny geht nicht mehr in ihren Sprachkurs; sie befindet sich in ständigem Streit mit Michelle, die nicht wirklich ein Zimmer mit ihr teilen will; sie rennt wie ein aufgescheuchtes Huhn durch die Gegend und redet mit schriller, aufgeregter Stimme irgendwas Französisches in ihr Telefon, worauf eine französische Stimme (vermutlich Michelles) genauso schrill und aufgeregt aus dem Lautsprecher redet. Ich verstehe nur *merde* und *équipe de télévision* und *télé* – von beiden Seiten.

Ansonsten strömen alle erdenklichen Paketdienste in unser Haus, um Sunny mit unzähligen Paketen mehr oder weniger zu beglücken. Sunny zerrt dann ungeduldig ihre

Bestellungen aus den Kartons, entschwindet mit einem Berg Kleidern in ihr Zimmer und kurz darauf hört man sie wiederum »*merde*« schreien. Dann kommt ein zerzauster, schlecht gelaunter Kopf mit einem nachlässig gekleideten Körper aus ihrem Zimmer geschossen, um in wilder Manie sämtliche Klamotten wieder zurück in die Kartons zu stopfen. Den Abroller des Klebebands wie eine Axt über ihrem Kopf schwenkend, schreit sie erzürnt: »Warum der blöde Klebeband schon wieder ist aus? Warum alles passt nischt? Warum kann man nischt kaufen schöne Kleider in diese kleine Stadt? Warum ist immer die Hölle in den Geschäften in Münschen? Isch 'abe nischts, um mir anzuziehen für den Filmaufnahmen! *Merde*! *Merde*!«

Am späten Nachmittag suche ich vergeblich meine Kinder in ihren Zimmern. Ich möchte ihre Schulrucksäcke auf alte Pausenbrote, lose klebrige Süßigkeiten, schmutzige Turnhosen, Socken und dergleichen überprüfen (habe ich in den Ferien übersehen). Die Rucksäcke sind da, aber von meinen Kindern fehlt jede Spur. Wie können zwei zehnjährige Jungen verloren gehen?

Das Abhandenkommen meiner Kinder beginnt damit, dass Sunny Tim und Tom von der Schule abholt und die beiden zum Fußballtraining bringt. Danach verstaut sie die Schulrucksäcke der Zwillinge ordentlich in deren Zimmern. Anschließend treffen wiederum mehrere Paketboten mit mehreren Paketen, vollgestopft mit unvorstellbaren Kleidermengen bei uns ein, was Sunny die nächsten Stunden in einen fieberhaften Ausnahmezustand versetzt, der sie vergessen lässt, meine Kinder vom Fußballplatz abzuholen.

Nachdem Tim und Tom eine halbe Stunde mit gepackter Sporttasche am Vereinsheim gewartet haben, gehen sie zu Fuß nach Hause. Mit über einer Stunde Verspätung klingeln sie schließlich an der Haustür – und mir stellen sich nun viele Fragen: Warum haben die beiden schon wieder keinen Schlüssel dabei? Warum können sie nicht Sunny anrufen, wo sie bleibt? Oder ihre Mutter? Oder zumindest ans Telefon gehen, wenn ihre Mutter versucht, sie zu erreichen? Die Kinder legen doch ihre Handys sowieso nie aus der Hand. Da kann man doch auch einmal damit telefonieren!

Und wie kann Sunny meine Kinder vergessen? Ich fasse es nicht!

Jedenfalls haben Tim und Tom Glück im Unglück, denn ich habe nun auch das Interesse an ihren Schultaschen verloren. Ich muss mich erst einmal um Sunny kümmern; einige nicht ganz so freundliche Worte mit ihr sprechen …

Auch dieses abnorme Bestellen von Kleidung im Internet muss aufhören. Was denkt sich Sunny eigentlich? Sie lebt hier in einer Familie, die auf die Umwelt achtet, die einen vertretbaren ökologischen Fußabdruck hinterlassen möchte … Es kann nicht sein, dass hier jeden Tag Berge von Kartons angeliefert werden … und es kann schon gleich gar nicht sein, dass es wegen abgelegter Pakete vor unserer Haustür inzwischen aussieht wie auf einem Containerbahnhof …

Dienstag, 25. April
Onlineshopping

Komme überhaupt nicht mehr zum Verbessern meines Romans. Die Idee mit der Diät war gut, aber nicht ausgereift, weshalb die Zahlen auf meiner Waage nun absolut eskalieren. Und nicht nur das, meine Kleider wirken an mir, als hätte man das Michelin-Männchen hineingezwängt, was mich wie meine eigene Karikatur aussehen lässt. Gar nicht gut.

Bei dem Gedanken an die nahenden Filmaufnahmen gerate ich geradezu in Panik; brauche neue Kleidung, neue Schuhe (die alten passen zwar noch, sind auch nicht wirklich alt, aber egal) und Shapewear. Werde der Waage ein Schnippchen schlagen und mich vom Hals bis zu den Fußknöcheln in Shapewear pressen.

Aber woher bekomme ich in meiner temporären Not all die benötigten Utensilien? Kann es sein, dass unsere Kleinstadt mit ihren übersichtlichen Bekleidungsgeschäften nun zum unübersichtlichen Problem für mich wird?

Ja, wird sie. Mein ganz persönlicher Notstand lässt mich egoistisch, rücksichtslos und gnadenlos werden; ich vergesse, was ich Sunny über ökologisches Einkaufsverhalten erklärt habe, schere mich nicht weiter um Klima, Umwelt und ökologische Fußabdrücke, sondern sitze seit Tagen zusammen mit Sunny auf der weißen Ledercouch – jeder bewaffnet mit seinem Laptop – und betreibe fieberhaftes Onlineshopping.

Stören lassen wir uns nur von den zahlreichen Paketboten, die ich für ihre Dienste reichlich mit Trinkgeld (wegen meines global schlechten Gewissens) versorge. Das Anprobieren des Inhalts der Pakete ruft nun auch in mir eine gewisse Verzweiflung hervor. Und so kann ich mich nur Sunnys panischen Fragen anschließen:

Warum passt nichts? Warum gibt es in unserem Städtchen so wenig Geschäfte? Warum sind in München die Geschäfte so überfüllt? Und logischerweise klingt auch mein Resümee wie Sunnys: Ich habe nichts anzuziehen, wenn das Filmteam kommt!

Klebeband ist auch seit Tagen keines mehr im Haus und so stapeln sich die offenen Pappkartons im Wohnzimmer und in der Diele.

Die Kinder müssen ihre von Spinnennetzen eingewobenen Fahrräder aus der Garage in einen fahrtauglichen Zustand bringen, um damit zur Schule, zum Fußballtraining und zu den Klavierstunden zu gelangen. Oder sie nehmen den Bus. Oder gehen zu Fuß. Selbstständigkeit ist gut für Kinder. Wir haben keine Zeit mehr für Gefälligkeiten.

Klamotten aussuchen, in den Warenkorb legen, zum Warenkorb gehen, bestellen und bezahlen. Dann schnell zum nächsten Onlineanbieter, Kleidung aussuchen, in den Warenkorb, zum Warenkorb, bestellen, bezahlen. Und weiter! Klamotten aussuchen …

Mist, ich habe meinen Friseurtermin verpasst. Die Friseurin ist ziemlich sauer und sagt, dass sie morgen in den Urlaub fährt. Für drei Wochen! Spinnt die? Was soll ich mit meinen Haaren machen? Mein dunkler Haaransatz sprießt ungepflegt auf meinem blond gefärbten Kopf. Das Filmteam kommt! Die Friseurin kann nicht in den Urlaub fahren!

Freitag, 28. April
Ferrari

Gehe zu einem anderen Friseur. Dieser hat einen anderen Anbieter für die Pasten seiner Haarfarben als meine Friseurin, was bedeutet, dass die Farbe meines Ansatzes nicht mit meiner restlichen Haarfarbe übereinstimmen wird (was sie ja jetzt auch schon nicht tut). Wie soll das funktionieren? Der Friseur sagt, dass das überhaupt kein Problem sei, denn er hätte den Ferrari unter den Haarfarben. Ich will eigentlich keinen Ferrari, nur eine vernünftige Frisur; begebe mich aber aus Zeitmangel widerstandslos in die Hände des Hairstylisten.

Und siehe da, der Friseur hat nicht zu viel versprochen. Es gelingt ihm, ein wahrhaftes Ferrari-Rot auf meinen Ansatz zu meinen blonden Haarlängen zu färben und auch sein schnelles, effektives Schneiden (zehn Zentimeter statt der von mir gewünschten drei Zentimeter) hält sehr wohl dem Vergleich mit einem Ferrari stand.

Folgende Tatsachen sind nun nicht mehr zu leugnen: Meine Frisur ist verpfuscht, ebenso meine Figur. Meine Kinder sehen blass und spitzig aus, da niemand mehr kocht. Ihre Bemühungen um Selbstständigkeit hingegen sind enorm – sie können inzwischen sogar mit ihren Handys telefonieren; nur hilft das nicht mehr, denn hier hört keiner ihre verzweifelten Anrufe.

Sunny und ich sind im Kleiderrausch; beim Auspacken neuer Kleidung, beim Anprobieren neuer Kleidung, beim Verpacken der nicht passenden Kleidung. Auf dem Weg zu diversen Paketshops, um unsere Pakete zu retournieren, oder von dort wieder zurück auf die Couch zu unseren Laptops, um weitere Einkäufe zu tätigen. Mein Mann, wenn er zu Hause ist (ist wegen kleidertechnischer Unruhen im Haushalt auch immer seltener anwesend), beschäftigt sich im Keller mit Bastelarbeiten auf seiner neuen Werkbank. Die Lieferung seiner neuen Werkbank war für Sunny und mich eine maßlose Enttäuschung: zwei riesige Kartons ohne Kleidung!

Übrigens füttern die Kinder wieder ihre Hasen. Und mittlerweile auch die Katze.

Und dann fällt auch noch auf, dass wir die arme Michelle völlig vergessen haben. Diese hat inzwischen zig Mails an Sunny und die ganze Familie geschrieben, auf allen verfügbaren Mailboxen Nachrichten hinterlassen und versucht über sämtliche Kommunikationsapps mit uns Kontakt aufzunehmen.

Darauf aufmerksam macht uns die übellaunige Frau von der Agentur »Au-pairs für Süddeutschland«. Übellaunig deshalb, weil wir uns nicht um Michelle gekümmert haben, aber auch, weil sie auf der Straße vor unserem Haus meiner Mutter begegnet und diese fragt, ob hier die Familie Marx und Mauritz wohnt. Meine Mutter bejaht, lässt die Frau aber ohne weitere Rückfragen auf der Straße stehen und stöckelt auf ihren hohen roten Lackstilettos durch das Gartentor zur Haustür, reißt diese auf und schreit in das hallende Treppenhaus, ohne jemanden von uns zu sehen:

»Auf der Straße hat mich gerade eine schlecht gekleidete Frau angesprochen, ob hier Marx und Mauritz wohnen. Erwartet ihr jemanden?«

Die schlecht gekleidete Frau betritt natürlich auch bereits den Garten, da meine Mutter die Gartentür ebenso sperrangelweit offen stehen gelassen hat wie die Haustür, und ist nicht erfreut über die wenig schmeichelhafte Beurteilung ihres Kleidungsstils. Als ich die Treppe herunterkomme, wendet die Frau der Au-pair-Agentur ihren zornigen Blick, den sie zuerst meiner Mutter zukommen ließ, mir zu. Meine Mutter möchte noch etwas retten (oder auch nicht) und kommt mit offenen Armen auf mich zu: »Hallo Schätzchen«, flötet sie. »Ich weiß nicht, wer das sein soll?«

»Mein Name ist Sibylle Berger. Ich bin von der Agentur ›Au-pairs für Süddeutschland‹. Wir haben schon mehrere Male miteinander telefoniert«, stellt sich die wirklich schlecht gekleidete Frau (sollte sich unserem Shopping-Marathon anschließen), die nun bereits im Türrahmen steht, vor. »Sind Sie Frau Marx?«

Und da fällt mir Michelle wieder ein. Wir haben Michelle vergessen! Frau Berger fragt mich, ob wir denn unseren Mailaccount niemals sichten würden? Und warum wir keine Anrufe entgegennehmen würden? Und so weiter. Ich denke, hauptsächlich entspringt Frau Bergers schlechte Laune der Bemerkung meiner Mutter. Aber das mit Michelle ist auch wirklich ein wenig peinlich.

»Wissen Sie, ich bin Bestsellerautorin (bin ich das überhaupt noch?) und nun kommt in wenigen Tagen ein Fernsehteam, das mein Leben filmen will. Da bin ich etwas durcheinander«, versuche ich mich zu verteidigen.

Ups. Nun habe ich wie ein unüberlegt plapperndes Vorschulkind selbst ausgeplaudert, was meine Mutter nie hätte erfahren sollen. Noch bevor Frau Berger ansatzweise etwas erwidern kann, fragt meine Mutter höchst interessiert dazwischen: »Ein Fernsehteam? Eine Realityshow über dich?«

Ohne meine Antwort abzuwarten, fährt sie fort: »Ich

weiß ja nicht, was es über dein Leben Interessantes zu berichten gibt? Und wieso sagt mir denn niemand, dass zu euch ein Fernsehteam kommt? Die interessieren sich sicher auch für meine Zeit als berühmtes Fotomodell. Wann kommen die denn?«

Wo ist eigentlich Sunny? Ich brauche sie jetzt auf der Stelle.

»Sunny«, rufe ich hilfesuchend in das obere Stockwerk. »Sunny, komm bitte schnell herunter. Frau Berger ist da.«

Sunny muss die Situation hier retten. Mein geradezu panischer Ton veranlasst Sunny, sofort das Badezimmer zu verlassen. Sie stürmt halb angezogen mit einem Turban über ihren nassen Haaren und verschmierter Wimperntusche, die sich auf ihren Wangenknochen abgelagert hat, was ihr das traurige Aussehen eines Pandabären verleiht, die Treppe herunter.

»Guten Tag, Frau Berger«, sagt sie wohlerzogen und küsst Frau Berger rechts und links auf die Wange. Meiner Mutter reicht sie die Hand.

»Wie geht es dir denn, mein Kind?«, fragt Frau Berger mit einem fast mütterlichen Blick für ihren Schützling.

»Oh, sehr, sehr gut. Familie Marx und Mauritz ist die beste Familie, die man kann 'aben. Isch nischt will mehr sie verlassen.«

»Das habe ich von Michelle gehört«, sagt Frau Berger.

»Wollen wir uns denn nicht alle erst einmal setzen«, unterbreche ich – nun wieder Herrin meiner Sinne – und gehe voraus ins Wohnzimmer. »Sunny, möchtest du uns bitte Kaffee machen?«

»Isch bringe sofort guten Kaffee für alle«, sagt Sunny und tänzelt in die Küche.

»Auf Kaffee kann ich gerne verzichten«, ruft meine

Mutter Sunny hinterher. »Habt ihr schon wieder keinen Wein im Haus?« Aber Sunny ist bereits außer Hörweite und ich sage nichts dazu.

Dann sitzen wir zu viert auf der nicht mehr ganz so weißen Couch in dem super weißen Wohnzimmer und halten unsere Kaffeetassen (auch Klothilde) auf dem Schoß.

»Michelle hat gesagt, dass ihr euch ein Zimmer teilen sollt. Das möchte Michelle aber nicht. Und es ist ihr gutes Recht, ein eigenes Zimmer zu haben. So war das vereinbart«, wendet sich Frau Berger tadelnd an Sunny. Und irgendwie auch an mich.

»Ah, kein Problem, Frau Berger. Wir 'aben besprochen über alles. Wir werden leeren die Bügelzimmer und isch werde schlafen auf einem Matratze in die Bügelzimmer. Isch bin dann privat. Nischt mehr über Agentur. Frau Marx braucht misch wegen die Team *de télévision*. Isch kann nischt einfach gehen an die Ende von meinem Kontrakt.«

So einfach ist alles gesagt, wozu ich nichts gesagt habe (ich dachte nie ernsthaft an eine Abreise Sunnys, aber auch Michelles Anreise hatte ich völlig ausgeblendet). Wir werden also zwei Au-pairs haben, die irgendwie doch in einem Zimmer schlafen werden, da es sich bei dem Bügelzimmer eher um einen begehbaren Schrank, in dem ein weiterer Schrank steht (wie eine russische Matroschka), den wir keinesfalls entfernen werden, handelt.

Ja, und offensichtlich wird meine Familie für die Filmaufnahmen nicht nur aus mir, meinem Mann, unseren Kindern und Sunny bestehen, sondern zusätzlich aus Michelle und augenscheinlich auch meiner Mutter. Irgendwie fällt nun meine sonderbare Haarfarbe und meine Gewichtszunahme gar nicht mehr so ins Gewicht. Haha, ins Gewicht, das klingt lustig! Ich glaube, jetzt werde ich langsam irre.

Sonntag, 30. April
Familie

Meine Mutter hat sich gerade wieder einmal von einem ihrer ständig wechselnden Lebenspartner getrennt. Mit einem kleinen, leisen Aufschluchzen steht sie am frühen Nachmittag vor unserer Haustür, wo sie mit gebrochener Stimme der Sprechanlage erklärt, dass sie nicht wisse, weshalb sie das Leben mit so fürchterlichen Männern strafe, und dass es sich bei Männern generell um eine unnütze Spezies handle, mit der sie nichts mehr zu tun haben wolle, weshalb sie nun einsam und wohnsitzlos sei.

Später stellt sich heraus, dass sie noch immer bei ihrem Typen, der noch gar nichts von ihrem nahenden Auszug weiß, wohnt. Und selbst, wenn sie ausziehen würde, handelt es sich bei dem Wort »wohnsitzlos« um eine heillose Übertreibung, denn sie besitzt eine leer stehende möblierte Wohnung in München und ist Eigentümerin eines riesigen Hauses mit Pool und Meerblick auf Gran Canaria. Aber mit Details gibt sich meine Mutter nicht ab.

Da im Wohnzimmer Formel 1 über den Bildschirm rast und die Augen meines Mannes und meiner Kinder angestrengt den Rennwagen hinterhersausen, sehe ich mich gezwungen, meine Mutter mit in die »heiligen Hallen« zu nehmen. Sicherheitshalber transportiere ich auch gleich eine Flasche Weißwein und zwei Gläser mit nach oben.

Und als wir da so auf der altrosa Couch sitzen, ist meine Mutter nicht davon abzubringen, wegen ihrer bevorstehenden Einsamkeit – daran hält sie fest, nachdem wir die

Sache mit ihren Immobilien geklärt haben – bei ihrer Familie (bei uns!) Asyl zu finden.

»Jede anständige Familie würde für mich in dieser schicksalsträchtigen Situation da sein«, sagt sie mit einem leichten Seufzen.

Schicksalsträchtig. Dieses Wort klingt wie meinem letzten Roman entwendet. Sie wird doch nicht ein Buch von mir gelesen haben ...? Ebenso verwunderlich ist, dass meine Mutter ihr Vokabular um das Adjektiv »anständig« erweitert hat. Es fällt mir schwer, dieses Wort mit ihr in Verbindung zu bringen; aber bei genauerem Betrachten soll ja auch nicht sie anständig sein, sondern wir.

»Ihr seid doch meine Familie?«, fragt sie.

Es ist nicht ersichtlich, ob sie diese Frage an mich oder an sich selbst stellt. Deutlich ersichtlich dagegen ist ihr Plan, uns längerfristig mit ihrer Anwesenheit zu beglücken. Dieser war in dem Moment, als sie von den Filmaufnahmen erfuhr, unabwendbar. Es stellte sich lediglich noch die Frage, wie sie es anstellen würde. Aber diese Frage ist ja nun beantwortet.

»Wo willst du denn bei uns wohnen?«, frage ich lustlos. »Wir beherbergen jetzt bald zwei Au-pairs. Da ist kein Platz für dich.«

»Natürlich habt ihr Platz für mich. Ich beziehe dieses Zimmer. Ist zwar etwas altmodisch, aber für den Übergang reicht es mir. Und dann sehen wir weiter.«

»Hä?«, frage ich nun völlig unkontrolliert, was aber noch nicht an meinem Weinkonsum (die Flasche ist fast leer und ich nippe noch an meinem ersten Glas) liegen kann. Und welcher Übergang, denke ich. Mir wird gerade speiübel.

»Na, es ist doch wohl mein Verdienst, dass du das Haus

geerbt hast«, sagt sie siegessicher. »Da wird es doch wohl ein Plätzchen für deine alte, einsame Mutter geben.«

Was soll ich dazu sagen? Sie erinnert sich noch nicht einmal an den Mann, dem dieses Haus gehörte; dieses Haus, das sie als alten, baufälligen, vermoderten Kasten bezeichnete, den man nur abreißen kann … Aber nun ist es ihr Verdienst und sie besteht darauf, in diesen alten, baufälligen, vermoderten Kasten einzuziehen. Ich sage, dass ich darüber nachdenken werde. Ich bin wirklich schlecht darin, Entscheidungen zu treffen. Einen dringenden Termin zu erfinden, fällt mir hingegen nicht schwer. Und so stehe ich in Anbetracht meiner Zeitnot geschäftig auf und gehe zur Tür. Es funktioniert. Meine Mutter leert noch im Stehen ihr Glas und folgt mir.

Abends, als ich im Bett eng an meinen Mann gekuschelt liege und ihm von der Idee meiner Mutter erzähle, springt Jens wie von der Tarantel gestochen über den Bettrand. Er sieht aus wie ein kleiner Junge, wie er da so in seinem kurzen Schlafanzug völlig fassungslos vor dem Bett steht; ein sehr zorniger Junge, der im Kampf gegen die Bande anderer Jungs in langen Hosen alles geben wird.

»Wenn deine Mutter hier einzieht, ziehe ich aus«, sagt er dann schließlich gefährlich ruhig. »Und Isabelle« (jetzt wird es wirklich ernst, denn normalerweise nennt er mich Belle) »Isabelle, ich habe nichts dazu gesagt, dass wir nun aus mir nicht nachvollziehbaren Gründen zwei Au-pairs in unserem Haus beherbergen werden, aber deine Mutter wird hier nicht einziehen. Und du wirst das deiner Mutter klipp und klar sagen.«

Montag, 1. Mai
Hotel

Ich komme gar nicht dazu, mit meiner Mutter zu sprechen, denn diese meldet sich bereits am nächsten Morgen aus dem Hotel auf der anderen Straßenseite (direkt uns gegenüber), in dem sie ein Zimmer bezogen hat. Sie ist beleidigt und betitelt mich als undankbare Tochter. Für was gleich nochmal soll ich ihr dankbar sein? Da fällt mir schon wieder nichts ein.

Die »alte Villa« ist aufgeräumt (mein Verdienst) und dank Sunny von oben bis unten geputzt. Jens hat die Rücksendungen unseres Einkaufsrauschs (eigentlich sollte ich hier den Plural benutzen) weggebracht. Die Kinder haben noch kein neues Chaos angerichtet. Es läuft wirklich gut. Wir gehen alle früh ins Bett, um morgen gut gelaunt mit einem strahlenden Teint das Fernsehteam begrüßen zu können. Um elf Uhr nachts weckt mich dann Thomas mit seinem Anruf; will aber nur kurz sagen, dass er morgen zur Unterstützung mitkommt und sich im Hintergrund halten wird.

Danke, lieber Thomas, jetzt bin ich wach und kann nicht wieder einschlafen. Eine schlaflose Nacht kann ich mir in meinem Alter, mit meiner Frisur und meiner Figur nicht leisten … Verdammt nochmal, Thomas!

Dienstag, 2. Mai
Glückseligkeit

Die Stimmung ist angespannt. Schon am Frühstückstisch, an den sich auch Thomas gesellt, wirkt alles unwirklich und gekünstelt. Aber die Umgangsformen sind heute von allen Seiten überraschend gut. In einer Stunde kommt das Fernsehteam. Sunny und ich überprüfen unser Make-up (zum dritten Mal). Jens und Thomas trinken einen weiteren Kaffee und wirken, als wären sie die besten Freunde. Tim und Tom machen sich auf den Schulweg (mit dem Fahrrad). Ich hoffe, sie schaffen es, ihre Höflichkeit von heute Morgen bis heute Mittag beizubehalten, ohne in den Max-und-Moritz-Modus zu verfallen. Happy liegt entspannt auf der Couch, nur ihre Ohren zucken wie die Fühler einer Schnecke, wenn man sie berührt.

Felix, der Kameramann, Jan, sein Adlatus, Tina, die Journalistin, sowie eine unvorstellbare Menge Equipment stapeln sich in meinen »heiligen Hallen«. Hier soll die dreiteilige Serie über »Das Leben der Isabelle Marx« mit einem kleinen Interview starten. Ich bin gut vorbereitet; habe mehrere Spickzettel zwischen die auf der Tapete fliegenden Kraniche gepinnt. Auch Tinas Angebot, dass sie eine Szene so oft drehen können, wie ich das möchte, beruhigt mich. Später bereut sie dieses Versprechen. Aber im Moment ist sie noch guter Dinge. Sie sitzt neben mir auf der altrosa Samtcouch (hoffentlich bleiben nicht allzu viele weiße Katzenhaare an ihrem dunklen Hosenanzug kleben) und sagt, dass sie sich wahnsinnig freut, mich endlich persönlich kennenzulernen, da sie alle meine Romane von der ersten bis zur letzten Zeile richtiggehend verschlungen hätte, und dass sie bei jedem neuen Roman mitgelitten, mitgelacht, mitgehofft und am Ende eine glückliche kleine Träne vergossen hätte.

»Was hat Sie dazu gebracht, diese Art von Romanen zu schreiben, Frau Marx?«, fragt sie dann und schenkt mir respektive der Kamera ein bezauberndes Lächeln.

Sie sagt wirklich: eine glückliche kleine Träne. Ich weiß ja nicht, ob die gute Tina (ich schätze sie auf Anfang dreißig) jemals ein Buch von mir gelesen hat. Sie sieht auch nicht so aus, als würde sie Liebesromane lesen; eher die Süddeutsche Zeitung, die Frankfurter Allgemeine oder das Wall Street Journal. Und Tränen vergießt Tina sicherlich nur, wenn sie ihre Ziele nicht erreicht. Sie wirkt sehr, sehr ehrgeizig.

Ich versuche auch ihr respektive der Kamera ein bezauberndes Lächeln zukommen zu lassen und hoffe, meine Mundwinkel befinden sich dabei nicht in verkrampfter Anstrengung auf unterschiedlichen Ebenen. Leider wurde ich bereits mit einigen dieser unsymmetrischen Aufnahmen meines Lächelns konfrontiert.

»Mein Mann«, sage ich, bemüht um eine optisch wohlgestaltete Ausstrahlung. »Bevor ich meinen Mann kennenlernte, schrieb ich unter einem Pseudonym gesellschaftskritische Romane. Diese Bücher verkauften sich schlecht. Ich denke, die meisten Menschen wollen einfache, schöne Geschichten lesen ...«

»Verraten Sie uns Ihr Pseudonym?«, plappert Tina einfach so dazwischen und zerstört mit ihrer zweiten Frage bereits unser Vertrauensverhältnis.

»... Meine Leserinnen wollen ein Happy End. Sie

wollen in eine fantastische Welt eintauchen; ihre Probleme für die Zeit des Lesens vergessen«, ende ich in aller Ruhe. Dafür bewundere ich mich. Was denkt sich diese heimtückische Tina eigentlich? Sitzt hier auf meiner rosa Samtcouch in meinen »heiligen Hallen« und will mich aus dem Konzept bringen. Wenn es bis heute niemandem gelungen ist, mein Pseudonym zu erfahren, werde ich es sicherlich auch jetzt nicht ausplaudern. In der Öffentlichkeit bin und bleibe ich Isabelle Marx, Autorin von Liebesromanen. Jedenfalls solange ich bei diesem Verlag unter Vertrag stehe.

»Natürlich werde ich nicht mit Ihnen über mein Pseudonym sprechen«, füge ich bestimmt hinzu und streiche über den Rock meines hellgrauen Kaschmirkleids (steht mir ausgezeichnet; die Shapewear kaschiert meine Röllchen und das Hellgrau die Katzenhaare).

»Einen Versuch war es wert«, lacht Tina, und ich ärgere mich nun dermaßen über ihre Dreistigkeit, dass ich fast mein komplettes Konzept aus den Augen verliere.

»Also Ihr Mann hat Sie zu Ihren Romanen inspiriert«, wiederholt Tina. Es klingt beinahe gelangweilt. Mein Pseudonym hätte sie mehr interessiert.

»Ja. Ich habe meinen Mann mit Mitte dreißig kennengelernt und wusste sofort, er ist der Mann, mit dem ich mein Leben verbringen möchte. Jens war beruflich viel unterwegs und wir konnten uns anfangs nicht so oft sehen, wie wir das wollten. Und so begleitete ich ihn schließlich auf seinen Reisen um die halbe Welt (etwas übertrieben; egal). Unsere Liebe und die fremden Länder waren dann letztendlich die Vorlage für meine neue Art von Romanen … für die Liebesromane …«

Und dann erzähle ich von Jens und mir; wie er tagsüber seine Termine wahrnahm, ich währenddessen in den

Städten herumstromerte; in Cafés, am Strand, in Parks, auf Kaimauern und bei schlechtem Wetter in den unterschiedlichsten Hotelzimmern meine Eindrücke, garniert mit einer zarten Liebesgeschichte, zu Papier brachte. Die Protagonisten waren immer Jens und ich: abends im Restaurant, im Theater, in der Oper, beim Picknick, am Strand, mit wehendem Haar (nur ich) im Cabrio durch die laue Sommernacht … Ich baute Irrungen und Verwirrungen, Missverständnisse und Lügen in meine Handlungsstränge ein, die sich nach und nach in pure Glückseligkeit auflösten. Bei Jens und mir verirrte und verwirrte sich nichts, wurde nichts missverstanden und nicht gelogen. Da gab es nur Liebe und Einverständnis und Glück …

War es wirklich so?, frage ich mich, nachdem dieser Part bereits zum dritten Mal gedreht wird, weil ich mit meiner Wortwahl nicht zufrieden bin. Oder vermische ich Realität und Roman? Jedenfalls waren die Städte nicht immer am Meer. Manche waren heiß und stickig, manche nass und kalt. Und manche Abende verbrachte ich auch alleine in unpersönlichen Hotelzimmern, während Jens sich bei irgendwelchen Geschäftsessen amüsierte (Jens sagt, er amüsiert sich bei den Geschäftsessen nicht; pah, wer soll das denn glauben mit all den hübschen Frauen, die ich mir dabei vorstelle …).

Dennoch überwiegt in meiner Erinnerung das Außergewöhnliche, das Wunderbare dieser Zeit. Die Freiheit, die Leichtigkeit und natürlich die Liebe. Und das alles steckte ich in meine Romane.

So, nun sollte ich mich aber wieder auf das Interview konzentrieren.

»Ich habe mit meinen Erlebnissen eine rosa Welt für meine Leserinnen – in diesem Fall brauche ich nicht einmal zu gendern – erschaffen«, sage ich versonnen. »Und sollte nicht der, dem es gegönnt ist, eine einzigartige Liebe zu erleben, dem so viel Glück im Leben geschenkt wird, der ein so wunderbares Leben führen darf, sollte nicht gerade dieser Mensch andere an seinem Glück teilhaben lassen ...?«

Mit diesem letzten ergreifenden Satz – nachdem ich die Geschichte dann doch in fünf unterschiedlichen Varianten erzählt habe – sind alle außer mir bereits ziemlich entnervt. Mir geht es gut, denn meine letzte Version erzähle ich absolut brillant; sodass nun der kleinste Funke meines Zweifels an meiner absoluten Glückseligkeit im Keim erstickt ist.

Im Übrigen bin ich der Meinung, dass diese jungen Menschen nicht sehr geduldig sind.

Als wir das Interview für heute beenden und die altrosa Samtcouch verlassen, beginnt Tina einen zornigen Kampf mit den weißen Katzenhaaren auf ihrem dunklen Hosenanzug; erfahrungsgemäß werden die Katzenhaare siegen und Tina den restlichen Tag begleiten, denn von mir bekommt sie keine Fusselrolle. Geschieht ihr recht. Ich befürchte, ich kann Tina nicht leiden.

Das Fernsehteam will uns noch beim familiären Mittagstisch filmen. Der Mittagstisch kommt vom Griechen. Sunny hat alles aus den Schachteln gepackt und in einem kunterbunten, matschigen Berg (ich sehe meinen Kindern an, wie sie das Essen gerne als Kackhaufen betiteln würden, aber meine gut erzogenen Kinder werfen sich nur fragende Blicke zu und schweigen) auf die Teller drapiert. Und so sitzen wir eingelullt in eine überaus höfliche, eine überaus freundliche Konversation – ganz familiär – am Esstisch.

Außer, dass mir die Gabel aus der Hand rutscht und laut klackernd auf den Boden fällt und dies die Zwillinge zu einem unkontrollierten Lachkrampf veranlasst, womit sie Sunny anstecken, und Sunny den Schluck Wasser, den sie gerade aus ihrem Glas genommen hat, wie eine Fontäne quer über den Tisch spuckt, passiert eigentlich nicht mehr viel Erwähnenswertes.

Das Fernsehteam kommt übernächste Woche wieder. Schätze mal, sie müssen sich von mir, meiner Familie und allem, was dazugehört, erst einmal erholen. Thomas ist auch relativ wortkarg, als er sich von uns verabschiedet. Sicherlich sagt er nur nichts zu mir, da er denkt, das mit unserer Fernsehtauglichkeit wird noch. Aber da kann ich ihm mit ziemlicher Sicherheit sagen, dass das nichts mehr wird, dass dieser erste Akt der Aufführung nur die Spitze des Eisbergs war.

Montag, 8. Mai
Resilienz

Meine Mutter ist zornig. Sie hat erfahren (durch wen auch immer), dass das Fernsehteam bereits bei uns gefilmt hat – ohne sie. Ihr Zorn und der unbedingte Wille, beim nächsten Dreh dabei zu sein, machen aus ihr eine liebevolle Mutter und eine engagierte Großmutter. Das heißt, sie steht täglich vor unserer Haustür und bemüht sich so zu tun, als wären wir die Familie, die sie sich immer gewünscht hat. In ihrem Bestreben, wieder an die Öffentlichkeit zu kommen, bietet sie an, die Zwillinge von der Schule abzuholen, zum Fußballtraining zu fahren und dort am Rande des Spielfeldes bis zum Ende des Trainings auszuharren.

Nachdem dazu keine Notwendigkeit besteht, schlägt sie kurzerhand einen Besuch im Tierpark München Hellabrunn sowie einen Ausflug in den Skyline-Park bei Bad Wörishofen vor (nur meinen solidarischen Kindern – oder ist es lediglich Eigenschutz? – verdanke ich die Abwendung eines fragwürdigen Familienzuwachses).

Unvorstellbar, was Mutter alles auf sich nehmen würde, um keinen Drehtag mehr zu verpassen; beinahe bewundernswert ihre Kreativität und ihre temporäre Resilienz.

Mittwoch, 10. Mai
Knochige Ellbogen

Sunny entwickelt sich zur Sauberkeitsfanatikerin. Das
Haus ist so rein, dass ich mich nur noch wie eine Ballett-
tänzerin auf Zehenspitzen bewege, um kein Stäubchen zu
hinterlassen; mein Mann und die Kinder vermeiden inzwischen wegen anhaltender Sauberkeit und auferlegter Bewe-
gungseinschränkungen jegliches unnötige Zuhausesein.

Sunny übernimmt nicht nur das Putzen, sondern auch
das Einkaufen und Kochen, um mich zu entlasten. Insbesondere liegt ihr daran, ihre Kochkünste beim nächsten
Filmdreh unter Beweis zu stellen, wozu sie viel Zeit im Internet mit der Suche nach komplizierten Gerichten verbringt, was uns derzeit auf eher übersichtliche Gerichte blicken lässt.

Wann kommt eigentlich Michelle? In meinem Terminkalender steht der 26. Mai. Das ist gut. So kollidiert ihre Ankunft nicht mit irgendwelchen Fernsehaufnahmen.

Komme auf dem Weg vom Bäcker (da kaufe ich nach wie
vor noch gerne persönlich ein; fällt hier doch das ein oder
andere süße Teilchen für mich ab) am Hotel, in dem sich
meine Mutter einquartiert hat, vorbei. Sie sieht mich nicht,
denn sie hält ein riesiges Fernglas vor ihren Augen und beobachtet wie ein drittklassiger Detektiv, ihre knochigen,
braunen Ellbogen auf das Fensterbrett gestützt, unser
Haus.

Dienstag, 16. Mai
Michelle

Das Fernsehteam besteht heute nur aus Felix und Jan (Tina reicht es wohl mit mir; passe nicht in ihre ehrgeizigen Pläne). Meine Familie samt Sunny und Katze hat sich im Wohnzimmer versammelt. Felix stellt sein Kamerazubehör in der Mitte des Zimmers ab; gleich neben Happy, die sich auf dem blanken Parkettboden (ist nicht ihr favorisierter Platz; weich und kuschelig muss es sein, aber was tut man nicht alles, um sich in den Mittelpunkt zu rücken) harmlos schlafend stellt, während sie sich Stück für Stück in ungeahnte Längen ausdehnt, was den Platz für Felix' Equipment sehr einschränkt. Als Felix sich herunterbeugt, um sie etwas zur Seite zu schieben – was man keinesfalls tun sollte –, dreht sich das weiße Fellbüschel in Blitzgeschwindigkeit auf den Rücken, faucht lautstark und erwischt Felix mit ihren spitzigen Krallen an der Wange. Über diese zieht sich nun ein langer, dünner roter Streifen. Sunny schreit auf, als hätte Happy Felix mit einem Happs den Kopf abgebissen.

»*Mon dieu*, du blutest ja«, ruft sie in heller Aufregung.

Felix fährt sich über die Wange und eigentlich ist da gar kein Blut an der Hand, aber Sunny rennt ins Badezimmer, schleppt den Erste-Hilfe-Koffer heran und klebt ein großes Pflaster auf Felix' nicht blutende Wange, was Felix mit einem dankbaren Lächeln quittiert.

Nach der medizinischen Errettung unseres Kameramannes macht sich Sunny auf, um weiter am Abendessen herumzuexperimentieren. Bereits der kurze Blick auf das Chaos in der Küche, den ich beim Öffnen der Küchentür erhasche, lässt mich erschaudern.

Als wir die erste Gabel eines Gerichts von undefinierbarer Farbe und Konsistenz, voller undefinierbarer Zutaten – und das alles auch noch völlig versalzen – in den Mund schieben, kann man das nicht anders als einen wenig überraschenden Angriff auf unsere Geschmacksnerven bezeichnen. Die Frage, wie wir das essen können, ohne unsere Gesichter vor der Kamera in angewiderte Grimassen zu verziehen, erübrigt sich, als Sunny den zweiten Bissen zum Mund führt, dann die Gabel andächtig in den Teller zurücklegt und sagt: »Isch glaube, wir sollten nischt essen das. Es scheint zu 'aben einen schlechten Zutat.«

Erleichtert legen auch wir unser Besteck auf die Seite. Tim lädt die Speisekarte des indischen Restaurants am Hauptplatz auf sein Handy. Mein Mann hat bereits einen Kellner des Restaurants am Telefon und über dem heimischen Esstisch und Tims Handydisplay bricht eine lautstarke Diskussion über unsere Essenswünsche aus. Eigentlich sieht keiner wirklich, was auf der Speisekarte auf dem klitzekleinen Bildschirm steht, und so berücksichtigt Jens alle Nummern der Gerichte, die wir willkürlich wie die Zahlen beim Bingo in den Raum rufen, und leitet diese an den Kellner weiter.

Zwanzig Minuten später kommt dann ein wie ein Weihnachtsmann bepackter Lieferbote mit vier riesigen Warmhalteboxen, in denen sich mindestens dreißig Behältnisse unterschiedlichster Größen und Formen verbergen. Zusätzlich sechs Packungen Naan-Brot in Alufolie. Bis wir endlich die duftenden Schächtelchen und Schachteln aus der Warmhaltebox entfernt und diese in der Diele auf dem Fußboden übereinandergestapelt haben, was dann aussieht wie ein Gebäude von Hundertwasser – nur nicht so bunt –, und wir inmitten dieses Gebildes stehen und uns kaum mehr bewegen können, beginnt der Essensbote relativ verzweifelt zu schauen. Ja, das Auspacken hat lange gedauert. Mir ist durchaus bewusst, dass Zeit Geld ist. Und so kämpfe ich mich zu meiner Geldbörse durch, die ich bereits vor der Lieferung – gut organisiert – auf der Dielenkommode platziert habe, und gebe dem Inder schuldbewusst ein fürstliches Trinkgeld. Der Inder bedankt sich überschwänglich mit stark schwäbischem Akzent. Er ist noch nicht ganz wieder an der Haustür angelangt, als es erneut klingelt. Da im Moment der Weg zum Eingang mit Essen und dem Mann vom Lieferservice versperrt ist, öffnet nun der indische Schwabe die Tür.

Unser Blick, gefolgt von dem der Kameras, fällt auf zwei riesige Überseekoffer und ein außerordentlich zornig dreinblickendes junges Mädchen. Im Hintergrund steht ein Taxi, dessen Fahrer genervt am Wagen lehnt und auf sein Geld wartet. Sunny stürzt am indischen Schwaben vorbei auf das junge Mädchen zu, drückt dieses herzlich, küsst es auf beide Wangen und übergießt Michelle mit einem französischen Wortschwall. Ich quetsche mich, glücklicherweise immer noch mit meiner Geldbörse bewaffnet, am indischen Schwaben (steht nun ohne Eile wie angewurzelt in der Tür), an Sunny und Michelle vorbei und entlohne erst einmal den Taxifahrer. Gut, dass ich erst vor Kurzem am Bankautomaten Geld abgehoben habe; ganz schön teuer so eine Taxifahrt vom Münchner Flughafen in unsere beschauliche Kleinstadt.

Nachdem allseits geklärt ist, wer denn da nun angekommen ist, ist Felix begeistert über den Familienzuwachs;

aus rein beruflicher Sicht für die Doku (diese Aussage könnte von Jens stammen), fügt er dann noch mit einem entschuldigenden Blick in Richtung Sunny hinzu. Das hilft aber nicht mehr, um Sunnys aufkeimende Eifersucht zu stoppen.

Nach einer kollektiven Begrüßung Michelles (ist natürlich genauso schlank und hübsch wie Sunny und die Sunnys vor ihr) steht die komplette Familie samt Kamerateam und der neugierigen Happy unbeholfen in der Diele inmitten der Essensboxen. Als wir diese (die Essensboxen) dann in die Küche schaffen, einen kleinen Teil davon auf Tellern und Schüsseln verteilen und das Essen lecker dampfend auf dem Tisch stehen sollte, dampft nichts mehr, denn der indische Gaumenschmaus ist kalt. Und während die Kameramänner nun missmutig ihr Equipment einpacken, da ich darauf bestehe, die neue Situation ohne Kameras zu klären, frage ich mich, wie es nun schon wieder zu diesem Chaos kommen konnte? Es klärt sich aber auch ohne Kameras nicht, wer denn nun die Ankunftstermine durcheinandergebracht hat.

Die Fakten sind: Michelle ist wegen unserer wenig euphorischen Begrüßung, der Nichtbeantwortung ihrer verzweifelten Anrufe, der Anreise vom Flughafen im Taxi und dem ganzen Durcheinander in unserem Haushalt ziemlich irritiert und zieht sich mit der ebenfalls irritierten Sunny (böser Felix) in ihrer beider Zimmer zurück, wo nun Michelle in Sunnys Bett und Sunny auf einer hektisch herbeigesuchten und mühevoll aufgepusteten Luftmatratze nächtigen wird.

Jens hat genug von der ganzen Aufregung und zieht sich in den Keller zurück. Keine Ahnung, was er da macht, vielleicht schläft er auf seiner neuen Werkbank? Tim und

Tom entschwinden – wie oftmals – kommentarlos in ihre Zimmer. Nur ich bleibe inmitten leerer und gefüllter Essensboxen sitzen. Werde nachher die Essensreste auf die Terrasse ins Kühle verfrachten und hoffen, dass die in unserem Garten herumspazierenden Raben keine Freunde der indischen Küche sind … Wenn ja, können sie die Verpackungen auch gleich mitnehmen …

Die bereits von uns geleerten Boxen werde ich in einem Müllsack verstauen und diese heute noch zur Mülltonne bringen, die dann bis zur nächsten Leerung (Mitte nächster Woche) völlig überfüllt sein wird. Das kommt dabei raus, wenn ich mich nicht um alles kümmere. Die eine (Sunny) kann nicht kochen, der andere (mein Mann) will nicht kochen, die Zwillinge schreien wild durcheinander und so wird völlig unterzuckert eine völlig unkontrollierte Menge Essen mit einer unvorstellbaren Menge Verpackung geordert. Und dann steht auch noch das französische Au-pair vor der Haustür und keiner weiß, warum ausgerechnet heute. Und dann muss ich auch noch das Fernsehteam halbverrichteter Dinge nach Hause schicken. Letzteres wird wiederum Thomas verärgern … Und eigentlich muss ich noch froh sein, dass meine Mutter nicht auf der Bildfläche erschienen ist …

Donnerstag, 25. Mai
Zwei Herzen

Ich werde etwas spazieren gehen. Die Korrekturen für den Verlag können warten.

Im nahegelegenen Wildpark beginne ich die Rehe zu beneiden, wie sie da so ruhig und friedlich nebeneinander auf dem moosigen Waldboden vor sich hin äsen. Bei mir zu Hause wird jede gemeinsame Mahlzeit zur Zerreißprobe für meine Nerven. Manchmal keimt in mir ein Gefühl roher Gewalt auf; die Idee, meine Gabel zu nehmen und sie irgendeinem aus meiner Familie oder dem, was inzwischen dazugehört, in die Hand zu stechen. Das klingt erst einmal brutal, aber das Geschrei und das Gekeife am Esstisch ist unvorstellbar. Die Au-pairs tragen verbale Gladiatorenkämpfe aus; die Streitereien meiner Kinder werden nach einem kurzen verbalen Einstieg schnell physisch. Mein Mann plärrt mit der Lautstärke einer stark befahrenen Autobahn: »Ruhe!« und »Jetzt reicht es mir!«, was zwar für kollektive Stille sorgt, aber die beleidigten Gesichter aller Beteiligten nun lustlos im Essen herumstochern lässt. Ich bemühe mich, weiterhin freundlich zu bleiben, um keine tieferen Schäden im Seelenleben dieser jungen Menschen anzurichten.

Aber dennoch schießen diese groben Fantasien wie Pilze aus dem Boden in meinen müden Kopf. Was machen diese Leute nur aus meinem Leben? Irgendwann konnte ich einmal Romane schreiben; jetzt mangelt es mir schon an der Konzentration zur Korrektur.

Ich lehne mich an einen Baum und beobachte die Rehe; diese schenken mir lediglich einen kurzen, gelangweilten Blick. Ein Sonnenstrahl bahnt sich seinen Weg durch die Äste, morgendliche Tautropfen glitzern wie Diamanten auf den spärlichen Grashalmen und dem dunkelgrünen Moos; eine Stimmung wie in einem Disneyfilm. Beinahe erwarte ich, dass die Rehe mit mir sprechen.

Irgendwann einmal hatte auch ich das Gefühl, als Hauptdarstellerin durch einen diamantglitzernden Disneyfilm zu wandeln; in einem gefühlt anderen Leben, als ich mit meinem Mann (damals noch Lebensgefährte) sehr verliebt durch die Welt reiste, als sich meine Mutter noch nicht für mein Leben interessierte, als ich die »alte Villa« erbte, als ich einen Bestseller schrieb …

Dann feierten Jens und ich meinen 45. Geburtstag auf einer afrikanischen Insel, um der deutschen winterlichen Kälte zu entfliehen. Wir schwammen auf einer Welle des unendlichen Glücks. Nach drei Wochen endete das unendliche Glück und wir flogen zurück in das kalte Deutschland. Und wenn ich genau nachrechne, saßen wir nicht mehr wie beim Hinflug zu zweit im Flugzeug, sondern bereits zu viert. Aber das wusste ich damals nicht. Und auch die Wochen darauf, als mein Körper sonderbare Dinge veranstaltete, schob ich das vorerst auf die nahenden Wechseljahre. Als ich immer unausstehlicher wurde, schickte mich Jens zum Arzt und siehe da, meine Wechseljahre hatten sich in eine späte Schwangerschaft verwandelt.

Der Arzt fixierte lange den Monitor des Ultraschallgeräts, um mir dann freudig zu meiner Schwangerschaft zu gratulieren. Er deutete auf den Bildschirm und zeigte mir zwei kleine schlagende Herzen. Im ersten Moment dachte ich tatsächlich, dass es die logische Schlussfolgerung für mich sein musste, ein Kind mit zwei Herzen zu bekommen, da ich mich ja mit nichts anderem als Herzensangelegenheiten beschäftigte. Das war aber nur ein sehr vager Gedanke, denn irgendwie drang diese Schwangerschaftsgeschichte und das, was mir der Arzt darüber zu erklären versuchte, nicht wirklich zu mir durch. Meine einzige Sorge galt den Wechseljahrbeschwerden und wie wir dagegen vorgehen würden. Das sagte ich dann auch. Der Arzt sah mich so komisch an, dass mir gleich auffiel, dass ich etwas Sonderbares von mir gegeben hatte.

Dann säuselte er mit seiner beruhigenden Arztstimme: »Frau Marx, ich muss Ihnen sagen, dass es sich bei Ihrer Schwangerschaft allein aufgrund Ihres Alters um eine Risikoschwangerschaft handelt. Und dann noch Zwillinge … Passen Sie auf sich auf und schonen Sie sich.«

Im Nachhinein war das größte Risiko meiner Schwangerschaft tatsächlich dieser letzte Satz des Arztes, wobei ich davon nur das beängstigende Wort Zwillinge hörte. Ich bin heute noch der festen Überzeugung, dass mein Herz und somit die zwei kleinen Herzen in mir für mehrere Sekunden aufgehört hatten zu schlagen. Der Arzt fragte, ob alles in Ordnung mit mir wäre, doch ich verließ ohne eine Antwort und ohne meine Handtasche die Praxis.

Während ich traumwandlerisch vor meinem verschlossenen Wagen stand, lief die Sprechstundenhilfe eine Tasche schwenkend und meinen Namen rufend auf mich zu. Ich wunderte mich, dass sie die gleiche Tasche hatte wie ich, da diese mir doch als Einzelstück verkauft worden war.

Wie ich nach Hause kam, weiß ich nicht mehr. Meine Erinnerung setzt erst wieder ein, als ich bereits an meinem

Schreibtisch in meinen »heiligen Hallen« saß und auf den Fluss blickte. Dort starrte ich lange auf das auf dem Schreibtisch liegende Telefon, das ich nicht benutzen würde, um die frohe Kunde unter das Volk zu bringen.

Einige Wochen später machte mir Jens einen unspektakulären Heiratsantrag, indem er mir einen kleinen Ring mit einem großen Stein an den Finger steckte und sagte: »Lass uns ins Bürgerbüro gehen und einen Termin für die Hochzeit vereinbaren.«

Zwei Wochen später heirateten wir im ersten Stock des Rathauses unseres mittelalterlichen Städtchens. Uns gegenüber ausschließlich die Standesbeamtin und zu unserer Rechten die alten Ratsherren in Lebensgröße bei einer Sitzung Ende des 19. Jahrhunderts. Jedenfalls die Ratsherren, die Hubert von Herkomer, der Künstler dieses Gemäldes, gewillt war zu malen. Einige davon – ihm nicht wohlgesonnene – ließ er auf dem Bild einfach weg.

Die Weglassung unserer Hochzeitsgäste war weniger bewusster Boshaftigkeit geschuldet, sondern eher einer anhaltenden Übelkeit und einer unfassbaren Müdigkeit der werdenden Mutter, was aber nichts daran änderte, dass die weggelassenen Hochzeitsgäste uns bewusste Boshaftigkeit unterstellten.

Nun waren wir also verheiratet und bald würden wir Eltern von zwei Kindern sein, obwohl Heirat und Kinder nie unser Thema waren. Unsere Liebe und unsere Berufe ließen uns bisher in absoluter Zufriedenheit leben. Aber nun brauchte dieses zufriedene Leben eine neue Struktur … und viel Raum für Zwillinge. Das kann einen schon einmal kurzfristig überfordern.

Ich traf mich mit Tessa, saß ihr mit offenem Hosenknopf, da die Zwillinge bereits jetzt einigen Raum einnahmen, gegenüber und fühlte mich müde und unwohl. Tessa, deren selbst erklärtes Lebensziel es immer war, zu heiraten und Kinder zu bekommen, sagte mir, dass ich nun mein Ziel im Leben erreicht hätte und der glücklichste Mensch der Welt sein müsste. Hm, von Zielerreichung konnte keine Rede sein und »der glücklichste Mensch der Welt« war sicherlich auch nicht die richtige Beschreibung meiner momentanen Situation; eher irritiert, verwirrt und voller Ängste …

Jens fügte sich schneller als ich in unsere neuen Lebensumstände. Er startete sein persönliches Verantwortungsprogramm, indem er mich in Watte packte und seine beruflichen Reisen auf ein Minimum beschränkte, um stets an meiner Seite weilen zu können. Schließlich handelte es sich bei mir um eine Spätgebärende mit einer Risikoschwangerschaft, die gehegt und gepflegt werden musste.

Diese unnatürliche Nähe, dieses überfürsorgliche Verhalten, diese Vorsicht, die mein Mann mir gegenüber an den Tag legte, machten mich zusehends unausstehlicher. Ich wechselte meine Stimmung wie ein Apriltag das Wetter und manchmal konnte selbst ich meinen Launen nicht mehr folgen. Aber Jens ertrug meine breite Palette an Stimmungsschwankungen mit stoischer Ruhe, da er dachte, es wären die Schwangerschaftshormone. Und er wurde noch fürsorglicher. Er fütterte mich mit so vielen Nährstoffen und Vitaminen, bis ich einen Ausschlag bekam. Drei Monate vor dem errechneten Geburtstermin packte Jens meine Tasche für die Entbindungsklinik (nur er wusste, was gut für seine schwangere, bald gebärende Frau war!). Ich wehrte mich nicht, packte nichts um, hoffte nur möglichst schnell in die Klinik entfliehen und diese Kinder auf die Welt bringen zu können.

Jens lebte meine Schwangerschaft mit einer solchen Leidenschaft, dass ich mich wunderte, dass nur mein Bauch in unvorstellbare Dimensionen anwuchs und seiner nicht. So verbrachten wir die Monate bis zur Geburt in völlig unterschiedlichen Welten: Jens in wohlwollender Fürsorge für mich und die »Jungs« (wie er die Zwillinge damals bereits liebevoll nannte) aufgehend, und ich eingesponnen in diesen Kokon aus nicht gewollter Fürsorge, eingesponnen in meine auf- und abflauenden Launen und eine hochgradige Unberechenbarkeit.

Die Rehe äsen immer noch. Wahrscheinlich machen sie den ganzen Tag nichts anderes. Sonnenstrahlen im Gelb überreifer Zitronen fallen nun in einem anderen, aber nicht weniger weichzeichnenden Winkel durch die Äste.

Schluss mit Idylle und Romantik. Ich muss nach Hause. Noch etwas korrigieren. Leide inzwischen unter extrem schlechtem Gewissen. Verbrachte die letzten Nächte mit immer demselben Albtraum: Der Verlag verbrennt mein Buch öffentlich am Hauptplatz, während langnasige Hexen in zerfledderten Röcken auf ihren Besen über das lodernde Feuer fliegen und unter schrillem Lachen mit langen knochigen Fingern nach den verkohlten Fetzen meines Buches haschen …

Als ich über den Kiesweg am Fluss mein Zuhause erreiche, ist tatsächlich die Gartentür zugesperrt und der Schlüssel abgezogen. Was soll denn das? Wer wurde denn diesmal eingesperrt? Wer ausgesperrt wurde, liegt ja wohl klar auf der Hand. Leider kann ich mein Haus auch nicht von der Straßenseite erreichen, da ich dort am Hotel, in dem meine Mutter ihren Beobachtungsposten eingerichtet hat, vorbeimüsste.

Also versuche ich über die Gartentür zu klettern. Ich

rutsche ab und bleibe mit meinem rechten Schuh in den Zwischenräumen der senkrechten Metallstäbe hängen. Das wirft mein Gleichgewicht aus der Bahn und ich lande unsanft auf Hintern, Händen und einem Fuß. Der andere Fuß steckt noch im Gartentor fest. Da ich bekanntlich nicht sonderlich sportlich bin, kostet es mich einiges an Anstrengung, meinen Oberkörper und meine Arme in eine Position zu bringen, die es mir ermöglicht, mein Schuhband zu öffnen und meinen Fuß zu befreien. Ich brauche mehrere Anläufe, um das Schuhband zu öffnen – was mich dann letztendlich nicht wesentlich weiterbringt, denn der Schuh verweigert weiterhin die Freigabe meines Fußes. Ich hänge immer noch wie ein Harlekin in der Gartentür …

… Und ich weiß nicht, ob ich froh oder peinlich berührt sein soll, als der Nachbar – der mit den Luxuskarossen und dem Katzenflüsterer-Sohn – aus seiner Gartentür stürzt (die niemand versperrt hat), um mich aus meiner misslichen Lage zu befreien.

Werde wohl wieder das Wagnis des Kuchenbackens eingehen oder – vielleicht besser – morgen, wenn ich meine neue Brille beim Optiker abhole (habe nicht vor, dieses Gestell auf die Nase zu setzen, aber Jens meint, eine Brille wäre vonnöten, da selbst ein Maulwurf ein deutlich besseres Sehvermögen als ich hätte), gleich auch einen Kuchen vom Konditor mitnehmen (auf eine Inschrift werde ich dieses Mal verzichten, denn »Vielen Dank für die Errettung meines Fußes« klingt irgendwie blöd).

Freitag, 26. Mai
Verzickte Situation

Tim und Tom können mir während ihres schnell hinunter-
gewürgten Frühstücks nicht erklären, warum sie seit Tagen
ihre Kleidung nicht wechseln; warum die Wäschetruhen
sich immer schneller füllen, aber augenscheinlich nicht mit
ihrer Kleidung. Meine Kinder wirken insgesamt nicht so,
als hätten sie viel Energie in ihre Körperhygiene gesteckt;
Zeit, das Reinlichkeitsthema wieder einmal aufzugreifen.
Vielleicht heute Abend, denn jetzt müssen die Zwillinge in
die Schule.

Aus dem ersten Stock ertönt erbostes Geschrei. Wie jeden Tag, seit Michelle bei uns Einzug gehalten hat. Da sich
Wut anscheinend besser auf Französisch artikulieren lässt,
verstehe ich nicht, um was es geht. Sehr wohl verstehe ich,
dass die beiden Au-pairs kein Dream-Team sind und dass
ich irgendwie ein Machtwort sprechen müsste. Aber wozu,
wenn doch die Kinder von der Schule abgeholt, zum Fußball und zu ihren Klavierstunden gebracht werden, das
Haus sauber ist und Michelle eine begnadete Köchin ist?
Wozu? Ich lege mich erst einmal neben Happy auf die
Couch, um Beethoven zu hören. Was geht mich das alles
an? Beethovens wohlklingende Kompositionen übertönen
lautstark die dissonanten Zänkereien aus dem Obergeschoss … ausschließlich melodisches Klavierspiel … ausschließlich Harmonie und Zufriedenheit … Das Leben ist
schön!

Irgendwann verlassen dann auch die beiden Streithähne (eher Streithennen) das Haus. Ich nehme an, sie sind nun gemeinsam in ihrem Deutschkurs. Happy und ich ändern noch einige (kleine) Passagen meines Romans.

Und dann geht der ganze Terror wieder von vorne los. Sunny und Michelle (streitend) und meine Kinder kommen nach Hause. Sunny wirft die Tür hinter sich zu. Die Zwillinge stehen vor der Haustür und müssen klingeln.

So, jetzt ist es aber wirklich genug. Ich beordere alle vier zu einem Gespräch an den Esstisch.

»Was soll das alles?«, frage ich zornig, aber anscheinend nicht detailliert genug, denn ich bekomme keine Antwort. »Sunny, kannst du mir erklären, wieso ihr immerzu streiten müsst?«

»Wieso muss isch sagen das? Michelle sisch streitet immer, nischt isch«, sagt Sunny.

»Und wir streiten gar nicht«, sagt Tim. »Also können wir gehen?«

»Nein. Ihr bleibt!«, sage ich in einem Tonfall, der den von Jens treffen soll; einem Tonfall, der keinen Widerspruch duldet.

»Aber was geht uns die Streiterei von diesen blöden Weibern an?«, fragt Tim.

Und noch bevor ich mich fragen kann, warum die Imitation von Jens' Sprechweise bei den Vieren am Esstisch keine Wirkung zeigt; noch bevor ich die sexistische Aussage meines Sohnes so wirklich realisiere, bricht ein unvorstellbares verbales Inferno über den Esstisch und mich herein. Sunny schreit Tim an. Michelle schreit Tom an, der gar nichts gesagt hat. Meine Kinder schreien zurück. Happy, die auf Jens' freiem Stuhl liegt, ergreift die Flucht. Ich würde auch gerne fliehen. Wohin nur? Zu meiner Mutter ins Hotel?

»Ruhe! Seid jetzt einfach alle still!«, brülle ich. Aber niemand hört auf mich und weiterhin werden lauthals kreuz und quer Boshaftigkeiten über dem Esstisch verteilt, bis ich mit der flachen Hand dermaßen auf die Glasplatte des Tischs schlage, dass ich im ersten Moment denke, mir meine Hand geprellt oder gebrochen zu haben. Aber das war es wert.

Nun muss ich mit den Fakten, die sich nicht ausschließlich auf meine schmerzende Hand beziehen, leben: Also: Michelle kann nicht verstehen, dass Sunny immer noch in dem Zimmer wohnt, das ja nun ihres sein sollte. Und Michelle hat sich bei Frau Berger über Sunny beschwert, weshalb Sunny nun großen Ärger mit Frau Berger hat. Sunny ihrerseits sagt, es wäre mein Problem, eine Lösung für die verzwickte Situation (sie sagt: verzickte Situation und ich hoffe, sie meint verzwickte Situation) zu finden. Meine Kinder sagen, sie würden das alles nicht länger ertragen und sowieso lieber mit dem Bus oder dem Fahrrad fahren und sie könnten beim besten Willen den tieferen Sinn dieser Au-pairs, die ständig das Bad mit ihrer Anwesenheit und ihrem Frauenkram besetzten, nicht erkennen.

Aha, wenigstens schließt sich nun der Hygienekreislauf. Au-pairs im Bad, Kinder nicht im Bad.

Und wie soll ich nun all diese Probleme aus der Welt schaffen? Ich weiß es nicht. Vertage erst einmal eine Lösung, aber nicht ohne vorher meinen Kindern anzubieten, das Bad im Parterre zu nutzen und sie darauf aufmerksam zu machen, ihre Kleidung regelmäßig zu wechseln; auch wenn die Wäschetruhen bereits überquellen.

Samstag, 27. Mai
Fußball

Die Stimmung im Hause Marx und Mauritz ist nach wie vor schlecht. Jens ist seit zwei Wochen hier, was aber auch nicht zu einer Lösung beiträgt, da er meinen Vorschlag, ein Zimmer im Keller für Sunny zu räumen, als inakzeptabel erachtet. Ich kann nicht verstehen, wie Jens einhundert Quadratmeter (drei Zimmer) für seine Werkbänke, seine Maschinen, seine Werkzeuge, seine Schrauben, seinen Wein – und was weiß ich noch alles – benötigen kann. Mein Unverständnis hat dann letztendlich zur Folge, dass man meinen Mann, wenn er sich nicht in seinem Münchner Büro befindet, ausschließlich in unserem (seinem) Keller antrifft.

Ausgenommen von dieser Regelung hat Jens den Samstagnachmittag. Denn da spielt sein Lieblingsfußballverein (natürlich auch der seiner Söhne); da versammelt sich nach wie vor die ganze Familie vor dem Fernseher mit dem größten Bildschirm. Und der steht im Wohnzimmer.

So sitze auch ich wie jeden Samstagnachmittag (frage mich gerade, warum ich das mache?) schwitzend, in einen weiß-blauen Onesie aus Kunstfell gestopft, dessen seitlicher Reißverschluss wegen meiner Gewichtszunahme halb offen steht, mein überhitztes, puterrotes Gesicht halb verdeckt von der Kapuze mit den flauschigen Löwenohren, flankiert von Söhnen und Mann auf der Couch vor dem Fernseher.

Nein, ich bin kein Fußballfan; dennoch hat mich meine

Familie als offizielles Heim-Maskottchen des TSV 1860 München, der »Löwen«, auserkoren.

Insgesamt ist es eine undankbare Aufgabe, das Maskottchen eines Vereins zu sein, der irgendwann einmal die Nummer eins in München war und sich nun seit Jahren in der dritten Liga tummelt. Sicherlich hätten sie bei einem Erstligisten eine andere Wahl getroffen. Leider half mein Argument, ich wäre noch unsicher in den Fußballregeln auch nicht, meinen unleidigen Samstagnachmittag-Job abzuwenden. Mann und Kinder sagten dazu lediglich, ich hätte nun oft genug am Rand eines Fußballfeldes gestanden. Da kann man nicht mehr sagen, dass man keine Ahnung hat.

Ja, das stimmt. Aber sie können doch nicht vergessen haben, dass ich als Zuschauerin von Tims und Toms Mannschaft als Einzige gejubelt habe, als Tom ein Eigentor geschossen hat?

Es ist kurz vor zwei Uhr nachmittags, als ein Reporter den Trainer der »Löwen« interviewt. Keine Ahnung, welcher Sprache sich der aus Niederbayern stammende Trainer bedient; deutsch kann das keinesfalls sein. Ich nehme schwer an, dass auch der Reporter nichts versteht, aber verstehend nickt.

Ich sitze also nun in meinem weiß-blauen (die Farben des Vereins und des in der Bayernhymne besungenen bayerischen Himmels) Onesie – ein Geschenk meiner Familie – wie ein Riesenbaby auf der Couch. War vorher noch auf der Toilette; ist ja bekanntlich mit einem Strampelanzug nicht so einfach, weshalb Babys auch Windeln tragen. Und da geht das Spiel auch schon los, und ich versuche verzweifelt, mich zu orientieren, in welches Tor die »Sechzger« schießen müssen. Heute ist das besonders schwierig, denn beide Torhüter tragen ein grelles Textmarkergelb. Ich werde sicherheitshalber abwarten, wenn das Runde ins Netz geht (enorm, wie ich mittlerweile den Fußballjargon routiniert anwende), ob meine Familie jubelt, bevor ich juble.

Wir sind noch in der ersten Halbzeit und es gab noch nichts zu jubeln, als es an der Tür läutet. Sunny unterbricht ihr Gekeife mit Michelle, kommt die Treppe herunter und öffnet meiner Mutter. Mutter spaziert dann auch sogleich ins Wohnzimmer und regt sich über meinen plüschigen Strampelanzug auf.

»So etwas solltest du mit deiner Figur nicht tragen«, sagt sie, noch bevor sie uns begrüßt.

»Pscht«, zischt mein Mann, der beim Fußballschauen nicht gestört werden will, und Tim schließt sich diesem »Pscht« gleich an, ohne seine Großmutter eines Blickes zu würdigen.

»Unsere Mama ist nicht dick. Das macht der Maskott-chen-Anzug«, verteidigt Tom meinen unvorteilhaften Kleidungsstil. »Meistens ist Mama sogar ein ganz gutes Maskottchen«, fügt er beschwichtigend hinzu, was meine Mutter aber nicht im Geringsten interessiert.

»Im Gegensatz zu mir ist deine Mutter immer dick«, muss die knochige Klothilde noch loswerden. »Als ich ein gefragtes Model war ...«

»Pscht, pscht, pscht ...«, machen nun alle drei Männer meiner Familie.

»... da durfte ich kein Gramm zu viel haben«, redet meine Mutter unbeirrt weiter. »Habt ihr Weißwein? Ich könnte ein Gläschen vertragen«, fügt sie dann noch mun-ter hinzu.

»Nein«, sage ich einfach so, obwohl eine wunderbar

gekühlte Flasche Chardonnay im Kühlschrank steht. »In unserem Haushalt wird kein Alkohol mehr getrunken«, lüge ich meiner Mutter ins Gesicht.

»Sehr traurig«, sagt Mutter, zückt ihr Handy, ruft in dem von ihr bewohnten Hotel an und bestellt eine Flasche Pinot Grigio. Kurz darauf wird die Flasche Wein samt Glas auf einem silbernen Tablett angeliefert, das meine Mutter dann gleich persönlich in Empfang nimmt. Bin ich im falschen Film?

Nach der zweiten Halbzeit, die meine Mutter mit sehr unqualifizierten Bemerkungen vor dem Fernseher verbringt (der hat aber einen tollen Hintern, diese fantastischen muskulösen Beine, all diese jungen Männer – ein wahrer Augenschmaus), hat sie die Flasche bereits geleert. Das verbal unverständliche Abschlussinterview des Trainers flimmert noch über den Bildschirm, als aus dem ersten Stock erneut erbostes Gezänke zu uns herunterdringt. Meinen Mann bringt ja prinzipiell wenig aus der Ruhe, aber in diesem Moment packt ihn eine spontane Wut. Er würde diese Zwistigkeiten der blöden Weiber da oben ein für alle Mal beenden, poltert er.

Es erschließt sich mir nun nicht mehr, ob Tim und Tom diese frauenfeindliche Ausdrucksweise von ihrem Vater übernommen haben oder ihr Vater von ihnen, denn ich muss Jens schnellstens besänftigen und ein Klären der französisch-kanadischen Angelegenheit auf einen späteren Zeitpunkt verschieben.

Inzwischen interessiert sich niemand mehr für die Stellungnahme des Fußballtrainers sowie das Verlieren des Vereins. Dafür entwickelt Mutter ein auffallendes Interesse an der Au-pair-Problematik, in die sie nun, von uns ungewollt, involviert wurde. Mitfühlend legt sie meinem

Mann ihre Hand aufs Knie und sagt: »Das muss ja ein wahnsinniger Stress für dich sein. Da bist du so selten zu Hause und dann hast du in deinem Zuhause niemals Ruhe.«

Während immer noch ihre Hand auf dem Knie meines Mannes ruht, wirft Mutter einen bedenklichen Blick in Richtung der Zwillinge und einen noch bedenklicheren in meine Richtung; was aussagen soll, dass sie nicht ausschließlich Sunny und Michelle als Stressfaktoren für den armen Jens erwähnt haben möchte.

»Das mit einem eigenen Zimmer für eure Sunny ist schnell gelöst«, sagt sie mit siegessicherem, breitem Grinsen und zückt erneut ihr Handy.

Sunny bezieht nun dank der guten Connections meiner Mutter (keiner will wissen, warum ihre Connections so gut sind) kostenfrei ein Zimmer im Hotel gegenüber. Und so ist es meiner Mutter mit einem kurzen Anruf gelungen, ihr Spionagenetz großflächig auszubauen, um jederzeit bestens über die Vorgänge in unserem Haushalt informiert zu sein …

Dienstag, 30. Mai
Harmonie

Sunny schläft nun im Hotel, lebt aber weiterhin in unseren Räumen (ausgenommen Michelles Zimmer). Durch diese nächtliche Trennung von Sunny und Michelle ist so etwas wie Ruhe und Harmonie im Hause Marx und Mauritz eingekehrt. Wie die beiden in ihrer Sprachenschule miteinander zurechtkommen, wo sie wegen ihres gleichen Sprachlevels in einem Kurs sind, bleibt wegen fehlender Nachfrage unergründet.

Nachdem nun nur noch Michelle das Bad im ersten Stock benutzt, finden meine Kinder immer wieder eine Lücke zwischen Michelles körperlichen Reinigungs- und Restaurierungsarbeiten, in der auch sie sich im oberen Bad ihrer Körperhygiene widmen können.

Mein Mann, der im Moment keine Auslandstermine hat, verlässt inzwischen auch manchmal den Keller und schläft wieder in unserem gemeinsamen Ehebett. Das ist schön.

Donnerstag, 1. Juni
Tattoos

Dieses Mal ist das Fernsehteam wieder in kompletter Besetzung in unserem Haus. Die ehrgeizige Journalistin Tina versucht, mir auf der altrosa Couch (habe die Couch vorher eigenhändig abgesaugt) in meinen »heiligen Hallen« wieder sehr persönliche Dinge zu entlocken.

»Wie war das für Sie, Frau Marx, mit 45 Jahren schwanger zu werden?«, beginnt sie dann gleich mit ihrem hinreißenden, ambitionierten Kameralächeln.

Ich höre: So schrecklich alt und dann noch Kinder, das kann doch wirklich nicht sein. In diesem Alter sollte man Großmutter werden, nicht Mutter. Vielleicht sagt sie es nicht so. Vielleicht meint sie es auch nicht so. Aber ich höre diese boshafte Konnotation in ihrer Frage.

So nicht, meine Liebe. Ich lächle (inzwischen sehr angestrengt) weiter. Nein, liebe Tina, ich knicke hier nicht ein. Ich bleibe bei meiner Version, die zu einer erfolgreichen Autorin von Liebesromanen passt: Das Leben der Isabelle Marx ist rosarot.

»Ich habe mich wahnsinnig gefreut, als der Arzt meine Schwangerschaft bestätigte. Für meinen Mann und mich war das genau der richtige Zeitpunkt.«

»Hat es Sie im ersten Moment nicht ein wenig erschreckt, Zwillinge zu bekommen?«

»Wieso sollte mich das erschrecken? Ein Kind zu bekommen ist ein Geschenk. Und zwei Kinder zu bekommen ist ein doppeltes Geschenk.«

Ich glaube, dass ich nun etwas dick auftrage, aber jetzt bin ich schon in diesem Fahrwasser und weiß auch gar nicht mehr so genau, wie ich da wieder rauskomme.

»Wie ging es Ihnen während der Schwangerschaft, Frau Marx. Ihr Alter und eine Schwangerschaft mit Zwillingen?«

Wenn du junges, ehrgeiziges Gör mich noch einmal auf mein fortgeschrittenes Alter ansprichst, werde ich sehr, sehr zornig. Da könnt ihr dann gleich das ganze Interview noch fünfmal drehen.

»Meine Schwangerschaft war eine wundervolle Zeit. Mein Mann war stets liebevoll und fürsorglich an meiner Seite, wofür ich ihm heute noch von ganzem Herzen danke.« Ich hole nur kurz Luft, dann rede ich schnell weiter, um Tina nicht den Raum für böses Vokabular wie »Spätgebärende« oder »Risikoschwangerschaft« zu geben.

»Einer ruhigen, erfüllenden Schwangerschaft folgte eine normale Geburt; es war der glücklichste Moment in meinem Leben, als ich meinen kleinen Tim und meinen kleinen Tom das erste Mal in den Armen halten durfte.«

Da musste ich kein Quäntchen von der Wahrheit abweichen; es war ein wirklich unbeschreibliches Gefühl der absoluten Glückseligkeit, meine Babys in den Armen zu wiegen.

Nach einer schlaflosen Nacht, am darauf folgenden unausgeschlafenen Morgen, schwand das unbeschreibliche Gefühl der absoluten Glückseligkeit. Eine Kinderschwester rollte die Babys in ihren Plexiglaswägelchen in mein Zimmer und ich sollte die Zwillinge unter ihren prüfenden Blicken wickeln. Ich war müde. Ich wollte schlafen. Ich wollte nicht wickeln. Ich konnte nicht wickeln. Natürlich hatte ich das in einem Geburtsvorbereitungskurs gelernt, aber ich dachte, Jens, der diesen Kurs mit deutlich mehr Geschick als ich absolvierte, würde das für mich erledigen, und ich beschäftigte mich nicht weiter mit diesem Thema.

So sah sich die Kinderschwester gezwungen, einen der Zwillinge aus seinem Wägelchen – keine Ahnung welchen, sahen ja beide gleich aus – zu nehmen und mir zu zeigen, wie man Windeln wechselt. Und dann nahm sie auch noch den anderen heraus und wickelte auch diesen.

Ich blieb drei Tage im Krankenhaus, dann flehte ich Jens an, er müsse mich da auf der Stelle rausholen, da die Presse bereits mehrere Male angefragt hatte, ob sie mich und die Zwillinge sehen könnten. Und das war nicht das einzige Problem. Auch die Kinderschwestern fanden mein enormes Schlafbedürfnis und mein Desinteresse bei der Kinderpflege bedenklich. Noch unlustiger wurde das Verhältnis Pflegekräfte und Zwillingsmutter, als ich anfragte, ob es denn nicht die Möglichkeit gäbe, jedem Baby seinen Namen auf die Pobacke tätowieren zu lassen (so schmerzvoll können drei Buchstaben doch nicht sein?), um mir die Unterscheidung zu vereinfachen. Dem Klinikpersonal stand das blanke Entsetzen ins Gesicht geschrieben. Von einem solchen Anliegen hatten sie noch nie gehört. Dennoch waren sie bereit, mir eine kleine Hilfestellung zu geben, indem sie die Kleidung der Zwillinge beschrifteten. Aber welchen tieferen Sinn sollte das denn haben, wenn ich beim Umziehen der Kleinen die Strampelanzüge verwechselte? Sie sagten, sie hätten noch nie eine Zwillingsmutter erlebt, die nach drei Tagen nicht annähernd ihre Zwillinge auseinanderhalten konnte, wenn selbst sie das konnten (halte ich nach wie vor für eine Lüge!). Und ehrlich gesagt, bin ich mir heute noch nicht sicher, ob Tim nicht Tom ist und Tom nicht Tim ist … Aber letzten Endes ist das ja auch nicht wichtig.

Gut, im Nachhinein erscheint mir die Idee mit den Tattoos auch etwas übertrieben. Aber damals … vielleicht doch ein Zuviel an Schwangerschaft, ein Zuviel an Geburt und ein Zuviel an Kindern … ungünstig gepaart mit einem Zuviel an Lebensjahren?

Jens und ich verließen, nach Absprache mit Ärzten und Pflegerinnen, in Kapuzenmäntel gehüllt – jeder ein Baby darunter verborgen, keine Ahnung, wer wen trug (vielleicht fand auch da eine Verwechslung statt) – das Krankenhaus durch den Hinterausgang und schickten einige Tage später entzückende Familienbilder (enorm, dieser Fortschritt in der Fotobearbeitungstechnik) und ein paar launige Zeilen der überglücklichen Eltern an die Presse.

Nach dem Interview, das heute ganz gut gelaufen ist – für alle Beteiligten –, wollen wir begleitet von Kamera und Fernsehteam ins Stadttheater. Nachdem Michelle einige Male mit neuen Outfits die Treppe rauf- und runtersaust, verschwindet auch Sunny noch im Hotel, um sich umzukleiden. Das bleibt von meiner Mutter nicht unbemerkt, was dann nochmals eine Zeitverzögerung bringt, denn meine Mutter wirft sich auch noch in ein in ihren Augen theatertaugliches Outfit (sie hätte damit auch auf dem Wiener Opernball brillieren können) und toupiert ihr strohblondes kurzes Haar in unvorstellbare Höhen. Nun hat sie es endlich geschafft, einem Filmdreh beizuwohnen. Dass wir keine Theaterkarte für sie haben, scheint sie nicht zu stören. Ich sage nichts dazu, denn inzwischen ist es reichlich spät und so hechten wir, die weibliche Fraktion, in unseren Highheels (nur wegen der Fernsehaufnahmen) im Eiltempo über das holprige Kopfsteinpflaster; mein Mann und die Jungs gechillt hinterher; Felix und Jan rückwärts stolpernd (da filmend) voraus. Inzwischen nieselt es leicht und die Feuchtigkeit lässt meine mühevoll geglätteten Haare in eine Art Afrolook verfallen. Ein Seitenblick auf Sunnys, Michelles und Mutters Haare zeigt mir, dass diese nichts von ihrer ursprünglichen Form eingebüßt haben (was bei der Frisur meiner Mutter ein Vorteil sein hätte können); werde mich zukünftig mehr mit den Geheimnissen der breiten Palette der Haarpflegeprodukte befassen müssen.

Wir kommen dann tatsächlich beim ersten Gong im Theater an, was so nicht geplant war, denn Felix wollte noch Filmaufnahmen in familiärer Runde bei einem Drink im Foyer des Theaters machen. Meine Mutter sieht den Intendanten am Einlass zum Saal stehen und schon quetscht sie sich rücksichtslos an pikiert dreinschauenden Besuchern vorbei zum Theaterchef vor.

Ich weiß nicht, was sie gesagt hat, ich weiß nicht, was sie gemacht hat oder was sie dem Intendanten versprochen hat. Jedenfalls lässt dieser den inzwischen halb besetzten Theatersaal wieder räumen, verschiebt den Beginn des Stückes aus technischen Gründen um fünfzehn Minuten und schon wird jedem meiner Familie ein Glas Prosecco in die Hand gedrückt. Auch meinen Kindern, denen ich das Glas schnell wieder aus der Hand nehme. Wie sieht das denn aus? Inzwischen sind sowieso schon alle Augen auf uns gerichtet. Ich habe den Eindruck, die Komödie, die auf der Bühne gespielt werden soll, nimmt hier bereits ihren Anfang. Denn nun erkennt man mich, das heißt, man kennt mich sowieso in unserer Kleinstadt, aber Kameras machen mich gleich um einiges interessanter und schon kommen einige Theaterbesucherinnen wegen eines Autogramms auf mich zu. Sehr werbewirksam. Frage mich gerade, wer die bezahlt hat? Hoffe aber insgeheim, die Damen sind aus freien Stücken zu mir gekommen. Wegen fehlender Autogrammkarten kritzele ich auf die Heftchen zum Theaterprogramm der Saison: »Alles Liebe für meine liebe Leserin von Isabelle Marx«. Ich schreibe für Ute, Martina, Christine, Petra und Maria …

Dann vergehen fünfzehn Minuten mit fröhlich überdrehtem Smalltalk; einer lauten Kundgebung meiner Mutter über ihre einstige Modelkarriere, nachdem sie ihr Glas sowie die Gläser der Zwillinge geleert hat; ein leiser Protest der Zwillinge, die das von »Oma Klo« versprochene Schlückchen Prosecco natürlich nicht zu sich nehmen durften; aufgeregtes Hin- und Herwackeln auf turmhohen Absätzen von Sunny und Michelle vor Felix' Kamera; mein selbstzufriedenes Dauergrinsen im Arm meines Mannes, der seinen weltmännischen Blick still belustigt über die ganze Szenerie schweifen lässt.

Nun ist genug ansprechendes Material für den Film im Kasten, der Gong ertönt erneut, die Zuschauer strömen erneut in den Theatersaal; die Spiele können beginnen.

Übrigens hat sich auch für meine Mutter noch ein Platz gefunden. Ihre strohblonde Achtziger-Jahre-Betonfrisur leuchtet wie der Abendstern über uns und geradezu majestätisch winkt sie von der Galerie mit ihrem schmalen Händchen zu uns herab.

Sonntag, 11. Juni
Kulturfähig

Acht Tage des exemplarischen Irrsinns liegen hinter mir.
Acht Tage Urlaub mit Mann und Kindern. Acht Tage
Städtereise durch Italien (Verona, Mailand, Florenz und
Venedig).

In der Arena von Verona versuchten wir mit den
Kindern die dort obligatorische Oper »Aida« zu genießen.
Unser Genuss (Jens und meiner) zog sich dann tatsächlich
etwas mehr als eine Stunde. Bis zu diesem Zeitpunkt be-
schäftigten sich die Zwillinge interessiert mit irgendwelchen Handyspielen. Danach verloren sie selbst daran das
Interesse. Wir verließen die Oper in der ersten Pause.

Über Mailand möchte ich nicht sprechen (dort dachten
Jens und ich wirklich, dass es besser gewesen wäre, damals
auf der afrikanischen Insel schwimmen zu gehen, als diese
fürchterlichen Kinder zu zeugen).

In Florenz wanderten wir durch den *Parco delle Cascine*
und erfreuten uns an einem italienischen Picknick, dessen
Leckereien wir am Markt eingekauft hatten. Die ungute
Stimmung Mailands nahm das laue Lüftchen mit sich; nur
noch Genuss, Ruhe und Harmonie. Jens und ich dösten
auf einer Decke im Halbschatten, während die Jungs ihren
Ball durch den grünen Rasen kickten. Dann, als wir die
Augen wieder aufschlugen, waren da keine kickenden
Jungs mehr. Wir riefen die Zwillinge, bekamen aber keine
Antwort. Die Kinder waren wie vom Erdboden ver-
schluckt. Habe ich schon erwähnt, dass sich der Park über

eine Fläche von 118 Hektar erstreckt? Langsam (ich bereits mit angstvollem Herzklopfen) räumten wir die Reste des Picknicks in die Tasche, falteten die Decke zusammen, aber Tim und Tom blieben verschwunden. Der späte Nachmittag endete damit, dass ich die Decke wieder ausbreitete und auf dieser mit drei zurückgebliebenen Handys wartend ausharrte, während Jens den Park nach den Kindern absuchte. Als es bereits dämmerte, waren nicht nur die Kinder verschwunden, sondern auch mein Mann kehrte nicht mehr zurück. Ich vergewisserte mich im Internet, ob ich die richtige Rufnummer der *Carabinieri* im Kopf hatte und lernte mittels Google Übersetzer den Satz: »Ich befinde mich im *Parco delle Cascine* in der Nähe des *Fontana delle Boccacce*. Meine zwei Kinder und mein Mann sind verschwunden« auswendig. Ich hielt bereits mein Smartphone in der Hand, um den *Carabinieri* meine missliche Lage in perfektem Italienisch zu schildern, da kamen meine drei Männer lachend des Weges.

Jens hatte Tim und Tom einige Kilometer entfernt beim Fußballspielen mit italienischen Kindern und Eltern angetroffen und sich spontan ihrem Spiel angeschlossen. Mann und Zwillinge erzählten nun mit roten Wangen, erfüllt von großer Fröhlichkeit, wie es ihnen gelungen war, die Italiener mit 8:1 Toren gnadenlos zu besiegen. Als ich fragte, was ihnen einfiele, mich über eine Stunde in Angst und Schrecken auf der Decke sitzen zu lassen, verstanden sie weder meine Aufregung noch mein Problem; denn schließlich waren sie nun ja wieder da.

In Venedig jagten die Zwillinge Tauben am Markusplatz und als ich ihre Tierliebe anzweifelte, waren sie dermaßen beleidigt, dass sie zwar anschließend im Restaurant ein superteures Mittagessen bestellten, aber nichts davon aßen. Das wiederum brachte Jens so in Rage, dass er laut wurde. Dann wurden die Kinder laut und schimpften, sie hätten auf so einen bescheuerten Urlaub sowieso keine Lust gehabt und sie wären nur mitgekommen, weil ihr Vater sie inzwischen für kulturfähig hielt, wobei sie gar nicht so genau gewusst hätten, was das bedeutet. Ebenso hätte ihr Vater gesagt, er würde keinen weiteren Badeurlaub an einem überfüllten, lärmenden, staubigen Strand ertragen. Da gab es keine weitere Diskussion mehr …

Schließlich warf ich in einer sehr schrillen Stimmlage ein, dass es mir mit dieser ganzen Familie schon lange reicht! Alle Blicke waren inzwischen auf unseren Tisch gerichtet. Die Blicke der Italiener böse auf uns Eltern, die der anderen Touristen böse auf unsere unerzogenen Kinder. Uns blieb nur noch die schnelle Flucht aus dem Lokal.

Auf der Heimreise war ich dann so weit, dass ich an Scheidung dachte und freiwillig von einem Sorgerecht und Besuchsrecht für die Kinder zurücktreten würde.

Nun sind wir wieder zu Hause. Mein Mann befindet sich seit gestern in völliger Erschöpfung auf der Couch; er konnte abends noch nicht einmal mehr die Kraft aufbringen, sich in unser gemeinsames Bett zu schleppen. Ich könnte ihm nun sagen, dass ich seine Idee eines Kultururlaubs mit den Kindern von Anfang an für keine gute Idee hielt, aber er sich durch nichts davon abbringen ließ. Nun tut er mir fast leid, wie er so jeglicher Illusion beraubt, in Lethargie verfallen, auf der Couch liegt …

Irgendjemand (ich) muss sich nun um die schmutzigen Hinterlassenschaften des Urlaubs kümmern. Ich kippe den kompletten Inhalt unserer Koffer im Badezimmer auf den Boden und stelle fest, dass die beiden riesigen Wäschetruhen bereits von Sunnys und Michelles Wäsche überfüllt sind. Als ich die jungen Damen ins Badezimmer zitiere und sie in Bergen von schmutziger Wäsche stehend frage, warum sie ihren Krempel nicht gewaschen haben, bevor wir nach Hause gekommen sind, und wie sie sich das nun so insgesamt vorstellen, kommt von Sunny: »Ist nischt meine Schuld. Michelle wollte nischt machen die Wäsche.«

Und ich kann es gar nicht glauben, als Michelle im selben Singsang genau das Gleiche über Sunny sagt.

Sunny versucht dann einzulenken: »Wir können Wäsche bringen zu dem Hotel. Es gibt einen Wagen von die Wäscherei, der kommt jeden Tag.«

Ich sage nichts dazu, und nun erklärt mir Sunny, dass sie durchaus einsieht, dass das hier alles sehr voll ist, aber es sich eben nicht ausschließlich um ihre und Michelles Wäsche handle, sondern der Großteil von Familie Marx und Mauritz stamme. Es gäbe doch auch die Möglichkeit, im oberen Bad zu duschen, bis diese Katastrophe hier verschwunden ist.

Aha. Super Idee von einer, die nebenan im Hotel residiert, mit eigenem Badezimmer …

Ich finde, seit Michelle, die insgesamt nicht sehr wohlgestimmt ist, bei uns weilt, ziehen auch durch Sunnys sonniges Gemüt auffallend dunkle Wolken.

Zwei Stunden sortieren wir die komplette Wäsche (auch die in den Wäschetruhen); anschließend laufen Waschmaschine und Trockner vier Tage und vier Nächte am Stück. Echt gute Qualität. Funktionieren immer noch. Und Jens und ich haben tatsächlich zwei Tage im oberen Bad geduscht.

Übrigens bin ich mir sicher, der nächste Urlaub mit den Kindern wird wieder ein Badeurlaub.

Donnerstag, 15. Juni
Schaumbad

Alle außer Haus. Mein Mann auf Reisen. Die Kinder in der Schule. Sunny, die nach wie vor ihr Zimmer im Hotel bewohnt, aber nach wie vor die meiste Zeit bei uns verbringt und sehnsüchtig auf den nächsten Filmdreh respektive auf den Kameramann Felix wartet, in ihrem Deutschkurs. Ebenso Michelle. Im Deutschkurs meine ich, obwohl es nicht ausgeschlossen ist, dass auch sie auf Felix wartet.

Diese Ruhe ist etwas Wunderbares. Ich gönne mir heute einen Wellnesstag zu Hause. Fingernägel und Fußnägel lackieren. Mit der Farbe bin ich noch unsicher. Sollte in jedem Fall zur Kleidung passen, die ich in den nächsten Tagen tragen werde. Aber ich kann mir schon einmal eine Gesichtsmaske auflegen und im lauwarmen Wasser in der Badewanne mit einem Glas Prosecco weiter über den Nagellack nachdenken. Das Schaumbad duftet nach Rosen. Aus der Wanne ragt nur mein weiß zugekleistertes Gesicht und der wirr auf meinem Kopf zusammengesteckte Dutt. Mein Handy läutet. Kein Problem. Das Smartphone liegt gleich auf der Marmorablage neben mir. Ich muss mich nur kurz strecken und auf irgendein Symbol drücken. Nehmen wir mal das. Ah, und schon sehe ich Thomas Profilbild. Sieht heute etwas anders aus. Scheint ein neues zu haben.

»Hallo Thomas«, hallt meine Stimme gut gelaunt durch das Badezimmer. Ich werde ihm nachher sagen, dass ich mit einer Gesichtsmaske in der Wanne liege. Das wird ihn amüsieren. Thomas reagiert nicht auf mein »Hallo«. »Thomas? Hörst du mich?« Habe wohl mal wieder eine schlechte Verbindung in diesen alten Gemäuern. Dann höre ich ein lautes und klares Räuspern.

»Ich höre dich nicht nur, ich sehe dich auch!«

Oh, oh, oh. Wie peinlich ist das denn? Bin irgendwie auf das Symbol »Videoanruf annehmen« gekommen. So ad hoc weiß ich gar nicht, wohin ich nun drücken soll, um dieses Drama schnellstmöglich zu beenden. Kurzfristig denke ich daran, das Handy in der Badewanne zu ersäufen. Dann finde ich ein mir passend erscheinendes Symbol, drücke drauf und das Gespräch ist weg. Mannomann. Ist das peinlich. Thomas ruft nicht noch einmal an, sondern schreibt eine WhatsApp: »Danke für die wahrhaft interessanten Einblicke in dein Privatleben. Ruf mich an, während du der Badewanne entsteigst. Natürlich mit Bild!«

Blödmann!

Abends melde ich mich bei Thomas – geschminkt und mit gestylten Haaren, aber dennoch ohne Videoanruf. Er sagt, er habe die Filmaufnahmen gesichtet und sei damit zufrieden. Um nicht weitere Peinlichkeiten bezüglich unserer nachmittäglichen unbeabsichtigten Videokonferenz aufkommen zu lassen, beende ich schnell das Gespräch. Es ist insgesamt besser, ein Gespräch mit Thomas vorzeitig zu beenden, denn Thomas kommt oftmals nach einer positiven Einleitung zu einem nicht mehr ganz so positiven Hauptteil und endet schließlich mit leiser Kritik (manchmal auch nicht so leise), sodass er mich mit einem Gefühl der völligen Unzulänglichkeit meines schriftstellerischen und persönlichen Tuns zurücklässt. Das höre ich mir heute einfach nicht an!

Sonntag, 18. Juni
Gewitter

Der genaue Ablauf, warum nun Sunny, Michelle und ich auf dem Boden im Gang des ersten Stocks sitzen und Jens die Flucht in die Tiefen des Kellers angetreten hat, um hinter geschlossenen Türen ein kreatives Objekt auf seiner Werkbank entstehen zu lassen, ist nicht mehr nachvollziehbar.

Vielleicht begann alles mit dem Grollen am frühen Morgen, das ein Gewitter mit Sturmböen und sintflutartigen Regenfällen ankündigte?

Früher Sonntagmorgen im Hause Marx und Mauritz:
Blitze zucken durch die halbgeöffneten Rollos des Schlafzimmers. Der wütende Wind pfeift um die Ecke; die gleichmäßigen Atemzüge meines Mannes schnaufen neben mir. Dann ein Aufsperren der Haustür; unsanftes Fallen ins Schloss. Schritte auf der Treppe. Wieder eine Tür, die geöffnet wird und nach kurzer Zeit so kraftvoll zugeschlagen wird, dass das ganze Haus erzittert.

Mein Mann wacht auf. Sein verständnisloser Blick ist auf mich gerichtet. Der Donner grollt. Die Tür im oberen Stockwerk wird wieder geöffnet; den Blitzen folgt in kurzen Abständen ein knallender Donner, während ein unvorstellbares, den Donner übertönendes Geschrei aus dem Obergeschoss kreischt.

»Mach was«, sagt mein Mann und hebt meine Bettdecke von meinem Körper.

»Was soll ich machen?«, frage ich und versuche, die

Bettdecke wieder über mich zu ziehen.

»Weiß ich nicht«, sagt mein Mann. »Ich wollte keine zwei Au-pairs.«

Dann kracht etwas gegen eine Tür … kurze Stille, dann kracht wieder etwas gegen eine Tür. Ich springe aus dem Bett in meine Hausschuhe und renne zwei Stufen auf einmal nehmend in den ersten Stock. Unter schrillem französischem Zetern schubsen sich Sunny und Michelle wie zwei garstige Erstklässlerinnen durch den Flur. Tim und Tom spähen mit großen Augen aus ihren halb geöffneten Zimmertüren. Ich winke den beiden, dass sie hinter ihren Türen verschwinden sollen.

Erneut donnert es lautstark, weshalb Sunny und Michelle mich nicht gleich bemerken; kann aber auch an ihrem schrillen Gekeife liegen. Ungeachtet dessen packe ich jeweils eine am Arm.

»Jetzt ist aber auf der Stelle Schluss«, sage ich beherrscht. »Was denkt ihr, wo ihr seid? Was fällt euch ein, euch so zu benehmen?!«, sage ich nun nicht mehr ganz so beherrscht.

Wenn jetzt eine der beiden erwähnt, Tim und Tom würden sich auch durch den Flur schubsen (was sie natürlich tun), schicke ich beide Au-pairs unverzüglich nach Hause. Aber das sagen sie nicht, sie sagen gar nichts, schauen mich nur stumm an, während sie mit geradem Rücken die Wand herunterrutschen, bis sie mit angewinkelten Beinen zum Sitzen kommen. Und da sitzen sie dann mit wirren Haaren und betrachten den Fußboden. Irgendwie erinnert mich diese Szenerie der Wortlosigkeit an die Zwillinge. Aber das hier sind nicht meine Kinder und die Erziehung der schweigenden jungen Damen sollte nicht in meinen Händen liegen.

Mit knirschenden Kniegelenken setze ich mich neben Michelle auf den Boden, sodass wir drei nun in einer Reihe an der Wand lehnen.

»Was soll das alles?«, frage ich kollektiv in die Runde; nur weiß ich aufgrund meiner Erfahrungen mit Tim und Tom, dass es hierauf keine Antwort geben wird. »Wie kann es sein, dass ihr euch durch den Flur schubst? Das gibt es doch gar nicht! Ihr seid doch keine Kinder mehr! Was denkt ihr, was Frau Berger sagen wird?«

Nun heben beide entsetzt ihren Blick in meine Richtung.

»Sagen nischts zu Frau Berger, bitte …«, höre ich vom hintersten Ende der sitzenden Schlange, obwohl Sunny nach meinem Wissensstand von Frau Berger nichts mehr zu befürchten hat.

Ein Blitz zuckt durch die Diele, ein kurz darauf folgender knallender Donner lässt uns alle drei zusammenzucken.

»Wieso streitet ihr nur immer? Worin liegt das Problem? Es geht euch doch gut bei uns.«

»Ist nischt einfach«, sagt Sunny.

»Nein, ist nischt einfach mit Sunny«, sagt Michelle.

»Mit dir das ist nischt einfach«, sagt Sunny zu Michelle. »Du 'ascht angerufen Frau Berger, für ihr sagen, dass isch immer noch Au-pair bin. Aber isch bin nischt mehr Au-pair, *n'est-ce pas*? Isch bin privat.«

»Fühlst du dich nicht wohl bei uns? Ist das der Punkt?«, sage ich an Michelle gewandt.

»Isch misch fühle nischt wohl mit Sunny. Das ist der Punkt.«

So drehen sich die Differenzen eine halbe Stunde im Kreis, einmal nach vorne, dann wieder zurück – fernab einer Lösung. Es blitzt und donnert. Mein Rücken schmerzt inzwischen. Ächzend stemme ich mich in eine aufrechte Haltung und gehe ohne eine weitere Stellungnahme – weiß ja auch gar nicht mehr, was ich sagen soll – zurück ins Schlafzimmer, wo ich aber meinen Mann nicht mehr vorfinde. Als ich ihn dann im Keller ausfindig mache, interessieren ihn meine Berichte aus dem Obergeschoss nicht sonderlich und sein »Das hast du nun von deiner Gutmütigkeit« bringt mich auch nicht weiter.

Was mir weiterhilft, ist das hobbypsychologische Telefonat mit Tessa, in dem sie geschickt herausarbeitet, dass Abhilfe in einem klärenden Wochenende, das ich alleine mit den beiden Streithennen verbringe, liegen könnte.

Mein Mann sagt dazu ironisch: »Finde ich gut. Die beiden führen sich auf wie die Axt im Wald und du belohnst sie dafür.«

Ich verzichte auf eine Antwort, denn im Moment ist nur für ein Versöhnungswochenende Zeit.

Sonntag, 25. Juni
Ziegereien

Die Aussichten auf ein Wellnesswochenende im Bayerischen Wald versetzen die beiden jungen Damen eine ganze Woche lang in absolute Hochstimmung. Selbst die schwierigen Fragen zum Befüllen ihrer riesigen Reisetaschen lösen sie in freundschaftlicher Zweisamkeit.

Abends sitzen wir bei vorzüglichem Essen in eine lustige Unterhaltung vertieft (wie eine glückliche Mutter mit ihren fröhlichen Töchtern) im Speisesaal des Hotels. Ich habe keine Ahnung, wie ich das brisante Thema, den eigentlichen Grund unserer Kurzreise ansprechen soll ... Und irgendwie sehe ich dazu im Moment auch keine Veranlassung ...

Am Samstag wechseln wir zwischen Schlammbad, Sauna, Whirl- und Swimmingpool nur einige kurze Sätze, dann sausen die beiden zierlichen Figürchen mit ihren nassen langen Haaren schon wieder französisch parlierend von dannen. Von hinten betrachtet könnten Sunny und Michelle Schwestern sein. Gleich groß, gleich schlank, lange blonde Haare. Unfassbar, dass mir das nicht früher aufgefallen ist. Aber nicht die Optik der beiden sollte nun ein Thema für mich sein, sondern die Entwicklung einer Strategie für ein klärendes Gespräch (Tessas und Jens' Erwartungen sind groß), obwohl ich immer noch keinen Handlungsbedarf sehe ...

Nach dem gemeinsamen Abendessen bei einem Cocktail

an der Hotelbar fehlt mir immer noch eine erfolgverspre-
chende Vorgehensweise. Aber aus bekannten Gründen
(Freundin und Ehemann) muss ich aktiv werden.

Sunny und Michelle gackern laut und unbedarft wie
zwei Hühner; angestachelt durch die interessierten Blicke
des jungen Barkeepers.

Ich weiß, der Moment ist unpassend. Ich weiß, die
Frage ist gerade unpassend; aber von mir wird doch morgen eine detaillierte Berichterstattung vom Frontgesche-
hen erwartet …

Und so werfe ich die Frage nach ihren ständigen Streitereien einfach einmal so über den Bartresen. Auf der
Stelle erstirbt das fröhliche Gackern; wird zu einer unheil-
vollen, anhaltenden Stille; so als hätte ich dem geräuschin-
tensiven Federvieh die Kehle durchgeschnitten.

»Es ist ja bereits eine Besserung eingetreten …«, füge
ich schuldbewusst hinzu.

Die beiden bedenken mich weiterhin mit kritischen Blicken. Sunny fängt sich als Erste und erläutert, sie hätten
das letzte Woche schon geklärt; sie würden nicht mehr
streiten; es gäbe keinen Grund mehr dafür und so gäbe es
auch keinen Grund mehr, darüber zu reden.

Gerne würde ich nun damit auch einen Punkt setzen
… aber die hohen Erwartungen zu Hause …

»Wie kam es denn dazu, dass eure ständigen Streitereien so eskalieren konnten?«, hake ich hilf- und lustlos
nach.

Verschwörerisch schauen sich die beiden an. Dann sagt
die zurückhaltende Michelle: »Sunny ist sisch benommen
wie Chef-Au-pair während dem Filmaufnahme. Isch misch
bin geärgert. Isch bin die einzige Au-pair bei die Familie
Marx und Mauritz. Aber jetzt, das ist alles gut.«

»Und isch misch bin geärgert gegen Michelle, weil sie 'at angerufen Frau Berger. Aber jetzt, das ist alles gut.«

Dieser Text kommt mir bekannt vor. Nur das Happy End ist neu. Die beiden haben sich wirklich gut abgesprochen.

»Es wäre doch auch eine Möglichkeit gewesen, mit mir zu reden ...«, werfe ich zögerlich ein.

»Reden mit dir?«, fragt Sunny, als hätte ich eine Audienz beim Papst vorgeschlagen. »Du bist immer *stressée*. Dein Buch, deine *correction*, deine Serie ... Du musst immer 'aben die Ruhe ... Wir das verstehen ... Du musst nischt 'aben die Ziegereien von die Au-pairs!«

Ziegereien, sagt das gackernde Hühnchen und schaut mich mit großen unschuldigen Kälbchenaugen an. Ein Glucksen schiebt sich aus der Tiefe meines Halses und endet in einem unkontrollierten Lachkrampf, der sich durch nichts mehr stoppen lässt. Die Situation ist einfach zu komisch. Ich kann gar nicht sagen, ob mein Gelächter dieser Bauernhof-Fantasie entspringt oder einfach nur ein Weglachen der aufgestauten Stresssituation ist. Jedenfalls entwickelt sich mein Lachen zu einer wahren Epidemie und nicht nur Sunny und Michelle gickeln prustend mit, sondern auch die Gesichtsmuskeln des Barkeepers zucken unkontrolliert hin und her.

Bei unserer Abreise sind wir alle drei unausgeschlafen, dennoch guter Dinge. Während der dreistündigen Heimfahrt feile ich krampfhaft an einer glorreichen Darstellung meiner erfolgreichen Intervention; halte mich aber auf Tessas und Jens' Nachfragen letztendlich bedeckt, denn eigentlich bin ich nur froh, keine neue Katastrophe hervorgerufen zu haben ...

Dienstag, 4. Juli
Corpus Delicti

Seit Tagen liegt eine unendliche Hitze über Stadt und Land. Meine »heiligen Hallen« unter dem Dach entwickeln sich zum Brutkasten, weshalb ich zum Schreiben in den Wildpark ausweiche. Hier im hölzernen Pavillon, wo ich auf einem halben Baumstamm sitze, mein aufgeklapptes Laptop vor mir auf dem Holztisch, ist es so kühl, dass ich meine Strickjacke zuknöpfe. Einige Vögel zwitschern. Ich höre leises Plätschern des sich vom Berg herunterschlängelnden Bachs.

Schrill und laut zerstört der Klingelton meines Handys dieses kühle Paradies. Ich schaue auf das Display und erschrecke. Die Schule. Sämtliche erdenklichen Horrorszenarien spielen sich in Sekundenschnelle vor meinen Augen ab. Entsetzt, wie ich bin, vergesse ich das Gespräch anzunehmen und muss zurückrufen.

Meine Kinder sind heil. Soweit der Wissensstand der Lehrerin und des aufgeregt dazwischenquatschenden Hausmeisters. Jedenfalls körperlich. Irgendeiner meiner Söhne, welcher, das kann weder Lehrkraft noch Hausmeister so genau sagen, denn beide Spinde meiner Kinder sind mit Max und Moritz beschriftet, hat offensichtlich einen an der Klatsche.

Und so werde ich zu einer Stellungnahme ins Schulhaus beordert. Das ist eigentlich nichts Besonderes. Darin liegt ein wiederkehrender Rhythmus, der bereits in den ersten Wochen des Schullebens der Zwillinge seinen Anfang fand. Da ihr viertes Schuljahr nun fast endet, hat dies bereits viel meiner Zeit und Nerven in Anspruch genommen. Werde nachher meinen Rechner am Handy zurate ziehen, um genaue Zeitangaben zu haben. Aber nun zum Spind des Grauens, wie sich die Lehrerin (begeisterte Leserin von Horrorgeschichten?) so fulminant ausdrückt.

Ich sehe mich bereits wieder wie ein schuldiges Grundschulkind im Klassenzimmer vor dem Pult und dem Angesicht der Lehrerin sitzen, aber vorerst lässt man mich den Duft eines unangenehm riechenden Spindes im Keller des Schulhauses einatmen. Ok, meine Beschreibung des Geruchs trifft es nicht ganz: Der ganze Kellerraum stinkt so abnorm unerträglich nach Fäulnis, dass nur mein kontinuierliches Schlucken dem latenten Würgen in meinem Hals nicht nachgibt.

Man habe das Corpus Delicti bereits entfernt, sagt der Hausmeister wichtigtuerisch. Bei dem Corpus Delicti handelt es sich um zwanzig Paar Wiener Würstchen aus der besten Metzgerei unserer schönen Kleinstadt. Aufgeregt fügt der Hausmeister noch hinzu, dass er eigentlich die Polizei rufen wollte, da er dachte, beim Öffnen des Spinds eine zerstückelte Leiche vorzufinden. Ich sage, dass das ja wohl völlig übertrieben sei, rieche aber sehr wohl auch Leichengeruch.

Welchem meiner Kinder der Spind nun gehört, kann auch ich nicht identifizieren. Und selbst wenn ich es könnte ... welchen Unterschied macht das? Aller Wahrscheinlichkeit nach handelt es sich sowieso um eine »Gemeinschaftstat«. Und wegen dieses Kollektivvergehens muss ich dann doch noch ins Klassenzimmer; und vor dem Pult sitzen, hinter dem sich die Lehrerin verschanzt.

»Bekommen Ihre Kinder nicht genug zu essen?«,

beginnt sie das Gespräch.

Ich weiß gleich gar nicht, was ich dazu sagen soll, denn Michelle kocht ja nun bei uns zu Hause und wir haben selten so lecker gespeist. Natürlich vegetarisch, denn auf ausdrücklichen Wunsch der Kinder wird in unserem Haushalt kein Fleisch mehr gegessen.

Den Entschluss dazu fassten sie im März, als ich im Hofladen eines nahegelegenen Bauernhofs Eier holte. Während ich mich mit den Tücken des Eierautomaten herumschlug, beobachteten Tim und Tom die auf der Weide stehenden Kühe mit ihren Kälbern. Als der Automat endlich entschied, mein Geld zu nehmen und mir die Schachtel Eier zu überlassen, hörte ich meine Kinder lautstark vor einer Kuh diskutieren.

»Schau mal, die Kuh kackt eine Blase«, sagte Tom.

»Haha, ein riesiges Überraschungsei«, sagte Tim, als wir alle drei bereits Beine und Hufe in dieser Blase entdeckt hatten.

Kurz darauf legte sich die Kuh auf die Seite, muhte einige Male leise und mit jedem Muhen der Kuh rutschte das Kälbchen ein Stück weiter der Freiheit entgegen. Ehrfurchtsvoll beobachteten meine Kinder die Geburt. Als das neugeborene Kälbchen dann so süß und niedlich vor seiner Mutter lag und interessiert das Köpfchen mit den riesigen Augen hin und her bewegte, wollten meine Kinder bei dem Kälbchen bleiben. Ich musste aber nach Hause, da ich noch einen Termin mit Thomas hatte, dessen Laune erfahrungsgemäß mit jeder Minute Verspätung meinerseits um fünf Prozent seinerseits schlechter wird. Letztendlich würde ich mich sowieso verspäten (nicht meine Schuld, sondern die des Automaten und der Geburt). Und so war anschließend zwar noch Thomas' Laune zu retten (meine

Verspätung belief sich auf neun Minuten, also nur 45 Prozent schlechte Laune), aber meine Kinder, deren Laune nicht mehr zu retten war (lag so bei 80 Prozent schlecht), waren sehr zornig auf mich.

Am nächsten Tag mussten Jens, Sunny und ich uns um den Esstisch versammeln, denn sie hätten etwas zu »proklamieren«, sagten Tim und Tom. Proklamieren – welch sonderbares Wort aus dem Mund meiner Kinder. Dieses offizielle Treffen am Esstisch und diese verbale Ernsthaftigkeit versetzten mich sofort in einen gewissen Angstmodus. Was hatten sie angestellt? Wieder ein Ausbruch der *Busch'schen Störung*? Wo war die Katze? Hatten sie die Hasen freigelassen? Standen noch alle meine Handtaschen im gläsernen Regal? Meine Parfüms im Badezimmer?

Es stellte sich heraus, meine Sorge war dieses Mal unbegründet. Tim und Tom hatten lediglich den Entschluss gefasst, Veganer zu werden. Und mit viel Ernsthaftigkeit ließen sie verlauten, niemals mehr Fleisch zu essen. Kein Tier dürfe mehr zum Zwecke des Verzehrs sterben; kein Tier dürfe mehr ausgebeutet werden. Keine Kuh, kein Schaf und keine Ziege mehr angezapft werden (Tims Worte). Die Bienen sollten ihren gesammelten Honig selber schlecken und die Hühner ihre gelegten Eier ausbrüten (Toms Worte). Sie forderten ein selbstbestimmtes Leben in Freiheit für alle Tiere! Und stolz »proklamierten« sie: »Wir sind nun Veganer! Für immer!«

Das geschah an diesem sonnigen Märztag in unserem Esszimmer nach der Geburt des Kälbchens.

Tags darauf wollte Sunny die Reste der Mousse au Chocolat, die mein Mann vor zwei Tagen zubereitet hatte, essen. Erzürnt fragten die Zwillinge, warum Sunny sich einfach die Mousse au Chocolat nehmen würde, die sie sich teilen wollten? Sunny blickte die frisch gebackenen Veganer verdutzt an: »Ist Milch innen. Der Milch kommt von die Kuh. Die *végétaliens* essen nischt die Sachen mit Milch.«

Nun fiel meinen Kindern schnell auf, einiges bei ihrem heroischen Vorhaben nicht bedacht zu haben. Sie blickten so wenig heldenhaft drein, dass sie mir fast leidtaten. Am dritten Tag ihres veganen Dahindarbens zwischen Obst, Gemüse und Hafermilch beschlossen sie, nur noch Vegetarier zu sein.

Und nun sitze ich im Klassenzimmer und muss mich wegen 20 Paar vergammelter Wiener Würstchen und zwei inkonsequenter, angeblich halb verhungerter Kinder vor der Lehrerin rechtfertigen. Selbst mit der Kälbchen-Veganer-Vegetarier-Geschichte kann ich kein Mitleid bei der Lehrerin erregen. Unbeeindruckt fragt sie mich: »Reden Sie denn nicht mit Ihren Kindern?«

Und dann werde ich so richtig wütend, denn in diesem Moment fällt mir tatsächlich auf, dass ich meine Kinder gar nicht so oft sehe. Und wenn ich sie sehe, dann rede ich und meine Kinder schweigen dazu, und wenn sie ihres Erachtens genug geschwiegen haben respektive ich ihres Erachtens lange genug mein Anliegen vorgetragen habe, gehen sie, die Hände in den Hosentaschen, gelangweilt in ihre Zimmer. Wie ihr Vater, der auch gerne nach meinen Monologen im Keller verschwindet.

»Ich verstehe jetzt gar nicht, warum es so schlimm ist, dass meine Kinder Würstchen horten. Wenn der Klimawandel nicht so fortgeschritten wäre, wäre es nicht so heiß und die Würstchen hätten nicht angefangen zu stinken«, versuche ich geschickt vom Thema abzulenken. Klimawandel ist immer ein perfektes Thema, um ein Gespräch in andere Bahnen zu lenken.

»Frau Marx, Sie müssen doch zugeben, dass es nicht normal ist, dass Ihre Kinder Würstchen horten. Süßigkeiten ja, aber Würstchen? Das ist schon ziemlich schräg.«

So geht das Gespräch noch eine halbe Stunde meiner kostbaren Zeit unsinnig hin und her. Und schließlich kommt dann die Lehrerin doch noch zu den guten Nachrichten (wundere mich, dass es so etwas über meine Kinder gibt): Tom, der in der letzten Matheprobe eine Vier bekam, hätte sich im Mündlichen (Multiplizieren an der Tafel) deutlich gesteigert. Ebenso hätte sich Tim, der der deutschen Grammatik bisher nichts abgewinnen konnte, im Mündlichen (Bestimmen der Satzglieder) sehr verbessert.

Ich wusste doch, dass es keine guten Nachrichten über meine Kinder von der Schulfront gibt. Dennoch muss ich fast lachen. Wie naiv sind Sie denn, Frau Lehrerin? Es handelt sich um Zwillinge. Eineiige Zwillinge? Klingelt's bei Ihnen?

»Das ist eine sehr erfreuliche Entwicklung«, sage ich dann nur.

Die Rechnung für die professionelle Spindreinigung wird mir die Schule zukommen lassen und meine Kinder müssen ihre Spinde mit Tim Marx und Tom Marx beschriften. Als würde eine Beschriftung der Spinde etwas ändern, wenn nicht einmal die Lehrerin erkennen kann, wer Tim und wer Tom ist.

Optisch gibt es auch tatsächlich nichts, wodurch sie sich unterscheiden. Nicht einmal ein Muttermal, an dem man sich orientieren könnte. Aber in ihrem Denken, ihrer Bewegung, ihrer Gestik und ihrer Ausdrucksweise handelt es sich um zwei völlig unterschiedliche Menschen. Das ist sogar mir schnell aufgefallen. Tim ist der Extrovertierte, der Wortführer, der auch mal mit einem blauen Auge nach Hause kommt beziehungsweise wegen dem andere mit einem blauen Auge nach Hause kommen; Tom der Ruhige, der Überlegte, der sich mit Worten wehrt, die aber so tief gehen können, dass man sich wünscht, Tim hätte einem ein blaues Auge geschlagen.

Ich denke, ausschließlich Jens und ich, der Klavierlehrer (Tim traktiert das Klavier und Tom entlockt dem Tasteninstrument wohlklingende Töne) und der Fußballtrainer (Tim schießt keine Tore, weil er alles alleine machen will; Tom schießt keine Tore, weil er zu lange überlegt) können die Zwillinge auseinanderhalten.

Und ihre Freunde würden die beiden niemals verwechseln; scheint so, als würden Kinder Dinge erkennen, die Erwachsene nicht sehen.

Abends, nach dem Genuss von Michelles vegetarischem Nudelauflauf, bringe ich dann das Gespräch auf die vergessenen Würstchen in der Schule. Tim und Tom starren auf ihre bis auf den letzten Krümel leer gegessenen Teller und sagen nichts. Hilfesuchend blicke ich zu meinem Mann, der sich aber nicht angesprochen fühlt. Nur Sunny und Michelle wirken peinlich berührt und gestehen schließlich, dass sie durchaus auch Wurst und Fleisch essen, nur eben nicht in unserem Haushalt, da das ja hier nicht erwünscht ist. Dann bricht eine wilde Diskussion über das Essen von Fleisch und Fisch, die Haltung von Nutztieren insgesamt aus. Alle reden durcheinander. Es wird immer lauter über den vegetarischen Tellern und die vergammelten Wiener Würstchen geraten in den Hintergrund. Und noch ehe ich das Thema wieder aufgreifen kann, flüchten Tim und Tom in ihre Zimmer, was bedeutet, dass sie nun absolut zu keinem konstruktiven Gespräch mehr bereit sind. Mein Mann, Sunny und Michelle diskutieren mit roten Köpfen lautstark weiter. Ich räume den Tisch ab.

Nachdem jeder seine Meinung vertreten hat – außer mir, da ich die Spülmaschine einräume, den Herd und die Arbeitsfläche von Michelles Chaos befreie –, verabschiedet sich Sunny, um in ihr Hotelzimmer zu gehen. Michelle zieht sich dann auch schnell in ihr Zimmer zurück.

»Irgendwie ist das schon echt schräg (ich benutze die Worte der Lehrerin), dass Tim und Tom Würstchen in ihrem Spind horten«, sage ich später im Wohnzimmer zu Jens.

Mein Mann hebt seinen Blick nicht vom Smartphone, in dem er gerade seine Mails sichtet.

»Na, so sind sie halt, die Jungs«, sagt er, während er nebenbei seine Mails beantwortet.

»Aber normal ist das nicht. Warum sagen sie uns denn nicht, dass sie Würstchen essen möchten? Vegetarisch zu leben war doch ihre Entscheidung, nicht unsere. Und mir ist es völlig egal, ob sie Fleisch essen oder nicht.«

»Aber du möchtest doch kein Fleisch mehr essen! Und du bist doch so stolz auf die Jungs, dass sie dich mit ihrem Entschluss inspiriert haben!«, sagt er nun fast vorwurfsvoll.

»Ja. Und? Du isst doch auch seit März kein Fleisch mehr.«

»Also Isabelle, es kann dir doch nicht entgangen sein, dass alle in diesem Haushalt – außer dir – schon lange nicht mehr vegetarisch leben. Denkst du wirklich, dass die Kinder und ich nach dem Fußballtraining Käsespätzle essen?« (Es handelt sich bei den Käsespätzle um das einzige fleischlose Gericht auf der Speisekarte des Vereinsheims).

»Tut ihr nicht? Das habt ihr mir aber erzählt.«

»Nein, wir essen jeder ein großes paniertes Schnitzel, das auf zwei Seiten des Tellers überlappt. So ist das. Wir haben es dir nicht gesagt, um dich nicht zu enttäuschen. Es tut mir leid, Belle.«

Nun bin ich wirklich erschüttert. Zutiefst erschüttert. Was ist das nur für eine Familie, die mich monatelang belügt? Und Sunny und Michelle lügen munter mit. Ich fasse es nicht!

Mittwoch 5. Juli
Geständnis

Es ist sieben Uhr morgens. Tim und Tom sitzen nebeneinander am Frühstückstisch vor ihren unberührten Müslischalen.

»Wollt ihr nicht essen?«, frage ich.

»Mama, wir müssen dir etwas sagen«, druckst Tom ungemütlich auf seinem Stuhl hin und her rutschend herum.

Und dann kommt das Geständnis meiner Kinder, dass sie nicht nur Wiener Würstchen im Spind horten, sondern auch nach den Fußballspielen mit ihrem Papa Schnitzel essen. Und dass Papa gesagt hätte, sie sollten es mir lieber nicht sagen, da ich selbst das Schnitzel auf dem Teller noch zum Tierarzt bringen würde.

So sind sie, meine blondgelockten Kinder, mit ihren großen blauen Augen; wenn man ihnen Flügel anstecken würde, sähen sie aus wie zwei Engel. Und manchmal gelingt es ihnen tatsächlich, ihren Charakter ihrer Optik anzupassen.

Ich freue mich über ihre finale Ehrlichkeit und drücke sie fest an mich, was die Zwillinge restlos verwirrt.

»Das war ein Missverständnis«, sage ich großzügig. »Ab heute kommt in diesem Haushalt wieder Wurst und Fleisch auf den Tisch.«

»Und du, Mama? Isst du dann auch wieder Fleisch?«, fragt Tom.

»Nein«, sage ich. »Ich werde weiterhin kein Fleisch essen. Aber ihr sollt doch essen, was euch schmeckt.«

»Dann essen wir auch kein Fleisch mehr«, sagt Tom zu Tim, der mit dem Kopf nickt.

»Macht, was ihr wollt, nur gebt mir Bescheid, wenn ihr eure Meinung ändert. Und entschuldigt euch bei eurer Lehrerin und dem Hausmeister. Und beschriftet gefälligst eure Spinde mit Vor- und Nachnamen. Und lügt mich nicht an.«

Lasse ich die schöne Stimmung schon wieder kippen? Ich frage mich gerade, wie ich das nur immer schaffe? Und wie man das richtig macht, das Muttersein?

Sunny kommt, um die Kinder auf dem Weg in ihr Sprachinstitut an der Schule abzusetzen. Bereits an der Tür kehren die Zwillinge nochmals um, um nun auch mich sehr nachhaltig zu umarmen. Die Stimmung ist gar nicht gekippt; wie schön!

Ich schreibe eine WhatsApp an meinen Mann: »Übrigens bringe ich keine Schnitzel zum Tierarzt« und füge einen tränenlachenden Smiley hinzu.

Jens schreibt mit drei tränenlachenden Smileys zurück, dass diese Kinder wirklich nichts für sich behalten können und dass es sich dabei um meine Gene handle.

Freitag, 7. Juli
Positano

Jens und ich haben gerade ein Hotel nahe Neapel mit Blick
auf den Vesuv gebucht. Sechs Tage Mitte Juli. Ganz spontan im Internet. Gleich nachdem wir erfahren haben, dass
unsere Kinder in dieser Woche ins Schullandheim fahren.
Sechs Tage Freiheit. Ohne kreative Kinder, ohne wankel-
mütige Au-pairs, ohne selbstgefällige Mutter. Jens wird mit
unserem Cabrio nach Verona fahren, wo er beruflich einige Tage zu tun hat, und wenn er die schlanken Models
genug bezirzt und mit den Wäschegeschäftsbesitzerinnen
genug geflirtet hat, fährt er weiter nach Neapel. Ich fliege
nach Neapel und am Flughafen werden wir dann unsere
verliebte Reise ins Glück nach Positano an der Amalfiküste, nach Pompeji und zum Vesuv mit ganz viel Zweisamkeit und Liebe antreten. Positano, wie vor zwanzig Jahren (Pompeji und den Vesuv haben wir damals aufgrund
abnormem Verliebtseins nicht geschafft); und so startet
mein Mann heute mit seinem beherzten Klick zur Hotel-
buchung seinen dritten Besichtigungsversuch dieser Se-
henswürdigkeiten.

Ja, wie war das wunderbar damals in Positano, als Jens und
ich die Tage am azurblauen Meer und die Nächte in einem
kleinen idyllischen Hotel an den blumenbewachsenen
Hängen inmitten bunter Fischerhäuser und ihrer zufriedenen Bewohner verbrachten.

So wunderbar ist die Erinnerung, in welcher ich mit
Jens am Steuer unseres Cabrios, seine Hand auf meinem

Bein, die idyllische Küstenstraße entlangfahre … der Wind bläst mir eine Strähne meines Haares in die Stirn … er streicht sacht über den Rock meines weißen Kleides (der Wind, mein Mann … egal) …

Da klingelt mein Handy mitten in meinen beglückenden Tagtraum hinein. Thomas will wissen, wann bei der Familie Marx und Mauritz mal wieder etwas Besonderes für weitere Filmaufnahmen ansteht.

Und da mein Tagtraum noch nicht ausgeträumt ist, mich meine träumerische Romantik noch beglückt und beflügelt, komme ich auf die absurde Idee, Felix und Jan nach Neapel kommen zu lassen, um anschließend Filmaufnahmen von mir an der Amalfiküste zu machen. Wie Grace Kelly in »Über den Dächern von Nizza« ihren Wagen mit offenem Verdeck durch die kurvigen Straßen der Côte d'Azur lenkte, so werde ich in Schönheit und Grazie (ebenso wie Grace Kelly) unser schwarzes Cabrio durch die romantischen Serpentinen der Amalfiküste steuern. Majestätisch wie eine Königin!

Das Ganze ist nicht wirklich durchdacht, das muss ich zugeben. Ich sehe nicht aus wie Grace Kelly; der Grundgedanke unseres Urlaubs (die Zweisamkeit) ist mir völlig entfallen; ebenso die Tatsache, dass ich seit Jahrzehnten keinen Wagen mit Gangschaltung gefahren habe.

So kann ausschließlich Thomas sich seiner bedenkenlosen, unbedarften Begeisterung hingeben, in der er dann auch gleich Felix anruft. Felix ruft Jan an. Beide verschieben anstehende Drehtermine. Und mit Thomas' finalem Anruf bei mir ist mein Schicksal besiegelt.

Jens schüttelt nur resigniert seinen Kopf.

Montag, 17. Juli
Abfahrt

Ich habe die Kinder gerade zum vor der Schule parkenden Bus gebracht, mit dem sie und ihre Schulkameraden ins Schullandheim in die Nähe von Kempten fahren werden. Beinahe fehlt den Zwillingen die Zeit, sich von mir zu verabschieden. Sie drücken mich dann doch noch kurz, was wegen ihrer Max-und-Moritz-Coolness fast etwas peinlich und widerwillig ausfällt. Sicherlich sehen sie nicht – wollen es nicht sehen –, dass ich ihnen bei der Abfahrt des Busses mit beiden Armen hinterherwinke.

Ich hasse Abschiede. Und dann schiebt sich eine heiße Träne in meine Augen, dann noch eine weitere, bereits etwas größere, und ich bin kurz vor einem lauten Aufschluchzen; genauso wie die anderen ebenfalls kurz vor einem lauten Aufschluchzen stehenden Eltern, die mit beiden Armen ihren Kindern hinterherwinken, denen der Abschiedsschmerz ihrer Eltern ebenso peinlich ist wie meinen Kindern.

Fortsetzung 17. Juli
Isabelle Marx

Im Flugzeug sitze ich neben einem Mann mit den Ausmaßen für zwei Sitze, der aber nur einen Platz gebucht hat. Den Platz neben mir. Und so machen es sich die Hälfte seines enormen Bauches, seines enormen Hinterteils und seiner enormen Schenkel auf meinem Sitz bequem. Dann fällt meinem Nachbarn auch noch ein, dass er mich von irgendwoher kennt. Ich sage ihm, dass ich ihn nicht kenne und verstecke mein Gesicht hinter einem Buch. Das hindert ihn nicht daran, mich ununterbrochen anzustarren, bis ihm mit einem erleichterten Stöhnen auffällt: »Sie sind doch Isabelle Marx. Natürlich sind Sie Isabelle Marx.«

Ich sage: »Nein, ich kenne keine Person mit diesem Namen.«

Der Mann starrt bis zur Landung in Neapel weiter in meine Richtung.

Dienstag, 18. Juli
Küstenstraße

Fußgänger mit roten, verschwitzten, verzweifelten Köpfen, ausgekippt aus touristischen Bussen auf den heißen Asphalt. In gebückter Haltung ziehen sie ihre schweren Koffer am kaum vorhandenen Fahrbahnrand neben den im Schritttempo fahrenden Autos hinter sich her. Sie wirken wie Heimatlose auf der Flucht. In Wirklichkeit handelt es sich um Urlauber auf der Suche nach ihrem Domizil. Ausgesetzt irgendwo auf der vierzig Kilometer langen, kurvigen Straße der Amalfiküste (vor den Hotels gibt es keine Parkmöglichkeit); so nah an einem unfassbar tiefen Abgrund, dass man schon nur beim Gedanken daran schwindelig werden könnte. Die Küstenstraße so eng, dass Autos auch ohne die Fußgänger mit ihrem Reisegepäck auf der Fahrbahn kaum unbeschadet aneinander vorbeikommen. Es hat gefühlt vierzig Grad im Schatten. Aber es gibt hier keinen Schatten. Nur eine überfüllte Küstenstraße und eine vom strahlendblauen Himmel schreiende Sonne. Und spektakuläre Ausblicke nach oben hin zu den tiefen Grotten in den Felswänden und hinab an den mit Bougainvillea bewachsenen Steilwänden zum manchmal azurblauen, manchmal smaragdgrünen Meer. Aber wer hat dafür Augen, dem sein Leben lieb ist?

Ich nicht. Dies hier war die dümmste Idee, die ich jemals hatte. Seit einigen Kilometern hupt ein Irrer hinter mir mit einer solchen Ausdauer, dass ich es schon gar nicht mehr registriere. Auch die Hupen von weiter hinten, weiter vorne und vom Gegenverkehr kann ich ausblenden. Das schwarze Cabrio mit dem offenen Verdeck und den schwarzen Ledersitzen steht kurz vor einer Explosion. Mein Gesicht rot, schweißbenetzt, umrahmt von schwitzenden, offenen Haaren, meine Hände am heißen Lenkrad festgeklebt; so schmelze ich in einem wadenlangen Grace-Kelly-Kleid auf dem glühend heißen Fahrersitz vor mich hin. Alles für das Fernsehen. Felix sitzt inzwischen reichlich sonnenverbrannt (wir hatten mit einer Stunde Fahrzeit gerechnet, sind nun aber bereits seit über zwei Stunden unterwegs), bis auf die Stelle seiner Schulter, auf der die Kamera liegt, neben mir. Immer noch versucht er wie ein Schmetterlingsfänger, dieses irdische Paradies mit seiner Kamera einzufangen. Von Zeit zu Zeit schwenkt er zu der rotgesichtigen Frau (ohne jegliche Ähnlichkeit mit der filmischen Schönheit, deren Kleid sie trägt), die von Sonne, Hitze (mein Strohhut liegt im Kofferraum) und Kurvenfahren halb irre ist. Das Dach können wir nicht schließen, da es zwar nur im Schritttempo, aber dennoch immer irgendwie vorwärtsgeht und sich das Verdeck nur bei absolutem Stillstand des Wagens schließen lässt. Nach diesem Höllenritt, wenn ich ihn überlebe, werde ich alles tun, um Jens von einem Verkauf dieses Teufelsgefährts zu überzeugen.

Jan, der mit Jens und dem restlichen filmischen Equipment einige Zeit hinter uns gefahren ist, ist nicht mehr zu sehen. Wagen mit übermütig quietschenden Reifen haben sich vor den Leihwagen bugsiert.

Nun überholt mich auch der Dauerhuper. Damit ist dieser Idiot aber nicht zufrieden. Er quetscht sich vor das schwarze Cabrio und steigt dermaßen auf die Bremse, dass es mir nur ebenfalls mit einer Vollbremsung gelingt, nicht in seinem Heck zu hängen. Felix schützt seine Kamera wie ein Baby. Er wird bestimmt einmal ein guter Vater. Auch meinem Hintermann gelingt es mit einer Vollbremsung, nicht in meinem Heck zu hängen.

Nun reicht es mir vollends! Diese romantische Küstenstraße entbehrt jeglicher Romantik. Diese romantische Küstenstraße ist das Tor zur Hölle. Und da hilft es auch nicht mehr, dass heute nur Autos mit ungeraden Kennzeichen fahren dürfen. Irgendwann werde ich wieder daran denken, wie glücklich Jens und ich hier waren. Vor zwanzig Jahren. In unserem kleinen Hotel in Positano. Und daran, wie wir in unserem Oldtimer-Cabrio mit den roten Ledersitzen auf der wenig befahrenen, idyllischen Küstenstraße mit dem wundervollen Ausblick verliebt dem stillen Abendrot entgegensteuerten …

Mein zitternder Fuß steht immer noch auf der Bremse, meine zitternden Hände umklammern immer noch das Lenkrad. Der Motor ist abgestorben. Stille. Kurze Zeit. Sehr kurze Zeit. Dann erbostes Gehupe vom Wagen hinter mir. Es wundert mich, dass das so lange gedauert hat, das Drücken auf die Hupe.

»Wir wechseln jetzt die Seiten«, sage ich zu Felix. »Du fährst jetzt.«

»Wie soll man denn hier die Seiten wechseln? Es kommt doch ständig Gegenverkehr«, sagt Felix umständlich.

»Ich klettere über dich und du schiebst dich unter mir durch auf den Fahrersitz. Und zwar jetzt sofort!«

»Das wird nichts nützen«, sagt Felix. »Ich kann nicht fahren.«

»Was soll das heißen?«

»Na ja, ich habe keinen Führerschein.«

Ein infernalisches Konzert vieler erzürnter Hupen hinter uns. Ich schalte die Warnblinkanlage ein, die der Wagen hinter uns aber nicht sieht, da er nur mit einem Millimeterabstand am schwarzen Cabrio hängt. Ich rufe Jens an. Ich fahre definitiv nicht mehr. Keinen Meter. Felix springt über die geschlossene Beifahrertür (geht nicht auf, da zu nah an der Leitplanke) und stellt über die Leitplanke gestreckt das Warndreieck auf den Kofferraumdeckel; alles zu eng hier im irdischen Paradies. Alles zu eng für irgendwelche Regeln. Und dann sehe ich Jens im Rückspiegel, der sich durch die hupenden Wagen einen Weg zu mir bahnt (auch hinter der Leitplanke). Und für dieses Glücksgefühl, das mich beim Anblick meines geliebten Mannes überkommt, finde ich, Autorin eines Romans auf einer Bestsellerliste, in diesem Moment keine Worte … das ist nur zu erleben, nicht zu beschreiben …

Jens kämpft sich über die Beifahrertür und meinen Schoß zum Fahrersitz und startet den Wagen. Felix sitzt eingequetscht auf der engen Rücksitzbank, seine Kamera ebenso eingequetscht neben ihm. Ich sitze neben meinem Mann, der den Wagen durch dieses Chaos steuert. Wie sehr ich ihn liebe … und wie dankbar ich bin … ja, sehr dankbar, dass er kein Wort über meine bescheuerte Idee sowie meine eingeschränkte Fahrfähigkeit sagt, nur einfach das mittlerweile kühle Lenkrad (wegen des inzwischen geschlossenen Verdecks und der Klimaanlage) in Händen hält, die Gangschaltung, das Gaspedal und die Bremsen sicher bedient und seine Augen dort hat, wo Gefahr droht … also einfach überall. Gerade ziehe ich meine Füße im Fußraum wieder ein; extrem brenzlige Situation eines zu weit auf unserer Spur entgegenkommenden Wagens.

»Das war knapp«, sage ich.

»Was war knapp?«, fragt mein tiefenentspannter Mann. »Da hätte leicht noch eine Vespa dazwischen gepasst«, sagt Jens und setzt weiter wie ein Vogel seinen Rundumblick auf.

Felix stöhnt entnervt auf dem Rücksitz und legt schützend seine Hände über seine Kamera.

Nachdem wir auf einem Parkplatz am Ende der Küstenstraße den verstörten Felix samt Kamera zu Jan in den Leihwagen verfrachtet haben, fragt mein Mann, ob wir nun noch nach Positano fahren.

Ist Jens verrückt geworden? Natürlich fahre ich nirgends mehr hin – auch nicht auf dem Beifahrersitz. Ich will mit dieser romantischen Küstenstraße nichts mehr zu tun haben; heute nicht, morgen nicht, überhaupt nicht mehr. Und Positano kann mir gestohlen bleiben …

Wenn mein Mann darüber enttäuscht ist, so zeigt er es nicht, steuert nur ruhig das Cabrio einige Zeit über die Autobahn. Ich bin gerade dabei, meinen Puls und meinen Blutdruck wieder in geregelte Bahnen zu leiten, da verlässt Jens die Autobahn und nun auf der Straße zu unserem Hotel bricht erneut der helle Wahnsinn aus; Autos, wohin ich nur schaue: Von rechts, von links, vor uns, hinter uns (wobei die vor und die hinter uns nur ein Problem darstellen, wenn sie überholen, was sie aber unentwegt tun – ohne Beachtung des nicht abreißenden Gegenverkehrs); auf unserer Spur parkende Autos, vor dem Supermarkt, dem Gemüsegeschäft, der Bäckerei … herrenlose Hunde queren die Fahrbahn … herrenlose Mülltonnen versperren die Fahrspur … geisterhafte Vespa-Fahrer erscheinen aus dem Nichts, Fußgänger streichen mit einem entschuldigenden Lächeln über unsere glänzende Kühlerhaube, um auf die andere Straßenseite zu gelangen … und ich kann es kaum glauben, das Navi zeigt immer noch drei Kilometer an bis zur Ankunft in unserem Hotel …

Habe das letzte Stück Wegstrecke heil überstanden. Der Wagen auch. Liege nun in absoluter Erschöpfung mit geschlossenen Augen auf meiner Bettseite; habe das Gefühl, nie wieder aufstehen zu wollen.

»Lass uns essen gehen«, sagt mein Mann, während er gut gelaunt und frisch geduscht aus dem Bad kommt.

»Ich gehe nicht essen«, murmle ich in das Kopfkissen.

»Wieso? Hast du keinen Hunger?«

»Ich habe Hunger. Aber ich möchte nicht mehr zum Essen gehen.«

»Das verstehe ich jetzt nicht«, bemerkt Jens, während er in seine Hose springt.

Ich sehe das alles nicht, weil mein Gesicht immer noch im Kissen steckt; höre aber durchaus das zischende Geräusch des In-die-Hose-Springens sowie den bereits etwas genervten Unterton in Jens' Stimme. Also stehe ich auf, wähle ein rosa Kleid mit Spaghettiträgern, schließe die Riemchen meiner rosaroten Sling-Pumps, besprühe mich mit Deo und Parfüm (duschen packe ich jetzt wirklich nicht mehr), kämme meine Haare, werfe mir ein kleines Täschchen (rosa) über die rosarote Schulter (Sonnenbrand) und begleite meinen Mann zum Abendessen auf die Dachterrasse, wo bereits der Vesuv zu uns herüberwinkt (Blödsinn); aber tatsächlich steht er da vor unseren Augen zum Anfassen nahe …

Donnerstag, 20. Juli
Vesuv

Haben es heute geschafft, bis ganz oben zum Vesuv durchzudringen. Eigentlich waren wir gestern schon hier. Jedenfalls am Parkplatz, wo wir unseren Wagen abstellen mussten und uns dann bei brütender Hitze drei Kilometer die geteerte Bergstraße hinaufschleppten (nur Alte und Fußkranke fahren mit dem Taxi; so unser überhebliches Denken). Oben am Eingang zum Vulkan parkten viele Busse mit vielen neugierigen Touristen. Dann stellte sich uns eine Schranke in den Weg, die von zwei dunkelgelockten, dunkelbebrillten Bilderbuch-Carabinieri in ihren schmucken Uniformen wie der Heilige Gral bewacht wurde. Einlass nur für Leute mit Ticket. Wir hatten kein Ticket und es gab hier auch kein Ticket zu erwerben. Eine Besichtigung des Vesuvs reserviert man im Internet, wo man seinen Besuch minutengenau in einen Terminkalender einträgt. Das erschloss sich aber meinem Mann und mir erst, als wir uns bereits wieder im Hotel befanden. Im Moment lasen wir auf einem großen Schild, dass die Tickets für heute *sold out* waren. Es hätte augenscheinlich auch keine Internetverbindung geholfen, wenn es eine gegeben hätte; gab es aber hier am spuckenden Berg sowieso nicht.

Also, heute sind wir oben; nach wiederholtem Aufstieg auf der Teerstraße (sehr euphorisch) und anschließendem weiteren Aufstieg auf einer steilen, sich schlängelnden Geröllhalde. Wir blicken hinab auf Neapel, sehen aber nur dunstige, unklare Umrisse der Stadt. Oben angekommen, schauen wir in den grafitgrauen Krater. Ich weiß nicht, was ich erwartet habe; aber vom Balkon und der Dachterrasse unseres Hotels sah der Vesuv imposanter aus. Tausende kleine Insekten schwirren über uns, bis sie dann auf unseren verschwitzten Gesichtern kleben bleiben. Sie verweilen dort nicht lange, denn der kurz darauf heftig auf uns herabprasselnde Schauer spült sie wieder fort. Jens und ich machen Selfies mit nassen Haaren und sonderbaren Grimassen; den Vesuv im Hintergrund sieht man nur sehr verschwommen. Dann fassen wir uns an den Händen und ich beginne zu singen: »I'm singin' in the rain, just singin' in the rain, what a glorious feeling …« und Jens singt mit und so tanzen wir vor der Absperrung des Kraters, dass unsere durchweichten Stoffsneakers nur so platschen. Die meisten Touristen sind inzwischen vor dem Regen geflüchtet, aber die wenigen, die ebenso durchnässt sind wie wir, singen und tanzen mit. Das ist ein Spektakel. Als der Regen aufhört, beklatschen wir gegenseitig unsere Performance und ein wenig auch den dunklen Krater, der so ungezähmt zornig sein kann. Ich befürchte beinahe, dass dem Krater bei Nässe vulkanische Dämpfe entsteigen, denen man sich nicht entziehen kann …

Wie es oben am Vesuv wirklich aussieht? Keine Ahnung. Werde mir Bilder im Internet anschauen. Auch Pompeji werden wir wieder einmal nicht schaffen. Aber auch hierzu gibt es genügend Bilder im Internet.

Freitag, 21. Juli
Rizinusöl

Jens und ich sind sehr verliebt. Mein neues Spitzennegligé (nicht aus seinem Wäschesortiment) scheint ihm letzte Nacht sehr gefallen zu haben ...

Wir liegen am Strand. Eine leichte kühle Brise streichelt unsere Körper. Oh je, das hier soll kein neuer Liebesroman werden. Also: Wir liegen am Strand auf einem großen Badetuch im Sand und eine leichte Brise weht kleine Sandkörner über uns. Das Meer umspült unsere Füße. Wir halten uns an den Händen und schauen durch dunkle Sonnenbrillen in den hellen azurblauen Himmel. Hilft nicht, klingt doch so wie in meinen Romanen ...

Wie es unseren Kindern wohl geht? Das Wetter in Deutschland scheint schön zu sein. Ob die beiden an ihre Mama und ihren Papa denken? Wir haben, seitdem sie im Allgäu und wir in Italien sind, nicht telefoniert. Die Lehrerin findet eine Auszeit der Kinder von ihren Eltern gut, ein Telefonat ist da kontraproduktiv, meint sie.

Nach einem romantischen Abendessen auf der Dachterrasse des Hotels mit Blick auf den inzwischen wieder imposanten Vesuv wissen wir dann, wie es unseren Kindern geht:

Wir sollen sie auf der Stelle aus dem Schullandheim abholen. Die Lehrerin ist so wütend, dass sie Tim und Tom auf der Stelle von der Schule verweisen möchte, was aber Blödsinn ist, da das Schuljahr nach dem Schullandheim sowieso fast vorbei ist und unsere Kinder danach eine neue

Schule besuchen werden. Vielleicht sollten Jens und ich uns mit dem Gedanken eines Umzugs in eine andere Stadt befassen. Unsere Kleinstadt ist doch sehr hellhörig; alles spricht sich schnell herum und der Einstand unserer Kinder im Gymnasium wird so nicht von Lob gekrönt sein.

Ich mache es kurz: Unsere geliebten Kinder haben der Lehrerin Rizinusöl in das Abendessen gemischt, weshalb diese nun die halbe Nacht und einen ganzen Tag eine Toilette des Schullandheims besetzt hat. So weit, so nicht gut. Eine eifrige Betreuungskraft hat dann im Sechserzimmer, in dem auch unsere Zwillinge untergebracht sind, ein halbleeres Fläschchen des abführenden Öls gefunden. Tim und Tom beteuern, dass sie damit nichts zu tun haben. Aber die anderen vier Jungs im Sechserzimmer beteuern ebenfalls ihre Unschuld.

Die Lehrerin übergibt das Telefon unseren Kindern.

»Wir waren das nicht«, sagt Tim. »Ihr müsst uns das glauben.«

Wer glaubt diesen Kindern? Ich sage nur *Busch'sche Störung*, Max-und-Moritz-Modus! Nein, ich glaube diesen Kindern nicht …

»Wer ist es denn dann gewesen?«, frage ich.

»Keine Ahnung, aber wo sollen wir denn Rizinusöl herhaben? Wir haben gar nicht gewusst, was das sein soll.«

Jens und ich sehen uns fragend an. Meines Wissens haben wir kein Rizinusöl im Haus. Vielleicht Sunny oder Michelle? Vielleicht haben es die Kinder auch selbst gekauft – bereits in der Absicht, den Darm der Lehrerin hinterhältig zu entleeren?

Ich weiß nicht, was ich denken soll. Leider ist den beiden erfahrungsgemäß alles zuzutrauen. Jens ist natürlich davon überzeugt, wenn seine Jungs sagen, dass sie es nicht waren, dann waren sie es auch nicht. Aber Jens sagt auch, dass seine Jungs super Fußball gespielt haben, wenn der Gegner ihre Mannschaft erbarmungslos mit 12:0 Toren ins fußballerische Aus befördert hat.

Sunny und Michelle werden unsere Kinder abholen müssen.

Ich rege mich dermaßen auf, dass ich die ganze Nacht wach liege; begleitet von abgründigen Gewaltfantasien gegenüber meinen Kindern und den tiefen, zufriedenen Atemzügen meines von der Unschuld seiner Kinder überzeugten Mannes. Soll er nur schlafen, denn er muss morgen über tausend Kilometer nach Hause fahren. Ich fahre sicherlich nicht …

Donnerstag, 27. Juli
Abbitte

Meine Kinder waren es nicht. Meine Kinder haben kein Rizinusöl in das Essen der Lehrerin getan.

Die Mutter eines Bettnachbarn der Zwillinge im Schullandheim hat soeben angerufen, ihr Sohn habe gestanden, das Abführmittel von zu Hause mitgenommen und es zusammen mit seinem Freund der Lehrerin verabreicht zu haben. Die Lehrerin ist informiert.

Und so erreichen unsere Familie dann Entschuldigungen von folgenden Personen: den Müttern der beiden Klassenkameraden, den beiden schuldigen Klassenkameraden, der Lehrerin und der Schulleiterin.

Die wahren Übeltäter laden Tim und Tom in die Eisdiele am Hauptplatz ein, wo jedes meiner Kinder zwei Eisbecher auslöffelt. Unsere Eisdiele ist großzügig in der Vergabe der Eiskugeln, was pro Eisbecher fünf Kugeln bedeutet. Also landen zwanzig Kugeln Eis, ein Viertelliter Schlagsahne sowie ein wahres Meer an Schokoladenstückchen im Magen meiner Kinder.

Tim und Tom sind sehr blass, als sie nach Hause kommen. Ihr erster Weg führt sie ins Bad, wo sie längere Zeit verweilen. Dann quartieren sie ihre von Übelkeit und Schmerz geplagten Eismägen auf der Couch ein. Sie ziehen sich Decken bis über das Kinn, obwohl es im Wohnzimmer 27 Grad hat.

Ich koche eine große Kanne Kamillentee. Abendessen wird es heute nicht geben.

Und da sitze ich zwischen ihren blassen, von blonden Locken eingerahmten Gesichtern, aus welchen mich dunkel umschattete Augen hilfesuchend anschauen. Tim rechts von mir. Tom links von mir.

Der Tee dampft unberührt in den Tassen.

»Mir ist so schlecht«, sagt Tim.

»Mir ist viel schlechter«, sagt Tom.

»So schlecht wie mir ist, kann dir gar nicht sein«, sagt wiederum Tim.

»Ich kotze gleich quer über den Tisch«, sagt Tom.

»Ich kotze bis zur Terrassentür«, sagt Tim.

So geht das hin und her. Als ich ihnen die Teetassen hinhalte, ist ihnen plötzlich gar nicht mehr so schlecht und unisono sagen sie: »Igitt, das ist ja Kamillentee. Igitt, der stinkt ja nach Misthaufen.«

Ich stelle eine Tasse zurück auf den Couchtisch.

Aus der anderen trinke ich und denke, wie schrecklich doch diese Kinder sind, während ich insgeheim Abbitte leiste, denn bildhaft sehe ich mich mit silberblonder Lockenperücke den Hammer auf den richterlichen Tisch schlagen – ohne mich für die Stellungnahme des Geschworenen Jens zu interessieren –, um ein gnadenloses Urteil zu fällen: schuldig in allen Punkten der Anklage …

Das werde ich aber niemals zugeben, wenn mich jemand fragt. Aber mich fragt ja sowieso niemand …

Freitag, 11. August
Bobby

Bin überhaupt nicht mehr zum Tagebuchschreiben gekommen. Nach den Pfingstferien beginnen ja gefühlt gleich die Sommerferien. Jahresabschlussfeier der Klasse mit Eltern, Jahresabschlussfeier der Schule mit Eltern, Jahresabschlussfeier des Fußballvereins mit Eltern, Abschlussfeier von der Abschlussfeier. Und sonstige Ereignisse …

Unter sonstige Ereignisse verbuche ich auch Tessas Hilferufe. Gleich mehrere innerhalb kurzer Zeit. Der letzte eben jetzt, kurz vor zwölf Uhr nachts. Ich erschrecke mich dermaßen über das späte Klingeln des Telefons, dass ich das Handy erst einmal laut krachend vom Nachttisch auf den Schlafzimmerboden stoße. Mein Mann ist nun auch wach.

»Ist Tessa«, sage ich, während ich das Telefon greife und Tessa bereits beginnt, ihr Drama zu erörtern.

»Die schon wieder«, stöhnt mein Mann, und ich hechte schuldbewusst mit dem Telefon am Ohr die Treppen hinauf in meine »heiligen Hallen«.

Natürlich hat Tessas indischer Lover diese erneute Katastrophe herbeigeführt. Ich dachte, unser Gespräch vor einigen Tagen sei das letzte dieser Art gewesen, denn ich konnte mir beim besten Willen nicht vorstellen, wie Bobby seine Eskapaden noch toppen könnte. Aber jetzt, nach dem nächtlichen Klingeln des Telefons, denke ich: Er kann!

Mein bisheriger Wissensstand der Ereignisse ist folgender: Bobby befindet sich seit drei Monaten wieder in Deutschland, was bedeutet, dass ihm die großzügige Summe von Tessas Bankkonto einen viermonatigen Aufenthalt in Indien ermöglichte. Diesen Aufenthalt und den pekuniären Glückstaumel nutzte er, um eine sehr junge, sehr hübsche Inderin (er hatte großes Glück bei dieser arrangierten Angelegenheit) auf einer kleinen Familienfeier (circa 300 Hochzeitsgäste) zu ehelichen und nun als seine Frau mit nach Deutschland zu bringen. Dies gesteht Bobby dann auch Tessa nach kürzester Zeit mit entwaffnender Ehrlichkeit.

Ich dachte, das wäre nun das endgültige Finale in Sachen Bobby und somit auch für Tessas entnervte Hilferufe, und ich könnte mich wieder ihrer psychologischen Beratung bedienen (gibt ja immer ein Problem in meinem Haushalt).

Aber Bobby, der sich keiner Schuld bewusst war, verstand Tessas Aufregung über seine Heirat nicht, da sich doch für ihn und Tessa überhaupt nichts ändern würde. Und im Grunde könnten sie doch alle drei in Tessas Wohnung leben, da es inzwischen ein wenig eng in dem kleinen Kämmerchen geworden war, das er mit einem Kollegen und seiner Angetrauten teilte.

Tessa setzte Bobby vor die Tür, was ein tränenreiches, stundenlanges Telefonat mit mir nach sich zog. Es dauerte nicht lange, da verschaffte sich Bobby mit einem Blumenstrauß und einer Flasche Wein wieder Zutritt in Tessas Wohnung und in Tessas Herz, was dann wieder zu einem langen Telefongespräch mit mir führte, wobei ich wiederum nur vage Stellung bezog, was Tessa als wohlgemeinte Zustimmung interpretierte: Denn schließlich betrog

Bobby ja nicht sie, sondern seine junge, hübsche Ehefrau. Ich fragte Tessa zaghaft, ob sie denn bei ihren psychologischen Studien das Kapitel über »Positives Denken« in Zusammenhang mit Bobby noch einmal lesen möchte, um etwaige Missverständnisse auszuschließen. Tessa kommentierte das nicht.

Es ist inzwischen kurz vor eins, eine Mücke hat einen roten, juckenden Stich auf meinem Handrücken hinterlassen und schwirrt nun in ruheloser Angriffslust um mein kurzes, dünnes Nachthemd. Ich lege das Telefon auf das Sofa und versuche, mit meinem Notizblock die Mücke zu erschlagen. Der Block klatscht mit lautem Krachen an die Balkontür und ich hoffe, mein Mann ruft wegen des Krachs nicht die Polizei. Die Mücke zieht weiter ihre aggressiven Kreise.

»Bobbys Frau ist schwanger. Im vierten Monat«, sagt Tessa nach einer Weile.

Ok. Ich muss einsehen, dass es sich bei Bobby um ein Fass ohne Boden handelt. Demnächst wird Bobby noch kriminell, bekommt eine lange Haftstrafe; Tessa nimmt Bobbys Frau mit Kind bei sich auf und beide Mütter kümmern sich rührend um das entzückende Baby. Die Mücke sticht mich in den anderen Handrücken.

»Du kannst dir nicht vorstellen, wie man sich in dieser Situation fühlt«, sagt Tessa bereits ein wenig hysterisch. »Du wolltest ja nie heiraten. Du wolltest ja nie Kinder«, wirft sie vorwurfsvoll hinterher. »Ich wollte immer heiraten und Kinder haben. Und jetzt bekommt Bobby mit einer anderen Frau ein Kind!«

Mir ist nicht ganz klar, was Bobbys Geschichte mit mir zu tun hat, aber ich bin auch zu müde, um einen Zusammenhang zu ergründen, und im Übrigen jucken die

Mückenstiche. Wir haben doch irgendwo ein Mückengel. Aber wo?

»Tessa, was soll ich dazu sagen? Du weißt doch selbst, dass Bobby nicht der Richtige ist.«

Schweigen am anderen Ende der Leitung. Vielleicht sollte ich noch deutlicher werden. Vielleicht sollte ich sagen, dass ein um siebenundzwanzig Jahre jüngerer Mann, der in den Tiefen Indiens aufgewachsen ist, wo Frauen über keinerlei Rechte verfügen und noch heute neugeborene Mädchen getötet werden, nicht als potenziellen Lebenspartner angesehen werden kann ... Sage ich aber nicht. Und eigentlich weiß Tessa das selbst; denn eigentlich ist sie eine intelligente, emanzipierte Frau ...

»Bobby will, dass ich seine schwangere Frau zum Frauenarzt begleite.«

»Tessa!«, rufe ich entsetzt. »Das wirst du doch nicht machen.«

Langes Schweigen. Dann sagt Tessa: »Nein, das werde ich nicht machen.«

Es ist drei Uhr morgens, als ich mit meinen juckenden Stichen ins Schlafzimmer zurückkehre. Jens wacht auf und fragt, was es denn von Tessa wieder zu berichten gäbe. Er sagt es ironisch.

»Probleme mit Bobby«, sage ich und Jens fragt, ob Tessa einen an der Waffel hat, ihn wegen dieses Kretins mitten in der Nacht aus dem Schlaf zu reißen.

Ich würde ihm gerne sagen, dass er dabei nur ein Kollateralschaden ist und dass Tessa wirklich leidet, aber dazu komme ich nicht mehr, denn ich höre bereits seinen ruhigen, gleichmäßigen Atem. Er ist wieder eingeschlafen. Ich kann nicht wieder einschlafen.

Montag, 14. August
Gelbe Decke

Ich liege in der Sonne auf einer Isomatte im Gras des Freibads unserer schönen Kleinstadt. Die Kinder springen mit ihren Freunden immer wieder laut platschend ins Wasserbecken, rennen durch die Liegewiese, werden vom Bademeister und den anderen Badegästen gerügt. Vier Mütter von Kindern aus Tims und Toms Klasse (keine Mutter der Abführmittelkinder) sitzen auf einer gelben Decke und kämpfen mit kleinen Fliegen, die denken, die Decke wäre eine riesige gelbe Blüte. Während sie in Sisyphusarbeit versuchen, die Mücken zu entfernen, reden drei von ihnen wild durcheinander, wessen Kind das herausragendste in Sachen Fußball, Handball, Eishockey und Schulzeugnis ist. Die vierte Mutter kümmert sich ausschließlich um die Mücken.

Ich bin froh, ganz alleine mit einem Buch auf meiner Matte zu liegen. Habe hier nur Ameisen und kann meine Augen gut hinter dem Buch verstecken, wobei ich die Seiten regelmäßig umblättere, ohne auch nur eine Zeile gelesen zu haben. Während ich die anderen Mütter (sieht so aus, als wären hier nur Mütter) so hinter den Buchseiten betrachte, sinkt meine Laune. Die haben aber auch wirklich alle eine gute Figur. Vielleicht nicht alle, aber mit ein wenig selektivem Sehen gelingt es mir, nur Frauen mit perfekter Figur zu sehen, weshalb ich mich nun wie ein gut genährter Buddha fühle; nur nicht so heilig und so angebetet. Neidvoll muss ich feststellen, dass selbst mein

Shape-Badeanzug nicht genügt, um mit den Figuren dieser Frauen ohne Shape-Badeanzug mitzuhalten. Sehr, sehr ärgerlich. Als meine Handgelenke wegen des langen In-die-Höhe-Haltens meines Buches beginnen zu schmerzen, muss ich es leider weglegen und schon winken die Mütter von der gelben, mückenbesetzten Decke zu mir herüber.

»Ach, ich war so vertieft in mein Buch. Ich habe euch gar nicht gesehen«, lüge ich.

Und bevor ich meine Kinder einfangen und unseren Krempel im Katastrophenfalltempo zusammenpacken kann, bekomme ich von jeder Mutter auf der gelben Decke eine Einladung zu ihrer Grillparty, was beinhaltet, dass ich höflichkeitshalber auf mindestens zwei dieser Partys mit meiner Familie erscheinen muss. Und natürlich bedeutet das wiederum, mich mit einer eigenen Grillparty revanchieren zu müssen.

»Isabelle«, sagt dann die Wortführerin. »Ich habe neulich Leute mit Kameras in euer Haus gehen sehen.«

Neugierige Ziege. Was geht sie das an? Sehe sie schon top gestylt (mit ihrer widerlich guten Figur) um Einlass bittend vor meiner Haustür stehen, um dank meiner Z-Prominenz ins Fernsehen zu kommen.

»Ach ja«, sage ich, während ich schnell mein Kleid über den Shape-Badeanzug werfe und hektisch sämtliche herumliegenden Utensilien in die Badetasche stopfe. »Die drehen im Moment eine kleine Doku bei uns. Nichts Großartiges.«

»Wegen dir als Autorin?«, lässt die Redeführerin nicht locker.

»Ja«, sage ich und winke wie wild meinen Kindern, dass sie endlich kommen sollen.

»Du hast aber auch lange nichts mehr geschrieben.«

»Ja«, sage ich, während Tim und Tom in ihre Hosen springen. »Bin etwas in Eile. Ich habe noch einen Termin mit meinem Agenten (habe ich natürlich nicht). Dann bis Freitag. Soll ich etwas mitbringen?«

»Bis Freitag«, sagen alle vier gleichzeitig und natürlich sagen sie, dass ich nichts mitbringen soll, denn sicherlich erinnern sie sich noch an den Nudelsalat (Michelle hatte keine Zeit), den ich zur Fußballabschlussfeier mitgebracht habe, der so *al dente* war, dass eine Mutter fürchtete, sich eine Krone ausgebissen zu haben.

Montag, 28. August
Rauschender Schreibfluss

Die Deadline des Verlags (29. August) lässt Thomas zu einem ausgehungerten Raubtier werden. Seit Tagen lauert er gefräßig vor meiner Haustür und sabbert nach meinem fertiggestellten Skript.

Und dann – inzwischen auch etwas beunruhigt wegen fehlender Korrekturen und Thomas' Unmut – aktiviere ich alle meine Energien, schreibe zwölf Tage vom frühen Morgen bis in die späte Nacht hinein, entwickle Ideen, forme Sätze, bin in einem rauschenden Schreibfluss, einem donnernden Wasserfall der Worte, lasse mich durch nichts mehr aufhalten, lasse bei der kleinsten Störung meines kreativen Aufblühens meinen Launen freien Lauf, benehme mich wie eine durchgeknallte Diva, nehme nicht mehr am Familienleben teil, nehme an keiner Gartenparty teil (oh, wie traurig), lasse mir von Michelle mein Essen in meinen »heiligen Hallen« servieren. Die Dreharbeiten minimiere ich auf eine Stunde, in der ich einige Passagen aus meinem neuen Skript an meinem gläsernen Schreibtisch in meinen »heiligen Hallen« vorlese (nur um mir nicht Thomas' kompletten Unmut zuzuziehen).

Jens' kompletten Unmut habe ich mir bereits seit einigen Tagen zugezogen, weshalb er dann irgendwann vor meinen »heiligen Hallen« steht und durch die geschlossene Tür keift, dass ich eine Irre ohne Zeitmanagement wäre. Ich keife durch die geschlossene Tür zurück, er soll mein Zeitmanagement nicht durcheinanderbringen und verschwinden.

Im Übrigen weiß ich nicht, was an meinem Zeitmanagement nicht stimmen soll, denn heute, 28. August, ist mein Skript so gut wie runderneuert. Jedenfalls die vom Lektorat bemängelten Stellen, die mich so lange, so eindringlich auffordernd, so boshaft angestarrt haben.

Schicke gerade meine 302 Seiten (ursprünglich 374 Seiten) Liebesroman, der nun endlich sein erwartetes Happy End für die Liebenden Dorothee und Rafael gefunden hat, per E-Mail in Thomas' hungriges Maul (haha). So hat er noch genügend Zeit, mein Skript zu verdauen und es dann an den Verlag zu schicken. Das nenne ich Zeitmanagement! Ausgeklügelt bis ins Letzte.

Kurz überfliege ich noch die letzte Seite, die den Verlag bereits in meiner ersten Version zufriedenstellte, weshalb ich daran nichts ändern sollte. Das ist witzig. Es handelt sich hierbei um einen fast identischen Schluss wie bei meinem letzten, vor acht Jahren geschriebenen Roman.

Ich kann kaum glauben, welche Abgründe sich in meinem Kopf formen können, während ich meine Augen über die Zeilen gleiten lasse:

Sie hatte ihm heute gesagt, dass sie ein Kind bekommen würde. Sein Kind. Rafaels tiefblaue Augen hatten gestrahlt, sein ebenmäßiges Gesicht überzogen vom Glanz des Glückes. Ganz sanft hatte er sie in die Arme genommen und auf den Haaransatz geküsst, sich vor ihr niedergekniet, das kleine Kästchen mit dem diamantfunkelnden Ring aufgeklappt und endlich die Frage, auf die sie so lange gewartet hatte, gestellt: »Dorothee, meine Liebste, willst du meine Frau werden?« Für Dorothee gab es kein Zögern. Natürlich wollte sie seine Frau werden, mit ihm und der Frucht in ihrem Leib ein gemeinsames Leben verbringen.

Nun saßen sie in seinem Wagen, Dorothee glücklich an Rafael,

der den schwarz glänzenden Oldtimer mit dem geöffneten Verdeck
sicher durch die kurvige Küstenstraße navigierte, gelehnt. Ihr leichtes
Sommerkleid mit dem weitschwingenden Rock fiel dekorativ über den
roten Ledersitz und ihr langes blondes Haar wehte sacht im mediter-
ranen Sommerwind. Und so fuhren sie, zu ihrer Linken begleitet von
der Adria, in den orangeroten Sonnenuntergang, einer glücklichen
gemeinsamen Zukunft entgegen.

Uff. Das Ende ist ja noch kitschiger, als ich es in Erinnerung hatte. Obwohl ... das sichere Navigieren eines Wagens durch kurvige Küstenstraßen durch einen Mann
kommt mir inzwischen bekannt vor ...

Eine Frage stellt sich mir nun dennoch: Wie kann es
sein, dass der Roman dort aufhört, wo das wirkliche Leben
von Dorothee und Rafael eigentlich erst beginnt? Vielleicht sollte ich einen Fortsetzungsroman schreiben? Wie
ihr Leben nach der Geburt ihres Kindes und dem Ein-
schleichen des Alltags aussieht? Wer welchen Job dann
noch ausüben kann, wer sich um das Kind kümmert, wer
den Haushalt macht, wer den Einkauf erledigt, wer kocht?
Und dann, wenn diese Aufgaben zu aller Zufriedenheit ge-
regelt sind (was eigentlich so gut wie nie vorkommt), er-
blickt das zweite Kind das Licht der Welt. Alles muss neu
durchstrukturiert werden. Neue Kompromisse müssen
hart erkämpft werden. Gemeinsame Zeit und Liebe auf
Sparflamme. Die absolute Glückseligkeit nur noch kurze
Sequenzen im Chaos des Familienlebens. Da ist jahrelang
Schluss mit den Cabrio-Ausfahrten auf kurvigen Küstenstraßen in irgendwelche Sonnenuntergänge! Da spreche
ich aus Erfahrung (übrigens empfinde ich nach meiner
letzten Exkursion Cabrio-Ausfahrten insgesamt nicht
mehr als besonders erstrebenswert).

Thomas unterbricht meine Gedanken mit seinem Anruf. Er will mich nur informieren, dass er das Skript abgeschickt hat (was beinhaltet, dass er es gar nicht angeschaut hat). Er sagt, Anfang November wird zuerst das Interview im Fernsehen ausgestrahlt, dann der erste Teil der Miniserie. Genaue Termine hat er nicht. Die Dreharbeiten sind ja auch noch nicht beendet. Ende November (zum Weihnachtsgeschäft) kommt mein Buch auf den Markt.

So ist der Plan, wenn mein Skript nicht immer noch zu langweilig und zu langatmig ist. Und wenn sie darin ihre gewünschte Portion Authentizität erkennen können. Wenn dann all diese Kriterien erfüllt sind, beginnt für mich wieder ein nicht enden wollender Lesemarathon. Und grauenvolle Live-Interviews, die mich jeglicher Eloquenz berauben und dumme Sachen sagen lassen werden …

Vielleicht sollte ich mich doubeln lassen? Es wird doch irgendwo irgendjemanden geben, dem man mein Aussehen (kann durchaus etwas weniger faltig und schlanker sein) verleiht, der die Öffentlichkeitsarbeit deutlich besser hinkriegt als ich. Vielleicht gelingt es meinem Double dann auch, beim Verlag Einfluss auf die Covergestaltung zu nehmen (mir ist das bisher nicht gelungen, weshalb ich in den Buchläden einen großen Bogen um meine eigenen Bücher mache). Muss mal mit Thomas darüber reden, aber in Anbetracht seines ständig peinlichen Berührtseins über meine Missgeschicke dürfte er ein absoluter Befürworter dieser Idee sein.

Donnerstag, 31. August
Hindernisparcours

Immer noch wabert sengende Hitze über dem Land. Die Kinder langweilen sich. Sie wollen ins Schwimmbad. Ich bin der Meinung, sie waren genug im Schwimmbad (mit ihren Freunden und deren Müttern, mit Sunny, mit Michelle). Ich möchte meine figürliche Schwimmbad-Unzulänglichkeit wirklich nicht noch einmal auf den Präsentierteller legen.

Wegen fehlender Fremdbespaßung haben Tim und Tom nun ihre Hasen wiederentdeckt. Diese sollen trainiert werden, durch Tunnel laufen, durch Reifen springen … Es gefällt mir, welche Ideenvielfalt und welchen Eifer Tim und Tom in diese Aufgabe legen.

Als Michelle und ich von einem Einkauf in der Metro in Augsburg zurückkommen, haben meine Kinder einen wahren Hindernisparcours für die Hasen angelegt. Der Großteil der Einkäufe ist in Küche und Keller verstaut, als ich mich, nach wie vor die Kreativität meiner Kinder bewundernd, zu diesen in den Hasenauslauf in den Garten geselle. Die Hasen sitzen friedlich vor sich hin mümmelnd neben ihrem herrschaftlichen Holzhaus.

»Die beiden wollen wohl nicht mehr«, sage ich zu meinen Kindern.

»Die haben nie gewollt«, sagt Tim.

»Die sind voll lahm«, sagt Tom.

Und da sehe ich bereits dieses Tier, dessen kahler Schwanz deutlich länger als sein Rumpf ist, das flink durch den Tunnel huscht, sich die Karotte am anderen Ende des Tunnels holt und wieder im Tunnel verschwindet. Ich bin zu erschüttert, um in Panik zu verfallen; mustere nur voller Entsetzen meine Kinder.

»Das ist Speedy«, stellt Tom das neue Haustier vor. »Speedy holt sich schon das dritte Stück Karotte.«

»Aha, Speedy.«

Meine Schockstarre löst sich. Ich packe die von der Dressur unberührt gebliebenen Hasen, setze sie in ihren herrschaftlichen Stall, zerre die Pfosten des Hasenauslaufs aus den Verankerungen und trample den Zaun nieder. Die Ratte durchquert hastig den Tunnel, setzt zu einem weiten Sprung an und segelt geschickt wie ein Vögelchen ins Gebüsch. Hätte ich gewusst, wie diese Ratte springen kann, hätte ich den Zaun auch stehen lassen können. Jedenfalls ist sie nun irgendwo in den Weiten des Gartens verschwunden; vielleicht auch unter dem Gartentor hindurch zum Fluss hin entflohen. Nur der Nachbar, der mit den Luxuskarossen und dem Katzenflüsterer-Sohn, den ich vorher nur aus dem Augenwinkel gesehen habe (da dachte ich noch: Soll er nur sehen, welch kreative Kinder ich habe), steht weiterhin beobachtend am Zaun. Jetzt ist es mir peinlich.

»Wo eine Ratte ist, sind viele Ratten«, sagt er. »Aber sie sind wirklich intelligent.«

Ich nehme an, er meint die Ratten, denn sonst kann ich hier niemanden Intelligentes ausfindig machen.

Den Gedanken, dass meine Kinder den ganzen Vormittag eine Ratte trainiert haben, will ich gar nicht aufkommen lassen. Und tatsächlich, nachdem ich die sperrangelweit offene Terrassentür sehe, macht sich ein ganz anderer Gedanke in mir breit; und bei diesem überfällt mich das absolute Grauen. Ist Speedy wirklich aus unserem Garten in Richtung Fluss geflohen?

Der Nachmittag entwickelt sich dann etwas anders als geplant. Ich rufe Michelle und sage ihr, dass wir nach einer Ratte im Haus suchen müssten. Michelle, die sich gerade umziehen wollte, kreischt: »Isch suche nicht der Ratte«, und rennt barfuß auf die Straße in Richtung Hotel; anscheinend arrangiert sie sich lieber mit Sunny und meiner Mutter als mit einer Ratte. Meine Kinder lassen sich schnell von ihrem Schwätzchen mit dem Nachbarn über Speedys enorme Intelligenz abbringen, da mit meiner Befürchtung ihre Hoffnung, ihren Spielgefährten nicht ganz verloren zu haben, wieder aufkeimt. Und dann wird jedes Zimmer durchsucht, denn in diesem Haushalt schließt ja niemand eine Zimmertür. Couchen, Sessel, Tische und Kommoden werden verrückt, auf Leitern wird gestiegen, um die Schränke nach der Flüchtigen abzusuchen. Dann verschieben wir die Schränke und durchleuchten jeden dunklen Winkel des Hauses mit Taschenlampen.

Es gab kein Mittagessen und als es bereits nach sieben Uhr abends ist, beginnen meine Kinder zu quengeln, dass sie am Verhungern sind. Wie können sie nur an Essen denken! Und schon will ich sagen, dass wir nochmals das ganze Haus von oben bis unten durchsuchen müssen, da höre ich die Stimme der Lehrerin, als wäre sie anwesend: Bekommen Ihre Kinder nicht genug zu essen? Und so gönne ich den beiden eine Pause, um sich am Kühlschrank zu bedienen. Michelle ist noch nicht wieder zurückgekehrt, weshalb es auch kein warmes Abendessen geben wird. Nachdem der Magen meiner Kinder gefüllt ist, wollen sie nicht mehr nach Speedy suchen. Sie sagen, wir hätten bereits überall gesucht. Meinen Einwand, vielleicht etwas übersehen zu haben, ignorieren sie. Und so krieche ich alleine nochmals in jede dunkle Ecke, aber die Ratte bleibt verschwunden. Sicherheitshalber lege ich im ganzen Haus Karotten als Köder aus (augenscheinlich liebt diese Ratte Karotten). Sollte diese kahlschwänzige Kreatur wirklich noch hier sein, so wird sie sich durch ihre Gefräßigkeit verraten. Ich sitze mit angezogenen Beinen auf dem Sofa, das noch immer mitten im Wohnzimmer steht. Mein Magen knurrt und ich bin müde. Ich werde nicht essen und nicht schlafen. Ich werde die Lichter nicht ausschalten, mich bis über die Nase in eine Decke einwickeln und wachsam sein …

Ich telefoniere mit Jens. Jens findet die Idee seiner Jungs, eine Ratte zu dressieren, super und ist sich sicher, dass die Ratte das Haus, wenn sie jemals hier gewesen sein sollte, inzwischen verlassen hat. Frage mich, woher er das so genau weiß? Er befindet sich seit zwei Tagen in Lissabon.

Ich bin kurz eingenickt. Als ich meine Augen aufschlage, blendet mich gleißendes Licht. Ich bin so erschüttert über mein Nickerchen, dass ich darüber fast in Panik ausbreche und überall nur noch Ratten sehe. Dutzende von Ratten in meinem Wohnzimmer … Kurzfristig überlege ich auch, wie Michelle ins Hotel auf der anderen Straßenseite überzusiedeln, aber ich muss Stärke gegen den Feind beweisen. Hier bin ich zu Hause. Und meine Kinder, die zwar angstfrei, aber verärgert über Speedys Unauffindbarkeit in ihren Betten ruhen.

Der Morgen dämmert. Die ersten Vögel pfeifen ihr fröhliches Lied. Ich spüre meinen Körper kaum noch, und was ich davon spüre, schmerzt. Wie viel Zeit ich wirklich geschlafen habe, kann ich nicht nachvollziehen. Vorsichtig lausche ich, ob nicht irgendwo etwas raschelt oder über den Parkettboden trippelt. Stille. Bis auf die Vögel. Happy, die sich heute Nacht durch die Katzenklappe geschlichen hat, was mir einen halben Herzinfarkt bescherte, liegt neben mir. Sie öffnet nur halb ein Auge, als ich vorsichtig meine Füße auf den Boden stelle. Und dann sehe ich, dass die Karotten im Wohnzimmer fort sind. Leise wie ein Einbrecher schleiche ich durch Küche und Diele. Nirgends finde ich eine Karotte. Der schrille Schrei, den ich ausstoße, dringt bis in den Garten, wo sich meine Kinder befinden.

Was machen die Zwillinge im Garten? Um diese Uhrzeit? Ich kann es kaum glauben, als Tim und Tom durch die weit offen stehende Terrassentür des elterlichen Schlafzimmers!!! hereinstürmen und mir erklären, dass sie seit fünf Uhr morgens einen neuen Parkour für Speedy bauen, wozu sie die von mir als Köder ausgelegten Karotten benötigten. Meine Frage, warum sie durch das elterliche Schlafzimmer in den Garten gehen, wird logisch beantwortet: »Durch die Haustür war es zu weit und durch das Wohnzimmer konnten wir nicht gehen, denn wir wollten dich nicht aufwecken.«

Wir durchsuchen zwei Stunden akribisch das Schlafzimmer. Die gute Nachricht: Von der Ratte noch immer keine Spur. Werde aber vorsorglich auch die heutige Nacht im Wohnzimmer verbringen.

Samstag, 2. September
Zirkusmanege

Heute feiern wir unser Gartenfest mit über vierzig Gästen. Die meisten sind Eltern mit ihren Kindern aus der Klasse der Zwillinge. Natürlich dürfen Tessa, die ich dieses Jahr noch nicht persönlich gesehen habe (worüber sie bereits etwas ungehalten ist), meine Mutter (ihre Anwesenheit lässt sich seit dem Bezug eines Zimmers im Hotel gegenüber nicht vermeiden) und Thomas nicht fehlen. Thomas schon deshalb nicht, da er einen Blick auf die Dreharbeiten des ebenfalls geladenen Fernsehteams haben möchte, um den heutigen Abend möglichst werbewirksam für mich und mein neues Buch in Szene zu setzen. Um nichts zu verpassen, bringen Felix und Jan noch einen Kollegen mit; was aber auch nicht darüber hinwegtäuschen kann, dass Felix' Augen, wenn er sie nicht hinter seiner Kamera verbirgt, geradezu schielen, um keinen direkten Blickkontakt mit mir aufnehmen zu müssen. Für mich ist es nicht klar ersichtlich, welche Peinlichkeit Felix in maximale Verlegenheit katapultiert: unsere prekäre Cabrio-Exkursion an der Amalfiküste, die er mangels Fahrerlaubnis nicht entschärfen konnte; seine anschließende Feigheit, einen mir unbekannten Kameramann als seinen Ersatz zum Filmen meiner Vorlesestunde in meine »heiligen Hallen« zu beordern; oder das Überfahren eines Zebrastreifens in einem Fahrschulauto, wobei er mich beinahe zur unfreiwilligen Kühlerfigur drapiert hätte?

Unsere Gäste ahnen nichts von Felix' misslicher Lage,

denn für sie ist die Filmcrew wie ein Magnet, der sie sogar ihren Urlaub verschieben lässt, nur um dabei zu sein (ich würde eher einen Urlaub buchen, um den Kameras zu entfliehen). Aber um ehrlich zu sein: Der Gedanke an die Ausstrahlung des Gartenfests im Fernsehen spornt dann auch meine Familie (Mann und Kinder), Sunny und Michelle an, aus dem idyllischen Garten mit den moosigen griechischen Steinskulpturen, den seit gestern vom Moos befreiten Steinbänken und dem seerosenbedeckten Teich ohne Zierfische (hat Happy gefressen) ein noch größeres Idyll zu erschaffen, indem wir Sitzmöbel aus dem Haus unter den alten Bäumen gruppieren, Lampions an deren Ästen aufhängen und Fackeln in den Rasen stecken. Die Bar aus Holz, die mein Mann (wochenlang) im Keller sägte und schraubte, gehört nicht in die Romantikkategorie, besticht aber durch ihre Zweckmäßigkeit.

Wir sind gerade so fertig geworden mit unseren Vorbereitungen (das Catering fehlt noch) und schon fluten die ersten Partygäste lärmend von der Flussseite in den Garten. Kunterbunt und völlig überdreht stürmen sie wie Seiltänzer, Trapezkünstler und Clowns in unsere Zirkusmanege. Dieses unsäglich farbenprächtige Treiben stiehlt dann auch meiner lautstark gackernden Mutter (hatte scheinbar bereits eine Verabredung mit dem Weingott Bacchus) nicht nur das Alleinstellungsmerkmal, sondern ihre komplette Show. Und es ist nicht einfach ein lila Kostüm, einen lila blumendekorierten Strohhut, lila Stilettos und die angeschickerte Lautstärke, in der meine Mutter ihre einstige Modelkarriere in die Welt schreit, zu übertreffen.

Ach ja, und natürlich habe ich mir ein neues, knöchellanges, schwarzes Leinenkleid und neue rote Slingpumps gekauft (zur Vervollständigung meines Outfits auch noch eine neue rote Handtasche, wobei mir dann aber auffiel, dass ich auf meiner eigenen Party gar keine Handtasche brauche …).

Mein Mann steht hinter der Bar und begrüßt, eingerahmt von den beiden bauchfreien Au-pair-Schönheiten, bestens gelaunt die ankommenden Gäste mit einem Drink. Vielleicht bemerken so die Gäste nicht gleich, dass es außer Erdnüssen, Grissini und Linsenchips noch nichts zu essen gibt. Aus den Augenwinkeln beobachte ich, dass Sunny und Michelle sich weder für meinen sich in seiner Rolle als Hahn im Korb fantastisch fühlenden Mann interessieren noch für die Neuankömmlinge, sondern beide nur Augen für Felix haben.

Die Leute vom Catering-Service treffen mit einer halben Stunde Verspätung ein und wissen nicht, wohin mit dem Buffet, da sich der dafür vorgesehene Platz im Esszimmer als nicht ausreichend herausstellt. Auf dem ursprünglich angedachten Platz, der Terrasse, ist es immer noch so brütend heiß, um aus rohen Eiern Küken schlüpfen zu lassen …

Mein Mann verteidigt wie ein Fixstern seinen Posten hinter der Bar und bleibt von den schimpfenden Caterern völlig unberührt. Sunny und Michelle bemerken sowieso nichts, da sie, wie bereits erwähnt, nur Felix im Blickfeld haben. Warum die Leute vom Catering-Service herumschimpfen, ist mir unklar, da doch sie sich verspätet haben. Das sage ich dann auch, worauf sie noch ärgerlicher werden: »Wegen solchen Leuten wie Sie kommen wir doch andauernd zu spät.«

Das ist nicht nur eine verbale Frechheit, sondern grammatikalisch auch noch falsch. Werde das nächste Catering nicht mehr von dieser Firma kommen lassen!

Thomas in einem beigen Leinenanzug, der ziemlich genauso aussieht wie der meines hinter der Bar stehenden Mannes (beim Anblick dieses Anzugs wird Jens sich sofort umziehen), und der Nachbar mit den Luxuskarossen helfen beim Abräumen der Arbeitsflächen in der Küche, der Sideboards im Wohnzimmer und der Diele, sodass nun die grammatikalischen Analphabeten missmutig ihre Leckereien im ganzen Untergeschoss verteilen können.

Nachdem das Buffetthema geklärt ist, gehe ich – bereits etwas entnervt – mit rotem Kopf, verschwitztem Gesicht, halb aufgelöstem Dutt …

Warum habe ich eigentlich eine Frisur, die nicht hält? Das lässt sich ganz einfach erklären: Es ist mir wieder einmal nicht gelungen, rechtzeitig einen Friseurtermin zu vereinbaren! Dafür sind meine gut organisierten Gäste allesamt frisch gefärbt, frisch geschnitten und bestens frisiert.

In meinem derangierten Zustand gehe ich nun also in den Garten zurück, um meine perfekt gestylten Gäste zu begrüßen. Da stürzt meine Mutter auf mich zu. Und wenn ich stürzt sage, meine ich nicht ein freudiges, schnelles Auf-mich-Zukommen, sondern ein ungelenkes Stolpern über ihre alkoholisierten Beine; ein Verkeilen ihrer turmhohen Absätze, das die alkoholisierten Beine nicht mehr ausbalancieren können. Und schon klebt sie an meinem Brustkorb, dass es nur so knirscht (das Knirschen verursacht ihr blumiger Strohhut). Glücklicherweise steht der Nachbar mit den Luxuskarossen hinter mir, um mich und Mutter aufzufangen und somit unseren gemeinsamen Sturz ins Rosenbeet in letzter Sekunde abzuwenden.

»Hahaha«, macht meine Mutter und bleibt an mir kleben. »Du stehst aber auch überall im Weg.«

»Du hast mich halb umgeworfen«, sage ich zornig.

»Na, so leicht wirft dich doch nichts um … mit deinem Gewicht. Da erwartet man schon etwas mehr Standhaftigkeit.« Dann gluckert ein lautes »Hihihi« aus ihrem Hals.

Nur dem neuen Kameramann, der süffisant grinsend diese Szene zur Belustigung des Fernsehpublikums einfängt, hat es meine Mutter zu verdanken, dass ich sie nicht in den farblich auf ihr Outfit abgestimmten Rosen versinken lasse. Bin ich eine schlechte Tochter, wenn ich sage, Mutter wäre sicherlich im lila Blütenmeer gut aufgehoben? Vielleicht doch noch ein geschickt eingesetzter finaler Rempler für Klothilde? Aber da erkennt bereits der Nachbar mit den Luxuskarossen mein boshaftes Vorhaben und verwickelt sie in ein Gespräch. Gut gelaunt mit vielem »Hihi« und »Haha« hakt sie sich beim Nachbarn ein (wie heißt der gleich nochmal?) und schleift diesen mit sich über den Rasen, während die Absätze ihrer lila Stilettos bei jedem ihrer Schritte tief in der Erde versinken.

Nun endlich – inzwischen noch verschwitzter, mein Gesicht noch geröteter, mein Dutt nun völlig aufgelöst, ein großer roter Fleck vom Zusammenprall mit meiner Mutter auf meinem Dekolleté, inzwischen von einer gewissen Verzweiflung gepackt, mit einem latenten Aggressionspotenzial bestückt, könnte die großartige Schriftstellerin (ich) nun ihre Gäste mit ihrem wundervollen Auftritt auf ihrem gelungenen Gartenfest, begleitet von ihrem Kamerateam, begrüßen … Aber irgendwas läuft doch hier komplett schief.

Jens kommt mit einem Glas Prosecco auf mich zugeschossen (denke im ersten Moment, nun will mich mein Mann auch noch umrennen), sieht ebenfalls, dass hier etwas aus den Fugen geraten ist und fasst mich an der Hand.

»Belle, ich glaube, wir gehen jetzt erst einmal etwas ins Kühle«, sagt er und schiebt mich sanft, aber bestimmt von der Terrasse ins Wohnzimmer. Dort drückt er mir sein Glas Prosecco in die Hand. »Trink!«, sagt er in einem Ton, der keinen Widerspruch zulässt.

Dann verfrachtet er mich ins Badezimmer, setzt mich auf einen Hocker, löst Duttkissen und Haargummi aus dem kleinen struppigen Nest von Haaren, das dort, wo sich die kunstvolle Hochfrisur befinden sollte, verblieben ist.

»Das sieht ja schlimm aus«, sagt er, während er die Bürste zur Hand nimmt, meine Haare glatt kämmt und mir eine ganz wundervolle Hochfrisur verpasst. Der Dutt ist so perfekt, dass sich mir nun doch einige Fragen stellen: Woher hat mein Mann diesen routinierten Umgang mit Haaren? An wessen Kopf hat er geübt? An einem Kopf oder an mehreren? Und wo? Auf seinen Geschäftsreisen? In Italien, in Spanien, in Portugal oder in Marokko? Die Südländerinnen haben ja bekanntlich besonders schöne Haare. Und schon purzelt dieser klischeebehaftete Satz, den ich auch gerne in meinen Romanen verwende – ohne dass ich ihn stoppen kann – aus meinem Mund: »Wie lange geht das schon?«

»Was geht wie lange?«, fragt Jens, während er eine letzte widerspenstige Strähne mit einer Haarnadel festklemmt.

»Das mit den anderen Frauen?«

»Welche anderen Frauen?«, fragt Jens verständnislos.

»Wir müssen das nicht jetzt klären«, sage ich großzügig. »Wir gehen jetzt raus, tun so, als hätte dieses Gespräch nie stattgefunden und machen gute Miene zum bösen Spiel.« Habe ich nicht genau diesen Satz auch bereits in einem meiner Bücher geschrieben?

»Hast du einen Sonnenstich?«, fragt Jens. »Was ist denn plötzlich los mit dir? Ich weiß überhaupt nicht, in welches Drama ich hier geraten bin. Und vor allem, wie ich in dieses Drama geraten bin.«

»Du hast mir einen perfekten Dutt gemacht«, zische ich wütend (da bin ich mir sicher, dass ich das noch nie geschrieben habe).

Nach dem ersten fassungslosen Blick und einem kurzen Schweigen fragt Jens: »Ja? Und?«

»Du betrügst mich mit einer langhaarigen Schönheit. Das liegt doch klar auf der Hand.«

»Ich betrüge dich, weil ich deine Frisur gerettet habe? Also Belle, so verdreht kannst wirklich nur du denken.«

Ich weiß überhaupt nicht, was an meiner Aussage verdreht sein soll; das ist doch eine absolut logische Schlussfolgerung.

»Belle, wie oft soll ich dir noch sagen, dass es für mich keine andere Frau gibt …?«

Jens zischt geräuschvoll Luft in seine Lungen. Ich sehe, wie sich seine Nasenflügel aufblähen, wie sich sein Brustkorb anhebt. Und dann schnaubt sein zorniger Atem, gefolgt von einem hoffnungslosen Stöhnen, durch seine geraden weißen Zähne; die Vorboten maximalen Unmuts. »Warum muss ich dir das immer wieder sagen? Ich verstehe das nicht! Im Übrigen weißt du, dass ich meiner Mutter oft die Haare hochgesteckt habe. Das habe ich dir schon hundertmal erzählt!«

Ja, das hat er erzählt. Aber doch nicht hundertmal. Wie kann man denn so übertreiben?

Jens wartet auf eine Reaktion von mir; keine Ahnung, was ich sagen soll. Vermutlich habe ich ein wenig überreagiert. Jens schüttelt mit einem angedeuteten Lächeln seinen Kopf (ich kann nicht erkennen, ob es sich um huld-volles Verzeihen oder stumme Resignation handelt), nimmt mich in die Arme, was mich fast dazu verleitet, meinen Kopf auf seine Schulter zu legen – entscheide mich aber zugunsten meiner neuen Frisur dagegen.

»Alles wieder gut?«, fragt er.

Ich weiß nicht, ob alles wieder gut ist, nicke aber sicherheitshalber, denn schließlich warten draußen noch gut vierzig Leute auf meine Begrüßung.

Während ich schließlich herzliche Umarmungen und launige Worte wie Blumensträuße an meine Gäste verteile, denke ich über Jens nach. Muss ich wirklich zugeben, dass er der beste Mann ist, den eine Frau haben kann? Irgendwann werden sich seine Makel schon noch zeigen. Das weiß ich doch aus meinen Romanen. Da finden sich bei den Protagonisten auch immer dunkle Geheimnisse, tiefe Abgründe, Lug und Trug; jedenfalls so lange, bis ich diese hinterhältigen Machenschaften zugunsten der Liebenden aufkläre und die beiden glücklich ins Abendrot fahren lasse …

Nun befürchte ich beinahe, dass mir das Glas Prosecco nicht gutgetan hat. Die Ideen der selbst geschriebenen Bücher als Beweisführung für seine eigene Ehe heranzuziehen, ist schon reichlich sonderbar.

Warum rennen eigentlich immer wieder Kinder mit gefüllten Gießkannen hinter die Hütte? Die Zwillinge werden doch nicht wieder ihren alten Pool ausgegraben haben? Eine gute Idee bei dieser Hitze; eine solche Abkühlung könnte ich nun auch vertragen.

Ich sehe Tessa ganz alleine im Wohnzimmer am Buffet stehen. Das ist perfekt. Da kann ich sie gleich fragen, wie sie das mit Jens sieht. Ich bin noch nicht am Ende meiner

Geschichte angelangt, da sagt Tessa – irgendwie gar nicht so freundlich, wie sie sonst mit ihrer Hobbypsychologenstimme spricht: »Ich weiß manchmal wirklich nicht, ob du diesen Mann verdient hast. Ich würde alles für einen solchen Mann geben. Und du suchst immer nur das Problem.«

Jetzt hat Tessa sich verraten! Sie hat das psychologische Unwort »immer« verwendet. Ha, sie hält sich selbst nicht an das, was sie mir predigt. Wie oft hat sie mir erklärt, dass leidige Dinge zwar oft, aber bei genauerer Analyse nicht immer so sind … es gibt Ausnahmen, in denen die leidigen Dinge nicht ganz so leidig sind … oder so ähnlich.

»Hm«, sage ich, da Tessa meines Erachtens *immer* alles – für egal welchen Mann – geben würde. »Das war mir schon klar, dass du Jens gut findest.«

»Ja, was aber nicht bedeutet, dass er dich mit mir betrügen würde.«

Dass Jens mich mit Tessa betrügen könnte, darauf bin ich noch gar nicht gekommen. Muss ich mir Sorgen machen? Schließlich ist Tessa wieder Single, seit ihr an der indischen Affäre doch zu viele Personen beteiligt waren.

»Deine Eifersucht wird langsam pathologisch«, sagt Tessa, während sie ein wildes Durcheinander auf ihren Teller schichtet. »Du solltest Jens täglich dafür danken, dass er es überhaupt mit dir aushält.«

Ups. Das klingt gar nicht nett. Egal, für diese Aussage wird sich morgen die Zahl auf Tessas Waage rächen. Wie kann man einen Teller nur so vollladen? Auch Tessa sollte auf ihr Gewicht achten. Ha!

»Na ja, das Phantom …«, sage ich, Tessas Ausdrucksweise verwendend, um dem Ganzen eine witzige Note zu verleihen, »weilt ja selten zu Hause. Wie soll ich das machen, mich täglich bei ihm bedanken?«

»Der wird schon wissen, warum er nie da ist.«

Tessa schüttelt ihren Kopf, sodass ihr brauner Bob wie ein Vorhang vor ihrem Gesicht hängt, was mir einen Blick in ihre Augen verwehrt, weshalb ich mir nun nicht sicher bin, wie ich ihre Aussage interpretieren soll. Sie greift — ohne mich weiter zu beachten — ihren überfüllten Teller und lässt sich auf die Bank neben den trübselig dreinblickenden Thomas plumpsen. Vielleicht reden sie jetzt über mich, meine spaßbefreite Freundin Tessa und der frustrierte Thomas …

Sollen sie. Jens lächelt mich gerade im Vorbeigehen an, dreht sich noch einmal um, küsst mich auf den Mund und flüstert mir ein »Ich liebe dich, auch wenn du wirklich einen an der Waffel hast« ins Ohr (vielleicht sollte ich eine solche Szene in meinen nächsten Roman einbauen?).

Hoffentlich hat Felix, der gerade mit seiner geschulterten Kamera um die Ecke kommt, diesen wunderbaren Auftritt meines Mannes eingefangen. Das hat Jens echt gut gemacht; super Promotion und irgendwie beginne ich mich gerade wie eine berühmte Schriftstellerin, deren brillantes Leben verfilmt wird, zu fühlen. Ich stehe mit meinem ärmellosen Sommerkleid, das so einwandfrei geschnitten ist, dass ich nicht einmal meinen Bauch einziehen muss, den roten Slingpumps mit dem breiten Absatz (verhindert ein Einsinken im Rasen) und einem perfekt drapierten Dutt auf meinem Kopf inmitten der Gästeschar, die sich wie um einen berühmten Star versammelt hat. Kann das Leben schöner sein? Und selbst die Gäste, die im wirklichen Leben nichts mit mir anzufangen wissen, übertreffen sich an Komplimenten über mein wundervolles Aussehen, meine spannenden Bücher, meinen idyllischen Garten, meinen charmanten Mann (will ich das wirklich hören?) und meine intelligenten, wohlerzogenen Zwillinge. Die Komplimente über letztere verwundern mich etwas, da diese sich doch nur mit knapper Not (beziehungsweise mit dem Zwillingstrick) den Übertritt ins Gymnasium verschafft haben und es sich bei ihnen auch ansonsten (laut Lehrergremium) um eher schwierige Klassenkameraden handelt (insbesondere Tim; wegen seiner Handgreiflichkeiten gegenüber Klassenkameraden musste ich bereits die ein oder andere Entschuldigung bei deren Müttern vorbringen).

Und wenn tatsächlich ein wenig der leise Verdacht in mir hochkriechen sollte, dass meine neue Beliebtheit ausschließlich den Kameras geschuldet ist, dann soll der Verdacht kriechen, wohin er will; denn mich interessiert das im Moment überhaupt nicht …

Der Abend schreitet voran. Die Gäste tanzen, lachen und bedienen sich an der Bar und am Buffet. Und ich? Ich wandle eloquent, gut aussehend, geliebt, berühmt und beneidet durch den mit Fackeln malerisch erleuchteten Garten …

Thomas unterhält sich angeregt mit Tessa. Immer noch. Sonderbar. Thomas konnte Tessa mit ihrem Psychoscheiß – wie er sich ausdrückt – doch nie leiden. Oder konnte er lediglich meine Verkupplungsversuche mit Tessa, als mir damals – vor zwanzig Jahren – dieser kleine Lapsus mit der imaginären Kartenlegerin unterlief, nicht leiden? Vielleicht wird das doch noch etwas mit den beiden? Sie können doch nicht ewig als Langzeitsingles – nur unterbrochen von kurzflammigen Hoffnungsschimmern (Bobbys, One-Night-Stands oder dergleichen) – ihr Leben fristen. Sie sitzen echt nah beieinander auf der Bank …

diese Nähe lässt man doch nicht zu, wenn nicht ... Hm. Mag sein, dass die Romantik wieder mit mir durchgeht. Liegt sicherlich daran, dass ich den besten Mann habe, den man nur haben kann! Na ja, genau betrachtet, habe ich ihm vor wenigen Stunden noch unterstellt, mich zu betrügen... aber da hatte ich auch noch echt schlechte Laune ...

Vielleicht heiraten Tessa und Thomas nächsten Sommer in unserem Garten ... vielleicht sollte ich schon einmal über mein Outfit für diese Hochzeit nachdenken ...

... ach, wie romantisch ist das alles ...

Mit etwas weniger Romantik und ohne Zukunftspotenzial sehe ich Sandra, die Mutter eines Klassenkameraden der Zwillinge, die wie ein Teenager knutschend mit aufgeknöpfter Bluse auf der Steinbank unter der großen Linde sitzt. Nicht zukunftsträchtig deshalb, weil es sich bei dem Gegenüber, das gerade ihre Brüste befingert, definitiv nicht um ihren Mann handelt.

Der Vater eines Klassenkameraden der Zwillinge erbricht sich in das Rosenbeet, das nun nicht mehr zu Mutters kleidungstechnischer Farbkomposition passt.

Meine Mutter ist in einem Hängesessel eingeschlafen und schnarcht lautstark. Der Nachbar mit den Luxuskarossen sitzt mit einer Bierflasche in der Hand auf einem Hocker neben ihr und starrt mit gerecktem Kopf wie ein heulender Wolf in die dunkle Nacht.

Zwei Väter geraten in Streit. Bei dem einen handelt es sich um Simon, Sandras Mann, bei dem anderen aber nicht um den, der gerade mit Sandras Brüsten beschäftigt ist. Einige Gäste scharen sich um das lautstarke, gestenreiche Schauspiel. Die Gemüter sind erhitzt vom heißen Sommertag und vom Alkohol ... Und so landet die Faust des Vaters Simon im Gesicht des Vaters Martin. Dazu spielt leise Kuschelrock, die Fackeln werfen gelbgezackte Spitzen malerisch durch die Nacht und einige Pärchen, die auch im wirklichen Leben zusammengehören, tanzen eng umschlungen.

Leider gerät der ins Gesicht geschlagene Martin nun dermaßen in Rage, dass er sein Gegenüber mit einem einzigen Fausthieb (Martin ist Vorsitzender des ansässigen Boxvereins) auf dem Terrassenboden niederstreckt. Immer noch Kuschelrock: The Moody Blues mit »Nights in White Satin«. Auf dem hellen Terrassenboden bildet sich ein kleines rotes Rinnsal, das seinen Ursprung in Simons Hinterkopf findet. Simon rappelt sich langsam auf. Ihm ist schlecht. Vom Alkohol? Eine Gehirnerschütterung? Von meinen Partygästen sollte keiner mehr mit dem Auto fahren. Ich rufe einen Krankenwagen. Dieser rast völlig übermotiviert mit Blaulicht und Sirene vor unsere Haustür. Simon geht gestützt von den Sanitätern zum Krankenwagen. Sandra hat sich von ihrem Techtelmechtel losgelöst und fährt – ihre Bluse falsch zugeknöpft – mit ihrem Mann im Krankenwagen. Ihr Sohn, der bereits Martins Sohn am Kragen seines T-Shirts hält – mein Mann kann gerade noch die nächste nahende Handgreiflichkeit abwenden –, wird heute bei uns übernachten.

Die Zurückgebliebenen diskutieren lautstark, wessen Schuld es denn nun war, dass der Streit so eskalieren konnte. Keiner weiß es. Genauso wie keiner mehr weiß, worum es eigentlich ging. Martin beteiligt sich nicht an der Diskussion. Er trinkt ein weiteres Bier.

Ich beobachte das Filmteam beim müden Einpacken ihres Equipments und frage vorsichtig, ob man die heutigen Aufnahmen nicht komplett löschen könnte. Sie zucken nur hilflos die Schultern.

Die letzten Gäste sind gegangen, nur noch Sunny sitzt mit Felix Händchen haltend in der Hollywoodschaukel. Michelle hat sich bereits vor längerer Zeit Türen knallend in ihr Zimmer zurückgezogen. Meine Mutter habe ich schon lange nicht mehr gesehen, Tessa und Thomas haben sich gemeinsam verabschiedet (?!); meine Kinder und Simons Sohn sind in Tims Zimmer verschwunden.

Mein Mann, der sich beim Anblick von Thomas' Outfit nicht umgezogen hat, also immer noch seinen beigen Leinenanzug trägt, sammelt die leeren Gläser ein und löscht die Fackeln.

Ich gehe ins Haus, um die Reste des Buffets zu beseitigen. Meine Gedanken kreisen um unser kurioses Gartenfest; da sehe ich sie sitzen – auf dem Glastisch im Wohnzimmer. Das blasse Fleisch eines halben Hähnchenschenkels ragt aus ihrem Maul. Unerschrocken starrt sie mich aus schwarzen Knopfaugen an. Ich senke demütig meinen Blick, während ich mich wie ein Lakai beim ehrfurchtsvollen Verlassen des Königs rückwärts aus dem Wohnzimmer schraube.

Und dann endlich in der Sicherheit der geschlossenen Schlafzimmertür, deren Schlüssel ich in heller Panik zweimal umdrehe, schreie ich in kreischender Hysterie: »Speedy ist wieder da ...«

Sonntag, 3. September
Lilafarbene Spitzenunterwäsche

Die Nacht war kurz. Gar nicht so wegen des Fests, eigentlich mehr wegen der Jagd auf die Ratte.

Das durch meinen markerschütternden Schrei völlig verstörte Tier, drehte unter wilden Verrenkungen – den Hähnchenschenkel zwischen den Zähnen – wie ein Derwisch seine Kreise durch das Wohnzimmer. Dann sprintete es in die Diele, sprang flugs auf die Klinke der Schlafzimmertür, wo sie der mutigste aller Ehemänner inmitten ihres Sprungs einfing, um sie vor die Haustür zu setzen und seine Frau vor dem sicheren Wahnsinn zu erretten … So hat man es mir erzählt … So oder so ähnlich könnte es gewesen sein …

Ich saß währenddessen, die Beine angewinkelt, in meinem Bett im Schlafzimmer – Jens' Schlafanzug hatte ich in den kleinen Spalt zwischen Tür und Boden gestopft, um unserem neuen Haustier jegliche Möglichkeit eines Besuchs im Schlafzimmer zu verwehren – und wünschte mich zurück in meine Münchner Wohnung – den sicheren Hafen im vierten Stock –, wo ich weder in die Verlegenheit kam, kuriose Gartenfeste geben zu müssen, noch jemals mit einer Ratte konfrontiert wurde.

Schon frühmorgens klingelt mein Handy ohne Unterlass. Auf der Mailbox verzweifelte Stimmen panischer Eltern, die sich nicht gerne in kompromittierenden Situationen auf Bildschirmen in fremden Wohnzimmern wiederfinden wollen. Ich werde wohl nachher Thomas anrufen müssen.

Bin soeben über zwei in der Diele stehende Überseekoffer gestolpert. Das macht wach, was nicht nur am Schmerz und dem blauen Fleck, der auf meinem Schienbein entstehen wird, liegt.

Synchron mit meinem Schmerzensschrei hechtet auch Michelle, bereits fertig angezogen, mit umgehängter Handtasche die Treppe herunter. Fassungslos und wortlos betrachte ich dieses Stillleben aus augenscheinlich gepackten Koffern und reisefertigem Au-pair. Michelle steht mir auch erst einmal stumm gegenüber, setzt dann aber an, um mir laut und hastig sonderbare Dinge aus ihrem schön geschwungenen Mund entgegenzuschleudern.

»Isch kann nischt leben mit alle die Verrückten«, sagt sie mit ihrem niedlichen französischen Akzent, der im Moment gar nicht mehr so niedlich klingt. »Isch kann nischt leben mit Max-und-Moritz-Kinder, die bringen die Ratten in die Haus. Mit einem Katze, der beißt und kratzt wie ein *prédateur*. In einem Haus, wo *tout le monde* – alle – trinken, alle schlagen und küssen den Mann, den isch liebe. Eine Familie komplett *terrible* 'ier.«

Sofort ersteht vor meinen Augen ein sehr detailliertes Bild in Form eines überfüllten Rummelplatzes; ein Bild, das meines Erachtens nur geringfügig von Michelles Realität abweicht:

Hunderte Ratten turnen durch das Wohnzimmer, meine Kinder springen wie Marionetten, an deren Schnüren viel zu schnell gezogen wird, mit den Frisuren von Max und Moritz hinterher. Meine Mutter liegt betrunken, laut schnarchend, unter der gläsernen Tischplatte des Esszimmertischs, die einen Einblick in ihren offenen Mund mit ihrem strahlend weißen Gebiss gewährt ... Happy steht mit erzürnt aufgestelltem Fell in bedrohlicher Pose auf der gläsernen Tischplatte. Eine Ratte hängt aus ihrem Maul, der Ratte wiederum hängt ein Hähnchenschenkel aus dem Maul. Bei Happys Versuch, lautstark in das strahlend weiße Gebiss meiner Mutter zu fauchen, fällt die Ratte samt Hähnchenschenkel laut klatschend auf den Glastisch … In Fellfetzen gekleidete Wilde schlagen ohne Unterlass mit Steinzeitkeulen auf den Kopf des Gegenübers ein, wobei sie so vertieft in ihre Keilerei sind, dass sie die vielen Betrunkenen, die lallend und torkelnd ihre Kämpfe durchkreuzen, gar nicht bemerken und ihre Keulen nun auf deren Köpfen niedersausen lassen … In allen vier Ecken des Wohnzimmers erbrechen sich irgendwelche Leute in lila Kostümen. Und vor Felix hat sich eine kilometerlange Schlange gebildet – ähnlich der Schlange von Irland-Touristen vor dem Blarney Castle, die den Stein, der Eloquenz verspricht, küssen wollen –, um endlich Felix' göttlichen Mund zu küssen.

»Heißt das, du reist ab?«, frage ich wirklich erschüttert, denn irgendwie kann ich Michelle verstehen und irgendwie fühle ich mich auch schuldig an dieser Situation (fühle mich immer schuldig, wenn etwas aus dem Ruder läuft).

Jens fühlt sich nie schuldig; er sucht die Schuld stets bei anderen und findet sie dort auch immer. Echt bewundernswert.

»Ja, isch 'abe telefoniert mit Frau Berger. Frau Berger sagt, das sind untraaagbare Zustände. Sie wird kommen, misch zu 'olen«, sagt Michelle, während ihr bereits Tränen über die Wangen rollen.

Und in diesem Moment schießt Jens in seinem kurzen Schlafanzug mit verwuschelten blonden Locken aus der Schlafzimmertür. Ein wütender Monolog in Form unvorstellbar bösartiger Adjektive bricht wie ein Vulkan aus ihm hervor. Er speit Worte, die ich nicht wiederholen möchte.

Er ist so zornig, dass ich froh über die überdimensionierten Koffer bin, die eine Grenze zwischen meinem Mann und Michelle ziehen.

»… Und dann auch noch Frau Berger anrufen! Das ist das Allerletzte …«, schreit mein stets ruhiger, stets verständnisvoller, stets besonnener Ehemann.

Inzwischen haben sich auch Tim und Tom in kurzen Schlafanzügen und verwuschelten Locken im Gang eingefunden. Sie sehen aus wie eine kleinere Ausgabe ihres Vaters. Simons Sohn schlurft in rot-weißer FC-Bayern-München-Unterwäsche hinterher. Rot-weiß geht in einem Weiß-blau-Haushalt (TSV 1860 München) überhaupt nicht. Da hat man doch seinen Stolz. Das scheint aber außer mir im Moment niemand zu bemerken. Happy streicht verlegen um die beiden riesigen Koffer.

Und über Michelles Gesicht rollen weiterhin Tränen. Ich schiebe die Koffer beiseite und nehme Michelle in die Arme. Jens schüttelt den Kopf, was nonverbal bedeutet, dass ich einen an der Klatsche habe. Ich werde ihm, wenn sich dieses Chaos gelichtet hat und er sich noch nicht im Keller verbarrikadiert hat, erklären, dass Michelles Ausbruch nichts mit unserer Familie zu tun hat, sondern ausschließlich die Reaktion auf Sunnys Techtelmechtel mit Felix ist. Aber davon hat mein rational denkender Ehemann natürlich keine Ahnung.

Tim öffnet die Haustür, als es läutet. Ich halte die schluchzende Michelle immer noch in den Armen. Frau Berger stürmt grußlos zur schnellen Errettung ihrer Schutzbefohlenen in die Diele. Sie wirkt irritiert. Ich weiß nicht, ob das an der Familienversammlung im Nachtgewand liegt oder ob sie meine Umarmung als physische Gewalt an Michelle deutet. Rasch befreit sie Michelle aus meinen Armen, greift sich einen der Überseekoffer und schleppt Michelle mit dem anderen Überseekoffer aus der Haustür. Dann dreht sie sich doch noch einmal um und ihre schrille Stimme hallt durch die Diele. »Von meiner Agentur bekommen Sie nie wieder ein Au-pair. Da können Sie sich sicher sein!«

Es geht daraus nicht klar hervor, ob sie nur mich meint oder das ganze Ensemble, das da zwischen Gang und Haustür steht. Ist auch egal, denn mit Schrecken sehe ich, wie sich der Mund meines Mannes öffnet, und kurzerhand, bevor er noch mehr böse Worte speien kann, verschließe ich diesen mit meiner Hand. Unwirsch entfernt Jens meine Hand, aber da sind die Überseekoffer samt Michelle und Frau Berger schon aus der Tür.

Nach einem im Stehen eingenommenen Frühstück und einer kurzen Dusche kann nun das große Aufräumen der Hinterlassenschaften unseres Festes beginnen. Dazu haben sich gestern noch vollmundig mindestens zehn Leute angekündigt. Heute ist die Helferschar eher überschaubar; nur meine Familie und Simons Sohn. Sunny kommt dann zur Mittagszeit unausgeschlafen, blass, mit dunklen Augenringen wie ein Familienmitglied der Munsters aus ihrem Hotelzimmer zu uns herübergeschlichen, um wie in Trance irgendwelche Gegenstände ins Haus zu tragen und diese dort irgendwo abzustellen. Michelles Flucht von heute Morgen scheint nicht wirklich zu ihr durchzudringen.

Happy wirkt auch unausgeschlafen; liegt mit grimmiger Miene überall im Weg, sodass wir nur mit einem großen Schritt schnell über sie hinwegsteigen können, ohne von ihren in aggressiver Müdigkeit gezückten Krallen attackiert zu werden.

Es dauert lange, bis Haus und Garten wieder annähernd bewohnbar aussehen. Nach getaner Arbeit plumpsen Jens und ich erschöpft in die Hollywoodschaukel. Ich lehne mich an Jens' Schulter und wir sind beide kurz davor einzudösen, als wir das laute Plopp eines Sektkorkens hinter der Kirschlorbeerhecke aus dem Nachbargrundstück hören. Ich lehne noch bequem an Jens' warmer Schulter, da höre ich parallel zum Korkenknallen zwei Sektgläser leise aneinander klirren; begleitet vom lautstarken Kichern meiner Mutter. »Prost, mein Schätzchen«, sagt die Stimme meiner Mutter hinter der Hecke.

Wie zwei goldmedaillenverdächtige Leichtathleten springen Jens und ich von der Hollywoodschaukel und starren durch die Lorbeersträucher auf den Nachbarn mit den Luxuskarossen (verdammt, ich weiß immer noch nicht, wie er heißt) – auf dessen Schoß meine dunkel gebräunte Mutter knochig in lilafarbener Spitzenunterwäsche thront ...

Samstag, 9. September
Kirchturm

Es ist kühler geworden, um nicht zu sagen, richtig kalt; jedenfalls für Anfang September. Und so wie wir zuvor über Hitze und Trockenheit klagten, klagen wir nun über Kälte und unvorstellbare Regenmassen. Dieses sintflutartige Nass macht aus dem langsam dahinfließenden blaugrünen Fluss einen rauschenden braunen Strom, der die aus sommerlicher Trockenheit entstandenen Inseln weit unter sich begräbt; der morsche Bäume auf seinen schlammbraunen Wellen reiten lässt; der am Ufer stehende Bäume und Sträucher halb versenkt, ihre blätterigen Äste ohne ein Vorwärtskommen durch das Wasser zieht (was aussieht wie flatternde Haare im Fahrtwind); der sich in habgieriger Naturgewalt nimmt, was ihm in die Quere kommt; der gefährlich anschwillt und sich gnadenlos ausbreitet.

Ich blicke sorgenvoll auf die rasende braune Brühe; hoffe, die tosende Wut bleibt im Flussbett und lässt die »alte Villa« nicht wie ein fragiles Boot auf den Wellen tanzen; lässt meine »heiligen Hallen« nicht zu einer Attraktion wie die aus dem Reschensee ragende Kirchturmspitze eines unter Wasser gesetzten Südtiroler Dorfes werden …

Sonntag, 10. September
Besinnung

Felix und Jan filmen noch ein letztes Mal: einen vormittäglichen Sonntagsspaziergang unserer Familie am reißenden, schlammbraunen Fluss entlang (sieht inzwischen etwas weniger bedrohlich aus), über die Brücke (hält immer noch nicht ihren gewohnten Abstand zum Wasser) auf die andere Seite des Flusses, durch die mittelalterliche Innenstadt, die steile Bergstraße hinauf, durch die farbenprächtige Toranlage, das Wahrzeichen unseres Städtchens, bis hin zum Italiener, der die größten Pizzen auf die Teller bringt. Natürlich ist Sunny (vermute, Felix würde seine Kamera ohne ihren Anblick gar nicht mehr auspacken), die inzwischen wieder ihr altes Zimmer bei uns bezogen hat, auch dabei. Sunnys Kommentar zu Michelles dramatischer Abreise war kurz und knapp: »Keine Ahnung, warum Michelle ist gegangen. Das ist nischt meine Schuld«, sagt sie, begleitet von einem hilflos unwissenden Achselzucken, einem unschuldigen Augenaufschlag …

Meine Mutter ist bei diesem letzten Dreh nicht dabei; sie hat seit ihrem rasanten Einzug in Bernds Haus, dem Nachbarn mit den Luxuskarossen, jegliches Interesse an der Filmerei verloren.

Bernds Katzenflüsterer-Sohn ist gestern mit kleinem Gepäck zu seiner Freundin gezogen; ertrug die tägliche Anwesenheit meiner Mutter nicht (wer kann es ihm verdenken?), hofft aber, sein Vater kommt bald wieder zur Besinnung. Dieser Hoffnung schließe ich mich an.

Montag, 18. September
Mitspracherecht

Die Zwillinge sind nun schon eine Woche in der neuen Schule und ich habe noch keine Klagen gehört. Weder von meinen Kindern, noch von Klassenkameraden, noch von Eltern der Klassenkameraden, noch von Lehrern. Es wird doch seit dem Vorfall im Schullandheim zu keiner Wunderheilung der *Busch'schen Störung* gekommen sein?

Vielleicht haben sie auch gar nicht erst eingecheckt in der neuen Schule? Liegen, den Kopf auf ihre Schulrucksäcke gebettet, am Flussufer und chillen im Herbstsonnenschein?

Leider konnten weder Jens (weilt in Marrakesch) noch ich unsere Kinder am ersten Schultag im Gymnasium zur Begrüßungsrede des Schulleiters begleiten; so wie alle anderen Eltern das gemacht haben.

Ich hatte mit Thomas einen Termin im Verlag, der sich länger als vorgesehen hinzog, weshalb nun der Stand der Dinge folgender ist: Ich habe keine Ahnung, ob meine Kinder tatsächlich diese Schule besuchen, da ich auf meine Nachfragen, was der Direktor in seiner Ansprache gesagt hätte oder wie es ihnen in der neuen Schule gefiele, nur gehört habe: »Blablabla vom Direktor und wie es in der Schule halt so ist.« Ich kann nur das Beste hoffen und ein ausführliches Gespräch mit Tim und Tom auf einen späteren Zeitpunkt verschieben, denn momentan bin ich sehr gestresst wegen der neuen Ideen des Verlags.

Mein Buch wurde nun noch einmal korrigiert und

lektoriert. Jetzt räumt mir der Verlag auch noch ein Mitspracherecht bei der Findung eines Titels und der Covergestaltung ein. Warum denn das nun plötzlich? Jetzt, wo ich mich damit nicht mehr beschäftigen will!

Thomas sagt, ich solle mich gefälligst darum kümmern, wenn man mir großzügigerweise diese Möglichkeit einräumt. Und er sagt, dass ich bei meinen letzten drei Büchern jedes Mal einen auffällig peinlichen Zirkus veranstaltet hätte – wegen des fehlenden Mitspracherechts …

Ein auffällig peinlicher Zirkus … also wirklich! … Thomas neigt genauso zu Übertreibungen wie Jens …

Montag, 25. September
Endless Love

Ein erneuter Termin beim Verlag …

Und nun darf Thomas von einem auffällig peinlichen Zirkus reden. Jetzt habe ich ihm einen handfesten Grund geliefert. Mein halbwegs vernünftiger Vorschlag für einen Titel: »Beim Untergang der Sonne« wurde von den Verlagsleuten nur müde belächelt. Was hat denn das mit einem Liebesroman zu tun?, haben sie mit einem überheblichen Grinsen in ihren eingebildeten Verlagsgesichtern gefragt. Von wegen Mitspracherecht! Sie wollten mir doch nur das Gefühl eines Mitspracherechts geben, damit ich mich nicht aufrege. Aber jetzt rege ich mich erst richtig auf. Ich habe mir zwei Wochen lang unsinnig mein Hirn für diesen Titel zermartert; und den fegen sie jetzt einfach blöd grinsend vom Tisch!

Und der geistige Erguss dieser Fatzken schlägt dem Fass dann wirklich den Boden aus: *Endless Love*. Hallo? Es handelt sich um ein Buch in deutscher Sprache. Sollen meine nicht Englisch sprechenden Leserinnen unbedingt das Gefühl der Unzulänglichkeit bekommen … noch schnell einen Englischkurs absolvieren zu müssen, um meinen Roman verstehen zu können? Oder das Buch wegen seines Titels erst gar nicht kaufen?

Und was heißt hier *Endless Love*? Meine Protagonisten sind doch erst am Anfang ihrer Liebe; *Absolute Beginners* wäre da noch passender. Aber das interessiert diese Ignoranten auch nicht.

So oder so ähnlich entlädt sich meine Wut lautstark im Besprechungszimmer des Verlags. Thomas zerrt mich wieder einmal mit schreckverzerrtem Gesicht rückwärts dienernd aus dem Besprechungszimmer.

»Du kannst diese Leute nicht als Vollidioten betiteln«, sagt er halbwegs beherrscht zu meinem Spiegelbild im Aufzug des Verlagsgebäudes.

»Habe ich Vollidioten gesagt? Ich dachte, ich hätte nur Idioten gesagt. Aber dessen ungeachtet fallen mir da noch ganz andere Titulierungen für dieses hochnäsige Gesocks ein …«

»Du musst sofort eine Entschuldigungsmail an alle schicken. Ich gebe dir eine vorgefertigte in die Dropbox. Die kannst du dann gleich so übernehmen und *stante pede* abschicken.«

»Das mache ich nicht. Das sind Lügner.«

»Das hast du ihnen auch bereits gesagt«, schnaubt Thomas. »Was gedenkst du zu tun, wenn dich der Verlag nach der Veröffentlichung des Buches fallen lässt? Oder noch vor der Veröffentlichung? Soll ich dann einen neuen Verlag suchen? Und wie soll ich einen neuen Verlag finden … mit einer überdrehten Schriftstellerin im Schlepptau? Ich flehe dich an, entschuldige dich!«

Thomas ist so verzweifelt zornig, dass ich mir zu Hause das Gespräch mit den Verlagsleuten noch einmal durch den Kopf gehen lasse. Mag sein, dass ich etwas an meiner Beherrschung arbeiten sollte und vielleicht nicht alles in die Welt schreien sollte, was ich gerade denke.

In meiner mich nicht entschuldigen wollenden Not rufe ich Tessa an. Tessa ist nicht erreichbar. So schicke ich kurzerhand die von Thomas verfasste Entschuldigungsmail an den Verlag.

Montag, 16. Oktober
Lehrerkorrekturrot

Fünf Wochen nach Schulbeginn bekomme ich die erste Rückmeldung aus der neuen Schule. Meine Kinder chillen nicht auf irgendwelchen Kiesbänken am Flussufer; sie chillen auf ihren Stühlen im Klassenzimmer und träumen von den Kiesbänken am Flussufer … Nur das kann der Grund für diese Sechs im Doppelpack in ihrer ersten Lateinschulaufgabe sein!

Nur ein paar Vokabeln vom Deutschen ins Lateinische, nur eine lächerliche Übersetzung vom Lateinischen ins Deutsche und auf dem Blatt steht fast nichts! Jedenfalls fast nichts, was meine Kinder geschrieben haben. Der Text des Lehrers ist dann etwas länger. Grellrotes Lehrerkorrekturrot sticht mir in die Augen: Liebe Eltern, das war leider nix. Ich bitte Sie, täglich mit Ihrem Kind lateinische Vokabeln zu üben und diese regelmäßig abzufragen. Ebenso überprüfen Sie bitte täglich, ob die Latein-Hausaufgabe erledigt wurde!

Der Lehrer hat sich tatsächlich die Mühe gemacht, den gleichen Text unter beide Schulaufgaben zu setzen.

Ich unterschreibe unter der schwungvollen Sechs am rechten Blattrand und unter den Lehrertext kritzle ich: »Zur Kenntnis genommen, Isabelle Marx«. Auf beide Schulaufgaben.

Die Kinder finden meinen Kommentar peinlich, ich finde es peinlich, in der ersten Lateinschulaufgabe mit einer Sechs zu starten. Und so schicke ich die Kinder sogleich zum Vokabellernen in ihre Zimmer, um sie eine Stunde später abzufragen. Das wird nun unser tägliches Ritual. Und wenn ich auf Lesereise bin, wird Sunny Vokabeln abfragen. Wer bei uns wohnt, hat auch Verantwortung zu übernehmen!

Jens und ich müssen noch unsere Terminkalender abgleichen, da nur jeweils einer von uns beiden auf Reisen sein kann. Wir sollten unsere Kinder nicht komplett in die Obhut eines zweiundzwanzigjährigen, frisch verliebten Ex-Au-pairs (nun mit Minijob als Französischlehrerin im Sprachinstitut, in dem sie Deutsch lernt) geben. Aber Vokabeln abfragen kann sie. Und Essen kochen. Wenn auch nicht lecker, aber sie wird schon irgendetwas auf die Teller drapieren. Und niemand wird dabei verhungern (hoffe, meine Kinder befüllen nicht wieder ihre Spinde mit Würstchen).

Sonntag, 22. Oktober
Feuerteufel

Preview der inzwischen fertiggestellten dreiteiligen Serie »Das Leben der Isabelle Marx« im heimischen Wohnzimmer.

Wie bunte Wäscheklammern auf der Leine sitzen Jens, Tim, Tom, Sunny und Thomas auf der – seit dem Streichen der Wohnzimmerwände – nicht mehr ganz so weißen Ledercouch. Thomas ist sehr stolz auf sein »jugendfreies Werk«, was bedeutet, dass er entschieden hat, welche Szenen filmtauglich sind, welche bearbeitet werden mussten, welche gelöscht werden mussten und welche besser nonverbal gesendet werden.

Wir lauschen dem Interview in meinen »heiligen Hallen«. Meine Worte fühlen sich wie ein akustisches Brennnesselnest an, das imaginäre Pusteln in meinem Hals hinterlässt; die mich hoffentlich in Zukunft an der Verbreitung solcher Plattitüden hindern. Ich kann kaum glauben, was da aus meinem Mund gesprudelt ist: *Sollte nicht der, dem es gegönnt ist, eine einzigartige Liebe zu erleben, dem so viel Glück im Leben geschenkt wird, der ein so wunderbares Leben führen darf, sollte nicht gerade dieser Mensch andere an seinem Glück teilhaben lassen* … Welche Verrücktheiten verkündige ich da? Bin ich der Messias? Der liebe Gott persönlich? Während sich der vermeintliche Brennnesselausschlag über meinen ganzen Körper ausbreitet, begeistert sich Thomas: »Ja, so habe ich mir das Interview vorgestellt. Das ist die perfekte Autorin von Liebesromanen. Ganz wunderbar, ganz fantastisch.

Alles passt, deine Ausdrucksweise, dein Outfit, das Zimmer ... Ganz, ganz große Klasse, Isabelle.«

Sunny beginnt bereits in der ersten Folge zu toben, da ihre über den Tisch gespuckte Wasserfontäne nicht geschnitten wurde. Lautes Gelächter der Zwillinge im Film und noch lauteres Gelächter der Zwillinge vor dem Fernseher.

»Isch misch trenne von Felix. Felix ist ein böser Mensch«, keift Sunny.

»Das ist doch lustig«, sagt Tim und äfft Sunny nach, indem er so tut, als würde er über den Couchtisch spucken, wobei dann einige kleine Spritzer Spucke aus seinem Mund auf dem Tisch landen. Ich übersehe das einfach einmal.

»Jetzt ist es aber auch wieder gut«, sagt Jens, um nichts seiner fernsehtauglichen Erscheinung zu verpassen.

Meine fernsehtaugliche Erscheinung irritiert mich etwas, denn mein von Jens so geliebtes, kleines Grübchen, das sich beim Lächeln auf meiner rechten Wange zeigt, hat sich auf unserem 65-Zoll-Fernseher zu einer ausgewachsenen Falte entwickelt.

Aber weiter zum Film ... Sunnys ungenießbares Essen ... die Zwillinge in eine lautstarke Diskussion verstrickt, die Unmengen indischen Essens ... Michelle bei ihrer Ankunft mit ihren Überseekoffern im Türrahmen ... und immer wieder ich, wie ich halb belustigt, halb entnervt versuche, diesen Flohzirkus zusammenzuhalten ... über das Kopfsteinpflaster wackelnd auf dem Weg ins Theater ... mein Mann, der seinen Arm liebevoll um meine Schultern legt ... die fünf ausgestellten Autogramme ...

Während ich Ende des zweiten Teils unser Cabrio in meinem wundervollen Kleid, charmant lächelnd durch die wildromantischen Serpentinen der Küstenstraße steuere, und zu Felix sage: »Ist das nicht wundervoll hier?« und hundert Meter steilabfallend neben uns das himmelblaue Meer blitzt (wirkt im Film wirklich alles ganz fantastisch), beginnen die Zwillinge ungemütlich auf der Couch herumzurutschen. Ich sehe die beiden einen schnellen, verstohlenen Blick austauschen.

»Wir schreiben morgen eine Vokabel-Ex in Latein«, sagt Tim. Und Tom sagt: »Ach ja, stimmt. Hätte ich beinahe vergessen. Ist wohl besser, wir lernen noch ein bisschen.« Und fort sind sie. Natürlich kann ich mir kein eifriges Vokabellernen vorstellen; ich wittere geradezu die *Busch'sche Störung* ... Jens glaubt an ihren Lerneifer, versteht aber dennoch ihr Desinteresse an diesem Film nicht. Er ruft den beiden hinterher: »Ihr könnt doch nachher lernen. Wir wollen doch alle zusammen den Film anschauen.« Seine Söhne hören ihn nicht ...

Dann beginnt der dritte Teil; ein fröhliches Fest mit fröhlichen Leuten in einer idyllischen Gartenkulisse ... bis einige Kinder mit Gießkannen durch das Bild rennen, die sie eilig hinter die Gartenhütte schleppen. Und da kommen wir auch schon zu den Fakten, die Kamera und Kinder da geschaffen haben: Statt des von mir vermuteten Pools gab es einen mittelgroßen Brand, von dem nur noch ein nasser, schwarz glänzender Rasen, bestückt mit verkohlten Holzscheiten, sowie deutliche Brandspuren an der Hüttenwand erzählen. Das bedeutet, fünfzehn Kinder waren damit beschäftigt, Hütte und Haus abzufackeln, während sich ihre Eltern amourösen Abenteuern und dem Alkohol hingaben (zähle Jens und mich nicht zu dieser Kategorie, aber aufgepasst haben wir auch nicht). Und wer von diesen unsäglichen Kameramännern filmt das? Und sagt nichts? Mir fällt gerade Sunnys sehr blasses Gesicht auf. Wenn Felix dieser unsägliche Kameramann ist, bekommt er lebenslänglich Hausverbot bei uns.

Wir stoppen den Film. Ich schaue Jens an.

»Lass uns weiterschauen«, sagt Jens, der den Zorn, den ich über seinen Jungs ausschütten werde, bereits in meinen Augen sieht. »Lass uns in Ruhe darüber reden«, fügt er noch leise hinzu.

Eigentlich möchte ich nicht in Ruhe reden, ich möchte die Zwillinge ins Wohnzimmer zitieren und anschreien. Und schütteln wie einen Pflaumenbaum. Und den Kameramann dazu. Nachdem ich nicht antworte, lässt Jens den Film erleichtert weiterlaufen. Sunny tippt unter ihrer Wolldecke in ihr Smartphone. Kurz darauf reißt sie dieses triumphierend in die Höhe und ruft unvermittelt in den Raum: »Felix 'at nischt gefilmt das! Das war der neue Kameramann!« Offensichtlich ist mit dieser Erkenntnis dann auch das letzte Fünkchen Unmut Felix gegenüber verraucht und ihre avisierte Trennung ins Nichts verpufft.

Thomas bleibt von unseren häuslichen Unruhen völlig unberührt. »Der Stoff für den Film war supergut«, sagt er begeistert. »Habt ihr das geplant mit dem kleinen Feuerchen? Super Idee.«

Merkt der denn gar nichts? Unbeirrt, ohne eine Antwort von uns abzuwarten, redet er weiter: »Genau so habe ich mir den Film vorgestellt. Die Bestsellerautorin konfrontiert mit Familie und Leben. Wundervoll. Und du siehst aus, wie eine Autorin von Liebesromanen auszusehen hat; superschöne Aufnahmen von dir. Auch die Interviews sind ganz große Klasse. Scheint, dir liegt das Reden mehr, wenn du in deinen eigenen Räumen bist. Vielleicht sollten wir das so beibehalten. Das hast du alles sehr gut gemacht, Isabelle.«

Ich weiß nicht, wie eine Autorin von Liebesromanen auszusehen hat; und Thomas' »Das hast du gut gemacht«, klingt aus seinem Mund wie ein Lob für ein kleines Kind, das das erste Mal ein Glas Wasser an den Tisch bringt, ohne es überschwappen zu lassen. Aber egal; Tessa würde nun sagen, man muss ein Lob auch annehmen können; dann mache ich das einfach einmal so.

Großzügig betrachtet ist auch der dritte Teil des Films (ausgenommen der Brandschäden) gelungen. Meine Mutter erscheint nicht peinlicher als im wirklichen Leben; ihr unqualifizierter Kommentar am Rosenbeet ist tonlos, weshalb die Szene nun wie einer Slapstick-Komödie entsprungen wirkt; es gibt kein Fremdknutschen, dafür den Kuss meines Mannes in Großaufnahme; es gibt kein Erbrechen ins Rosenbeet. Und Sandras falsch zugeknöpfte Bluse, mit der sie ihren Mann ins Krankenhaus begleitet (das Publikum hat keine Ahnung, woher Simons Sturz rührt), fällt auch nicht auf … das unerwartete Werk der kleinen Feuerteufel wird allerdings auch die anderen Eltern in nachdenkliches Erstaunen versetzen …

Nachdem Thomas und Sunny uns verlassen haben, rufen wir die beiden flüchtigen Brandstifter, um lateinische Vokabeln abzufragen. Natürlich haben sie nicht gelernt; aber mein von unendlichem Vaterglück überzeugter Ehemann hofft nach seinem Erschrecken über das ausufernde Lagerfeuer immer noch auf ein Wunder …

Stumm, mit hängenden Köpfen sitzen die Zwillinge am Esstisch und können mir kein einziges Wort aus dem Kapitel, dessen Vokabeln sie angeblich gelernt haben, übersetzen. Wahrscheinlich auch aus den vorherigen Kapiteln nicht … Jens empfindet tiefes Mitleid für seine Jungs und wartet solidarisch mit ebenso hängendem Kopf auf mein nahendes Donnerwetter.

»Ich frage euch, warum ihr so dringend lernen wolltet, wenn ihr nicht gelernt habt? Und ich frage euch, was nun noch eure schnelle Flucht aus dem Wohnzimmer legitimieren könnte?« Psychologisch klingt das einwandfrei. Selbst Jens schaut mich überrascht an.

»Es tut uns leid«, sprudelt es sogleich diplomatisch aus Toms Mund hervor.

»Aha«, sage ich.

»Also, es war so«, beginnt Tim mit seiner Verteidigung. »Unsere Freunde fanden es blöd, dass bei uns nicht gegrillt wird. Sie haben gesagt, dass die Party langweilig ist. Und dass wir doch ein Lagerfeuer machen könnten und auf Stöcken irgendwas grillen könnten.«

»Ja«, fügt Tom hinzu. »Und dann haben wir mit den Holzscheiten hinter der Hütte ein Lagerfeuer gemacht. Ein großes Lagerfeuer ...«

»Extra groß, damit alle Platz am Feuer haben. Und dann wollten wir einen Kameramann holen, der uns filmt, wie wir um das Lagerfeuer sitzen«, sagt Tim.

»Damit der Film nicht zu langweilig wird«, sagt Tom. »Und dann ist das Feuer zu groß geworden und wir mussten löschen. Da wollten wir natürlich nicht, dass der Kameramann mitkommt. Aber der ist einfach mitgekommen«, fügt Tom noch kleinlaut hinzu

Schweigend lasse ich die Informationen sacken, spreche nach einigen mahnenden Worten ein zweiwöchiges Handyverbot aus, das ich aber bis morgen wieder vergessen habe. Das wissen Tim und Tom und mein Mann, weshalb drei Köpfe erleichtert hochschnellen.

Sonntag, 5. November
Lesung

Rase auf dem Beifahrersitz von Thomas' Porsche durch die gerade noch bunt belaubte Landschaft Niederbayerns. Meine Bücher sowie Autogrammkarten lagern im Kofferraum, auf der Rücksitzbank und hinter Thomas' Sitz. Frage mich, wo er diese ganzen Bücher verkaufen will? Unsere Reisetaschen hat Thomas hinter meinen Sitz geklemmt, weshalb ich diesen ganz nach vorne rutschen muss, sodass nun meine Beine unter dem Handschuhfach eingekeilt sind und ich meinen Kopf auf dem Armaturenbrett ablegen kann.

Meine erste Lesung in Straubing ist dann wie erwartet. Thomas sitzt neben mir an dem von *Endless-Love*-Büchern überquellenden Tisch und bespaßt die Leserinnen mit witzigen Anekdoten aus meinem Leben, die ich nicht sonderlich witzig finde. Bei dem englischen Buchtitel gerät er dann erst einmal in Erklärungsnot, bis ihm einfällt, der englische Titel würde die Spannung auf den Inhalt erhöhen (habe selten so einen Blödsinn gehört).

Dann lese ich fünfzehn Minuten mit vielen Versprechern, wünsche mir wie bei jedem neuen Buch: Ich wäre nicht, wo ich bin, und ich wäre nicht, wer ich bin. Frage dann, in der Hoffnung, mein Publikum belässt es bei seinem Applaus, was sie noch gerne über das Buch respektive über mich wissen möchten. Und dann geht es schon los mit einer rotgesichtigen Leserin, deren Sprache ich nicht verstehe. Sicherlich ist es deutsch, aber eben nicht dieses für mich verständliche Deutsch. Sie redet ohne Punkt und Komma (nehme ich an) auf mich ein. Hilfesuchend schaue ich zu Thomas, der aber auch nur hilflos die Achseln zuckt. Also lächeln wir beide freundlich und stumm in das gerötete Gesicht, beantworten keine Fragen (hat sie überhaupt welche gestellt?) und ich schreibe lediglich »Alles Liebe von Isabelle Marx« in ihr gekauftes Buch, da ich nach dreimaligem, verschämtem Nachfragen ihren Namen immer noch nicht verstehe. Der Wissensdurst der restlichen Zuhörerinnen sowie ihre Namen sind verständlicher; ich gebe zufriedenstellende Antworten (hoffe ich) und wenn mir partout nichts einfallen will, erfindet Thomas wieder eine witzige Anekdote, und so leert sich der Bücherstapel tatsächlich bis auf einen kleinen Rest.

Die anschließende niederbayerische Diskussion meiner Leserinnen beim Verlassen des Buchladens kann ich inhaltlich nur annähernd interpretieren, aber vielleicht ist es dieses Halbwissen, das mir diese glückliche Autorenzufriedenheit beschert ...

Dienstag, 7. November
Ziegenbock

Nun geht mir Thomas bereits seit drei Tagen und zwei Abenden auf die Nerven. Wir sind immer noch auf Lesereise. Ich versuche beim Abendessen, wie bei den abendlichen Mahlzeiten zuvor, eine freundliche Konversation mit Thomas zu führen, was aber auch heute nicht gelingt, denn Thomas meckert an allem herum; wie ein alter Ziegenbock. Er findet die Kleinstädte blöd (sind inzwischen nach Straubing und Dingolfing in Passau gelandet), er findet die kleinstädtischen Leserinnen blöd und er findet die kleinstädtischen Hotels respektive Pensionen blöd. Ich finde ausschließlich Thomas blöd.

Weil es sowieso schon egal ist – wie gesagt, die Stimmung ist bereits im Keller –, frage ich Thomas, warum aus ihm und Tessa nichts geworden ist. Das interessiert mich, denn schließlich schwelgte ich ja bezüglich der beiden bereits in überschwänglichen Hochzeitsfantasien.

»Was soll aus Tessa und mir geworden sein?«, blafft Thomas.

Ich überhöre seinen bissigen Ton. »Na ja, ihr habt ja viel gemeinsame Zeit mit konspirativen Gesprächen auf meinem Gartenfest verbracht.«

Er schaut mich wie ein in die Ecke des Boxrings gedrängter Boxer an, faltet seine Serviette, sagt, ich solle mich um meine Liebesromane und meine Leserinnen kümmern, aber ihn mit meiner Freundin und deren »Psychoscheiß« gefälligst in Ruhe lassen. Dann geht er, ohne sich von mir zu verabschieden, und lässt mich allein am Tisch sitzen.

Ich verstehe Thomas' gesamten Unmut nicht, denn ich bin bestens gelaunt (was man bei meinen früheren Lesungen nicht behaupten konnte). Meine Leserinnen kommen in großer Zahl, um meinen Worten zu lauschen (die Versprecher haben sich auf ein Minimum reduziert); meine Leserinnen sind alle sehr nett, sehr kommunikativ (auch wenn ich nicht alles verstehe, was sie sagen) und wissen mehr über mein fantastisches Leben als ich. Sie erzählen mir von einer ganz reizenden Familie mit zwei entzückenden Buben, einem charmanten Ehemann, einer sympathischen Mutter (einstiges Fotomodell) und von hilfsbereiten Au-pairs. »Unvorstellbar, welch Glück Sie mit dieser Familie haben. Welch Glück, dass Ihnen diese lieben Leute stets den Rücken freihalten und Sie so wunderbare Romane für uns schreiben können.«

Als ich an der Hotelbar vorbeikomme, starrt dort Thomas in die goldgelbe Flüssigkeit eines Whiskeyglases. Er befindet sich in weiblicher Gesellschaft. Sehr weiblicher Gesellschaft: Blonde Locken bis zur Hüfte; ihre aufgespritzten Lippen reichen bis zur Nase und ihre enormen Brüste reichen bis zum Kinn. Thomas sieht mich vorbeigehen, gibt aber kein Zeichen des Erkennens. Ich gehe in mein Zimmer und skype mit Jens und den Kindern, die sich mit witzigen Geschichten über ihre Erlebnisse zu Hause gegenseitig überbieten. Auch Happy halten sie kurzfristig vor den Monitor. Diese schaut verdutzt, doch als Tom sie wieder auf den Boden setzt, höre ich im Hintergrund ein schlecht gelauntes Fauchen. Aber meine Familie ist fröhlich. Das ist schön. Ich freue mich, sie alle am Ende der Woche wiederzusehen.

Mittwoch, 8. November
Polizeirevier

Sitze ohne Thomas am Frühstückstisch. Wir wollten um zehn Uhr weiter nach Deggendorf düsen. Warte bis halb elf, esse noch eine Honigsemmel und ein Schokocroissant (werde bei der Lesung meinen Bauch einziehen müssen), trinke noch einen Kaffee, aber Thomas kommt nicht.

Ich fahre mit dem Lift in den zweiten Stock und klopfe an Thomas' Zimmertür. Nichts. Dann, ich bin gerade im Weggehen, reißt die blond gelockte Langhaarige, die gestern Abend mit Thomas an der Bar saß, die Tür auf und saust – nun mit brünettem kurzem Haar –, ihre blonde Lockenpracht in der Hand, gruß- und wortlos an mir vorüber. Die Tür bleibt dabei offen stehen und ich sehe Thomas quer über dem Bett liegen. Nackt. Und wahrscheinlich tot. Jedenfalls bewegt er sich nicht. Ich gerate in Hysterie, renne schreiend die Treppen herunter und melde an der Rezeption, dass im Zimmer Nr. 145 eine Leiche liegt.

Dann versammeln sich der Rezeptionist, der Hotelchef sowie zwei Zimmermädchen, die gerade des Weges kommen, vor Thomas' Bett. Thomas erweckt dieser Aufruhr zu neuem Leben. Hektisch zerrt er das Laken aus dem Bett und wickelt seinen unbekleideten Körper bis über den Kopf darin ein. Nun klebt er zusammengesunken – wie ein trauriges Gespenst – auf dem Bettrand. Er schreit, dass auf der Stelle alle sein Zimmer zu verlassen haben. Die Erste, die peinlich berührt hinaussprinten will, bin ich. Doch da brüllt Thomas schon: »Du nicht!« und erschrocken kehre ich wieder um.

»Bist du irre?«, ranzt mich Thomas in sein Bettlaken gekauert an. »Wieso schleppst du hier das halbe Hotel an? Geht es noch?«, tobt er weiter, ohne mir in die Augen zu schauen.

»Ich dachte, du wärst tot«, sage ich kleinlaut.

»Und da kannst du nicht an mein Bett kommen und mich aufwecken?«

»Wie soll ich dich denn aufwecken, wenn ich denke, du bist tot?«

»So etwas Bescheuertes habe ich noch nie gehört. Ich liege hier und du rennst einfach weg. Ich fasse es nicht.«

»Ich dachte, dass dich diese Frau umgebracht hätte.«

»Welche Frau?«

»Die Brünette, die aus deinem Zimmer gestürmt ist.«

»Ich frage mich langsam, wer sich gestern an der Bar abgeschossen hat? Welche brünette Frau? Die mir diesen Rausch angehängt hat, war blond.«

»Und du hast auch gar keine Frau mit in dein Zimmer genommen?«, frage ich ironisch.

»Nein, natürlich nicht. Ich war viel zu betrunken.«

»Ja, dann weiß ich auch nicht, wie diese Frau in dein Zimmer gekommen ist. Jedenfalls hat sie es vor zwanzig Minuten mit ihren blonden Locken in der Hand verlassen.«

Thomas schüttelt verständnislos seinen Kopf. Er versucht aufzustehen, plumpst zurück auf sein Bett.

»Mir geht es gar nicht gut«, stellt er fest, hievt sich noch einmal hoch und stürmt in sein Bettlaken gehüllt ins Bad.

Während ich unangenehm würgende Geräusche aus dem Nebenraum höre, packe ich seine Sachen in die Reisetasche. Nichts wie weg hier aus diesem Hotel der Peinlichkeiten. Werde an der Rezeption Schweigegeld hinterlassen, damit nichts an die Presse gelangt.

Wieso eigentlich ich? Thomas muss Schweigegeld bezahlen. Schließlich ist es seine Schuld!

Thomas kann – selbst, wenn er wollte – kein Schweigegeld bezahlen. Seine Brieftasche ist fort. Gegangen mit der brünetten Blondine. So verbringen wir dann eine Stunde auf der Polizeidienststelle, die praktischerweise gleich neben diesem nebulösen Hotel liegt. Der Polizist nimmt den nach Alkohol stinkenden Thomas mit seinen roten, blutunterlaufenen Augen, der sich von dem Zeitpunkt an, als er die Bar verließ (er besteht darauf, dass er sie alleine verlassen hat), an rein gar nichts erinnern kann, nicht wirklich ernst. Auch mich schaut der Polizist zweifelnd an, als ich von einer braunhaarigen Frau mit einer blonden Perücke erzähle, die aus Thomas' Hotelzimmer gestürzt sei. Man kann dem Mann des Gesetzes nicht übelnehmen, dass er uns beide für völlig gaga hält.

Wir verlassen das Polizeirevier. Thomas rennt wie ein aufgescheuchtes Huhn um sein Auto und telefoniert, um seine Konten sperren zu lassen. Dann wirft er mir seine Autoschlüssel zu und sagt: »Du fährst.«

»Wir können doch auch ein Taxi nach Deggendorf nehmen«, sage ich, denn ich will keinesfalls mit seinem über 400 PS starken Porsche irgendwohin fahren. Da ist die Gangschaltung noch mein kleinstes Problem.

»Du wirst doch wohl jetzt dieses Auto bewegen können«, sagt Thomas unwirsch.

Ich will mich nicht streiten. Und dann fahre ich; das heißt, ich gebe Gas und das Auto hechtet wie ein afrikanischer Springbock einige Meter nach vorne, dann stirbt der Motor ab. Thomas sagt inzwischen etwas freundlicher: »Gib nicht so viel Gas. Und die Kupplung ganz langsam kommen lassen.«

Als wir endlich wirklich fahren, ist es ihm zu langsam und sein alkoholisierter Atem erklärt mir, dass ein Porsche nicht mit sechzig Stundenkilometern eine Landstraße entlangkriechen kann. Dann ist ihm plötzlich schlecht und ich muss in einen Feldweg einbiegen, aus dem ich nur rückwärts wieder auf die dicht befahrene Landstraße rauskommen werde.

Letztendlich biege ich noch in zwei weitere Feldwege ein, neben denen sich Thomas in den Acker übergibt; und ich fahre noch zweimal rückwärts heraus. Wir brauchen für eine Strecke von sechzig Kilometern mehr als zwei Stunden, was nicht an meinem Dahinschleichen auf der Landstraße liegt. Habe ich schon erwähnt, dass ich inzwischen sehr, sehr wütend auf Thomas bin?

Fortsetzung, Mittwoch 8. November
Literarisches Quartett

Lese in Deggendorf in einem Büchergeschäft. Viele nette Leserinnen, die mein Leben verfolgen und gespannt auf den letzten Teil der Serie »Das Leben der Isabelle Marx« warten (wird heute Abend ausgestrahlt). Mein Herr Agent wohnt aus bekannten Gründen der Lesung heute nicht bei.

Abends ist Thomas wieder in der Lage, eine Mahlzeit zu sich zu nehmen. Wir finden einen schönen Platz in einer Pizzeria. Thomas ist in sich gekehrt und wortkarg ... Ja, diese Geschichte wäre mir auch peinlich ...

Nach dem Essen bläst uns der kalte Wind schnell ins Hotel zurück. Und eingemummelt in unsere Mäntel und Schals müssen wir bis auf ein »Gute Nacht« vor unseren Hotelzimmern auch nicht miteinander reden.

Ich schalte den Fernseher ein und sehe noch den letzten Teil von »Das Leben der Isabelle Marx«.

Ich freue mich, den wirklich idyllischen Garten zu sehen ... die »alte Villa«, die für mich heute in diesem unpersönlichen Hotelzimmer trotz Altersblessuren und Vernachlässigungen zu neuem Glanz erstrahlt; selbst ich erstrahle auf dem Gartenfest zu neuem Glanz ... Mein Mann, meine Kinder, alles wundervoll ... selbst über die Brandrückstände kann ich schmunzeln ...

Ich wechsle den Sender. Das Literarische Quartett. Mein Handy klingelt. Meine Mutter erzählt mir begeistert vom letzten Teil der Serie, in dem sie in einigen Szenen zu sehen war. Ich höre nicht so genau hin. Sitze auf dem Bett im

Hotelzimmer und schaue weiter das Literarische Quartett. Ein Pflichtprogramm für Autoren. Hoffe, dass mein neues Buch niemals besprochen wird. Vielleicht würde Juli Zeh sagen, dass es eine Frechheit ist, ein so oberflächliches Buch auf den Markt zu bringen. Und der Rest des Quartetts würde ausnahmsweise die gleiche Meinung vertreten.

Höre von meiner Mutter nur so viel: höchste Beglückung über ihr jugendliches Aussehen, höchste Beglückung über ihre perfekte Figur und höchste Beglückung über ihr schauspielerisches Talent. Unseren Zusammenstoß vor dem Rosenbeet, den ich (!) verursacht habe, kann sie gerade so tolerieren, aber nur, weil sie die Situation durch ihre unendliche Medienerfahrung glamourös gerettet hat. Ihren von Bernd bewachten Schlaf im Hängesessel findet sie entzückend. An Selbstbewusstsein mangelt es Klothilde mal wieder nicht. Hauptsache, das Ex-Model hatte ihren Auftritt!

Das Literarische Quartett fällt seine kontroversen Urteile über die vorgestellten Bücher. Mutter hängt immer noch in meinem Handy, erzählt irgendetwas von ihrem wundervollen Bernd, der sich innerhalb von zwei Monaten zur Liebe ihres Lebens entwickelt hat … Wie viel Wein hat die denn schon wieder intus? Bin ich nur von Trinkern umgeben? Das ist jetzt ungerecht, denn Thomas trinkt sehr selten und normalerweise auch sehr wenig.

Die wievielte Lebensliebe im Leben meiner Mutter ist das eigentlich? Kann man überhaupt mehrere Lebenslieben haben? Oder sind das dann Lebensabschnittslieben?

Donnerstag, 9. November
Kalter Luftzug

Agent von Isabelle Marx in Passauer Hotel bestohlen!
So die Titelzeile auf Seite drei der Passauer Neuen Presse.
Die Bestsellerautorin Isabelle Marx ist mit ihrem neuen Buch »Endless Love« auf Lesereise durch Nordbayern. Es zeichnet sich jetzt schon deutlich ab, dass auch dieser Roman wieder ein Bestseller wird. Eben erst wurde die Serie »Das Leben der Isabelle Marx« im Fernsehen ausgestrahlt. Nun wurde ihr Agent Thomas K. in seinem Hotelzimmer in Passau ausgeraubt. Thomas K. kann sich den Diebstahl seiner Brieftasche nicht erklären. Ebenso wenig seine offen stehende Hotelzimmertür. Die Polizei kann im Moment über diesen Vorfall keine weiteren Angaben machen. Frau Marx und Thomas K. setzen die Lesereise fort. Heute liest Isabelle Marx in Grafenau in der Buchhandlung Simon und in der Buchhandlung Riemer. Morgen geht es weiter nach Cham in der Oberpfalz, wo die nordbayerische Lesereise von Isabelle Marx dann endet.

Ein riesiges Bild von mir mit meinem Buch in der Hand in der Mitte der Seite; umgeben von diesem sonderbaren Artikel.

»Du kennst doch einen von der Passauer Neuen Presse«, sage ich zu Thomas, der mir die Zeitung auf den Frühstückstisch gelegt hat.

»Ich fand das eine gute Idee für noch mehr Promotion. Sei froh, dass ich überall meine Leute habe«, sagt Thomas.

Ich denke, Thomas soll froh sein, dass sein amouröses Abenteuer im Alkoholrausch nicht in Zusammenhang mit

Isabelle Marx, der Autorin von unschuldigen Liebesromanen, an die Öffentlichkeit gelangt ist.

Ich lese dann, wie angekündigt, in Grafenau in zwei Buchhandlungen. Nach der letzten Lesung – Thomas klopft bereits ungeduldig mit der Hand auf das Lenkrad seines Wagens, die Besitzerin des Buchladens schließt gerade die Tür hinter mir ab – hechtet eine Frau mit roten Wangen und fliegender, offener Daunenjacke atemlos auf mich zu. Sie erklärt mir, während sie den Ärmel meines Mantels festhält, alle meine Bücher gelesen zu haben, alle Folgen meiner Serie gesehen zu haben und in ihrer Begeisterung darüber im Frühjahr für eine Woche ein Hotel in Italien an der Amalfiküste gebucht zu haben. Nun möchte sie wissen, wo ich dieses wundervolle Kleid gekauft habe, das ich im Cabrio an der Küstenstraße trage, denn ein solches möchte sie dort auch gerne tragen. Ein Cabrio kann sie sich im Moment nicht leisten, wartet aber auf einen Lottogewinn … überlege kurz, ihr zu sagen, dass ich ein Cabrio günstig abzugeben hätte … aber da hupt Thomas schon.

Abends sitzen Thomas und ich im Restaurant der Pension, in der er uns einquartiert hat. Mein Abendessen besteht ausschließlich aus Beilagen (Kartoffeln, Karotten, Bohnen und Salat), da es keine Gerichte ohne Fleisch auf der Speisekarte gibt. Es sind nicht viele Gäste im Restaurant, deshalb spüre ich den kalten Luftzug sofort, der von der Eingangstür in die Gaststube getragen wird. Und dann huscht ein dicker Mantel mit einer Mütze über dem Kopf an unseren Tisch und legt Thomas' Brieftasche auf die mit blassgelben Blumen bedruckte Tischdecke.

»Wenn ich gewusst hätte, dass du der Agent von Isabelle Marx bist, hätte ich deine Brieftasche nicht mitgenommen«, sagt der kalte Mantel, auf dessen Kragen kurze braune Haare stoßen. »Isabelle Marx ist die Ikone der Liebesgeschichten. Du solltest dich mal mehr mit ihren Romanen beschäftigen. So behandelt man Frauen.«

Wird hier gerade über mich gesprochen, als wäre ich nicht Isabelle Marx? Thomas starrt seine Brieftasche an, dann die Frau. Thomas, der immer etwas zu sagen weiß, weiß nichts zu sagen. Die Ikone der Liebesgeschichten fragt den Mantel geistesgegenwärtig: »Ist alles drin?«

»Ja, bis auf hundert Euro. Das ist mein Stundensatz«, erwidert die Frau und verschwindet durch die Gaststubentür in die Kälte.

»Lief wohl nicht gut, deine Liebesnacht?«, frage ich Thomas, der mit der Sichtung seiner Brieftasche beschäftigt ist. Interessiert betrachtet er Ausweis, Führerschein, Kreditkarten und Geldscheine, dann wischt er mit energischer, flacher Hand meine Bemerkung vom Tisch und versinkt in nachdenkliches Schweigen.

Freitag, 1. Dezember
Sade

Hatte noch mehrere Lesungen in München, zwei in Rosenheim, eine in Dießen am Ammersee und zwei in der mittelalterlichen Kleinstadt, in der ich lebe.

Für dieses Jahr ist ausgelesen. Im Januar geht es dann an den Bodensee. Und was weiß ich, was Thomas noch alles geplant hat. Jedenfalls bin ich vorerst wieder zu Hause. In einem Haus, das in unvorstellbarer Sauberkeit erglänzt. Jens hat, nachdem ich nun längere Zeit als Putzfee ausgefallen bin (habe sowieso immer viel an Feenstaub liegenlassen) und Sunny nach anfänglicher klinischer Sauberkeit nicht nur den Feenstaub übersehen hat, eine Haushaltshilfe engagiert. Ich frage Jens, wie es ihm gelungen ist, so schnell eine Reinigungskraft zu finden, nachdem ich monatelang keine gefunden habe.

»Na, stehen doch genug in der Zeitung«, sagt Jens gelangweilt dazu.

Und so verfügen wir nun über eine Haushaltshilfe, die zwar wahnsinnig nett und wahnsinnig fleißig ist, aber kein Wort Deutsch spricht (auch nicht Englisch oder eine andere Sprache, die uns geläufig wäre). Bei ihrer Ankunft in unserem Haushalt führte Jens sie ins Bügelzimmer – in dem sich unsere Putzutensilien befinden – und überließ sie anschließend ihrem Schicksal. Nach vier Stunden schaffte Sade (damals wusste noch niemand etwas vom Namen dieser Frau) das Putzzeug zurück in das Bügelzimmer, fand niemanden im Haus vor und wagte sich in die Tiefen des

Kellers, wo sie endlich auf meinen Mann traf. Jens zückte, ohne hinauf in die Wohnung zu gehen und ohne zu überprüfen, ob dort alles in Ordnung war, einen Kalender, umkreiste einen Tag der nächsten Woche und schrieb eine Uhrzeit dazu. Dann drückte er Sade einige Scheine sowie unseren Haustürschlüssel in die Hand. So einfach findet man eine Reinigungskraft. So einfach findet mein Mann eine Reinigungskraft.

Sade macht nun seit einigen Wochen aus unserem Haushalt einen wolkenlosen Himmel, aus dem die Sonne durch die blanken Scheiben blitzt. Wir möchten auf Sade (kommt aus Afrika) nicht mehr verzichten. Nie mehr! Bleibt dabei nur das kleine Problem einer nicht existenten Aufenthaltsgenehmigung für Deutschland, weshalb wir Sade als Haushaltshilfe auch nicht anmelden können, was mir Bauchschmerzen verursacht, wozu Jens nur lapidar beiträgt: »Du wolltest eine Haushaltshilfe; ich habe dir eine beschafft.«

Sonntag, 3. Dezember
Balsamierte Worte

Die Lesereise hat ein müdes Ausgebranntsein in meinem Kopf und meinen Knochen hinterlassen. Eigentlich möchte ich meine Tage nur noch wie ein tageslichtscheuer Vampir in einem Sarg verbringen, wie Robinson Crusoe auf einer einsamen Insel stranden, wie Dornröschen in einen hundertjährigen Schlaf verfallen, wie Rapunzel (mit kurzem Haar, da Errettung unerwünscht) meine Einsamkeit in einem Turm fristen; oder mich einfach hinter der Tür meiner »heiligen Hallen« verbarrikadieren, mich dort auf dem rosa Samtsofa neben der schlafenden Happy wohlig ausstrecken und sorglos vor mich hinträumen – solange, bis alles, was zu erledigen ist, ohne mein Zutun erledigt ist.

Nur ist allein der Gedanke an ein träumerisches Ausstrecken bereits frevelhaft, denn wie jedes Jahr ist völlig überraschend die Vorweihnachtszeit – in Liedern verkünstelt besungen, in Gedichten überzuckert wie Weihnachtsgebäck beschrieben – wie eine Naturkatastrophe über mich hereingebrochen. Diese für Menschen (wer auch immer diese sein sollen?) stille, besinnliche Zeit, die meinen Puls bereits bei dem Gedanken an letztes und vorletztes Jahr in abnorme Höhen schnellen lässt. Auch der Gedanke an die Jahre davor macht nichts besser.

Aber bevor ich mich detaillierter mit vergangenen Weihnachtsdramen sowie bevorstehender Weihnachtshysterie befasse, muss ich noch Mutters Einladung zum

Brunch schadlos überstehen.

Was meine Mutter dazu bewegt, ihre Familie, bestehend aus Jens (Mrs Columbo), mir (ihrer unzulänglichen Tochter) und Tim und Tom (ihren unerzogenen Enkelkindern), in ihr neues Zuhause bei Bernd einzuladen, ist allen Beteiligten unklar.

Nach wiederholtem kollektivem Gemeckere des männlichen Parts der Familie Marx und Mauritz über die wirklich sehr kurzfristige Einladung (WhatsApp gestern Abend) stehen wir schließlich am späten Vormittag bewaffnet mit angestrengter Freundlichkeit und einer Schachtel Pralinen (ich weiß sehr wohl, dass meine Mutter keine Pralinen isst, war aber das Einzige, was sich auf die Schnelle finden ließ, da Mutter zwischenzeitlich unsere Weißweinvorräte bis auf den letzten Tropfen erfolgreich vernichtet hat) an Bernds Haustür.

Meine Mutter quetscht uns wie ein drittklassiger Ringer in den knochigen Schwitzkasten ihrer Arme – auch die Zwillinge, denen der Fluchtgedanke offen ins Gesicht geschrieben steht. Dann geht sie schnell zu ihren üblichen Komplimenten über: »Isabelle, dieses Kleid steht dir überhaupt nicht; du solltest mit deiner Figur keine Wollkleider tragen.« Da fällt ihr Bernd mit balsamierten Worten in die Parade: Er findet mein Kleid sehr wohl zu mir passend. Seine Widerrede lässt Mutter einige Sekunden in blankem Entsetzen verharren. Schließlich stolziert sie, Bernds Statement ignorierend, wie ein Teenager albern kichernd voraus ins Wohnzimmer und sagt: »Es ist so fantastisch, meine Familie hier zu haben.«

Wir verbringen anschließend drei Stunden angestrengt plaudernd im Nachbarhaus. Ich wundere mich, wie meine Mutter, die Luxus-Queen, in dieses Haus Einzug halten konnte, denn außer dem völlig deplatzierten Glasregal im Eingangsbereich, in dem Mutters Highheels in allen erdenklichen Farben und Materialien wie im Schaufenster eines exklusiven Schuhladens aufgereiht stehen (eine Kopie meines Handtaschenregals, das erkenne ich doch sofort), gibt es keinen Luxus. Alles wirkt zweckmäßig, karg und etwas angestaubt, obwohl es hier sehr sauber ist (worum sich sicherlich nicht meine Mutter kümmert). Denke, Klothilde wird es schnell gelingen, das Zweckmäßige und Karge auszulöschen und das Haus mit ihrem (überaus teuren) Kitsch und Firlefanz in die verstaubte Garderobe eines Schmierentheaters zu verwandeln (so wie es ihr in der Vergangenheit mit all ihren Domizilen gelungen ist).

Neu ist auch das Hängen an Bernds Arm, an Bernds Schulter, an Bernds Lippen; man könnte sagen, sie schmachtet Bernd geradezu an. Es ließ sich ja in der Vergangenheit nicht vermeiden, einige ihrer Verflossenen kennenzulernen (hirnlose Angeber), weshalb es für mich nun absolut nicht nachvollziehbar ist, was das mit Bernd werden soll. Er passt weder optisch noch charakterlich in ihr Beuteschema, noch passt er auf irgendeine Art und Weise zu ihr. Es verunsichert Jens und mich geradezu, dass Mutter nicht widerspricht, wenn Bernd in seiner ruhigen Art eine andere Meinung als die ihre vertritt (was er in diesen drei Stunden oft und gerne tut). Und als dann dem Mund meiner Mutter mehrmals der Satz: »Ja, Schätzchen, da hast du recht, so habe ich das noch gar nicht gesehen ...« entspringt, bringt ihre Aussage meinen Mann und mich in eine Art Glaubenskrise, die uns mit kreiselnden Gedanken auf dem kurzen Heimweg begleitet, während die Kinder Schokoladenweihnachtsmänner in ihre Münder stopfen.

»Vielleicht hat sie sich wirklich geändert?«, sage ich zu

Jens, als wir, wieder zu Hause, unsere Schuhe in der Diele ausziehen.

»Wer?«, fragt Jens desinteressiert und stellt seine nassen Schuhe demonstrativ neben die seiner Söhne, die bereits neben dem dafür vorgesehenen Teppich stehen.

Na gut, dann habe ich einmal wieder zu viel in das Schweigen meines Mannes hineininterpretiert und es handelt sich ausschließlich um meine Glaubenskrise und meine kreiselnden Gedanken.

Aber nun ohne weitere Umschweife zu meinen guten Vorsätzen für die diesjährige Weihnachtszeit, in der ich – trotz temporärer Vollzeiterschöpfung – nicht wie in den vergangenen Jahren in gefühlter Lähmung vor dem enormen Aufgabenmassiv bis in den Januar hinein erstarren werde. Nein, dieses Jahr erschaffe ich für meine Familie eine bilderbuchhafte Vorweihnachtszeit, einen Weihnachtsabend in Silber und Gold wie in einem Gustav-Klimt-Gemälde.

Der erste Schritt hierfür besteht darin, Jens mit Engelszungen (ach, wie weihnachtlich) von der Notwendigkeit zu überzeugen, unser Haus bis zum Dachgiebel in kilometerlange Lichterketten einzuhüllen (so ungefähr wie Christo den Reichstag eingehüllt hat). Jens wehrt sich anfänglich mit allen möglichen Ausreden; schiebt meinen »Dekorationswahnsinn« auf einen »Hyperaktivismus«, geprägt von meinem »Post-Lesereise-Trauma«.

Egal, was Jens über mich sagt, denn letztendlich ist er den ganzen Tag um das Haus herumgeturnt und hat die Lichterketten aufgehängt. Das Haus erstrahlt nun mit der Energie eines kompletten Kraftwerks; vier leuchtende Rentiere ziehen einen leuchtenden Schlitten durch den verschneiten Garten; ein einsames Reh strahlt und friert unter der seit Jahren vor sich hin sterbenden Tanne.

Vielleicht sollten wir an ein baldiges Fällen des Baumes denken, denn beim nächsten Sturm zerquetscht der Baum nicht nur das weihnachtliche Reh, sondern irgendwie steht auch Bernds Haus im Fallradius der Tanne ...

Montag, 11. Dezember
Aufsteller

Suche soeben in einem der zwei Buchläden unserer beschaulichen Kleinstadt ein sinnvolles Buch für die Zwillinge. Befürchte aber, dass die Zwillinge ein Buch nicht als sinnvolles Weihnachtsgeschenk betrachten werden, weshalb ich keines kaufe.

Beim Hinausgehen sehe ich einen viereckigen Metallkorb mit *Endless-Love*-Büchern in glänzendem Hardcover. Inzwischen habe ich mich an den Titel sowie an das Cover (rotes Oldtimer-Cabrio; Hinterkopf von dunkelhaarigem Mann und blonder langhaariger Frau vor orangerotem Sonnenuntergang) so gewöhnt, dass mir die Bücher beim Betreten des Ladens gar nicht gleich unangenehm auffallen. Was ich dennoch als sonderbar erachte, ist der Aufsteller aus Hartpappe in Lebensgröße neben den Büchern. Ich denke: Wen haben die denn neben meine Bücher gestellt? Und schon bin ich zurück auf dem Weg in den Laden, um das Missverständnis mit einer Buchhändlerin zu klären. Um diese Jahreszeit sind natürlich alle Verkäuferinnen in einem Beratungsgespräch und so sehe ich mir den Aufsteller noch einmal genauer an. Das Kleid kommt mir bekannt vor; so eins trug ich auch einmal, als ich noch jung und schlank war. Ebenso steigt eine vage Erinnerung beim Betrachten dieser schicken Pumps in mir auf. Und das Grübchen auf der rechten Wange kenne ich auch (damals war es noch keine Falte) … Das ist wahrhaftig das erste veröffentlichte Bild, das für meinen ersten veröffentlichten Liebesroman gemacht wurde. Damals war ich noch keine vierzig! Woher haben die das? Aus dem Museum?

Zu meiner Erkenntnis kommt dann auch eine Verkäuferin hinzu, die freundlich fragt, ob sie mir helfen kann. Ich sage genauso freundlich: »Vielen Dank, meine Frage hat sich inzwischen geklärt« und verlasse schnellen Schrittes den Laden.

Es dämmert bereits, als ich auf teils schneebedeckten, teils gesalzten Gehwegen – das Salz hinterlässt ein kreatives weißes Muster auf meinen Stiefeln – nach Hause stapfe. Von weitem – fast wie ein Sonnenaufgang aus der Dämmerung – erstrahlt unser Haus in hellem Lichterglanz. Das wird die Stromrechnung ordentlich in die Höhe treiben. Kann nur auf einen guten Verkauf meines Buches hoffen!

Unser Gehsteig ist kaum passierbar. Und schon frage ich mich, warum hier niemand den Schnee wegräumt? Warum muss ich mich um alles kümmern? Und warum ist Jens schon wieder in Mailand? So viel Unterwäsche braucht doch ganz Italien nicht! Und warum sind meine Kinder nie zu Hause? Ständig kicken sie einen Ball durch die Sporthalle, besuchen Freunde, laufen auf dem Weiher Schlittschuh, haben unendlich viel zu tun …

Und Sunny? Keine Ahnung, was Sunny macht. Ich vermute, sie wohnt noch bei uns, denn sie leert den Kühlschrank regelmäßig (wahrscheinlich füttert sie damit auch Felix durch, denn die fehlenden Mengen passen definitiv nicht in ihren kleinen Magen …).

Ich hole die Schneeschaufel aus der Garage. Meine Socken fühlen sich langsam feucht an. Mir ist kalt und eine latente Wut kriecht in mir hoch, als ich den nassen Schnee neben den Randstein schippe.

Da kommt meine Mutter in einem dünnen, kurzen Kleidchen aus Bernds Gartentür gestolpert. Und natürlich trägt sie – selbst bei diesem Wetter – hohe rote Wildlederpumps.

»Also Isabelle, das wurde aber auch Zeit, dass du den Weg endlich freiräumst. Wenn mich Bernd vorhin nicht mit seinen starken Armen aufgefangen hätte, wäre ich auf deinem Gehweg ausgerutscht und schlimm gestürzt.«

Bernd braucht sicherlich keine starken Arme, um meine Mutter, deren Freude über ihre Familie (mich) nun bereits vor dem Weihnachtsfest in einer Sackgasse gestrandet ist, aufzufangen. Der Ärger über ihre blöde Aussage und ihre unpassenden roten Pumps lässt mich den schweren Schnee mit einer unvorstellbaren Leichtigkeit schnell und effektiv vom Fußweg schippen. Enorm, wie es ihr immer wieder gelingt, eine grenzenlose Energie in mir freizuschaufeln (freizuschaufeln, haha). Ich habe bereits den Weg und die Einfahrt vom Schnee befreit, als meine Mutter immer noch – angestrengt wie ein Käfer auf einer Glasplatte – auf ihren roten Stöckelschuhen zurück zu Bernds Haustür kriecht …

Mittwoch, 13. Dezember
Wackelnder Kuhschwanz

Es ist acht Uhr morgens. Noch immer dunkel, sodass die Idylle im Garten strahlend und romantisch zur Geltung kommt. Prächtig sieht das aus!

Das verklärende Weihnachtslieder singende Radio, die schnarchende Happy und ich sind alleine (Jens befindet sich noch in Mailand, die Kinder in der Schule, Sunny in ihrem Institut). Ich verstehe gar nicht, warum ich mich gestern über die Abwesenheit meiner Familie aufgeregt habe. Ich bin gerne allein. Das Leben ist schön.

Ich putze den Backofen (was jetzt nicht ganz so schön ist), um später Plätzchen zu backen (was ich mir schön vorstelle).

Das Radio ist inzwischen bei Chris Reas »Driving Home for Christmas« angelangt, was mich von 1986 bis in die späten 90er-Jahre in eine freudige weihnachtliche Stimmung versetzte; heute aber, fast vierzig Jahre nach Erscheinen des Songs (wenn das Lied pro Weihnachtszeit einhundert Mal gespielt wurde, macht das in all den Jahren ein viertausendmaliges Spielen, was bedeutet, dass ich es ungefähr zweitausendmal gehört habe), versetzt es mich eher in eine latent aggressive Stimmung.

Jetzt ist endgültig Schluss mit »Driving Home for Christmas«! Beherzt drücke ich auf die Fernbedienung.

Das Lied hat sich aber bereits erfolgreich als Ohrwurm in meinen Kopf eingenistet, als ich ins Bügelzimmer gehe, um nach den Plätzchenrezepten zu suchen (habe diese fleißig gesammelt, aber Plätzchen gebacken habe ich noch nie).

Der Ordner ist groß und schwer und steht in dem bis zur Decke reichenden Schrank ganz oben. Ich habe keine Lust, in den Keller zu gehen, um die Leiter zu holen. Also steige ich auf den klapprigen Stuhl, den Jens schon lange zum Wertstoffhof fahren wollte (Warum macht er das eigentlich nicht?). Die Beine des Stuhls wackeln wie ein Kuhschwanz, weshalb ich mich sicherheitshalber mit einer Hand an der Schranktür festhalte. Ich strecke mich, erwische den Ordner nur mit den Fingerspitzen, strecke mich noch mehr …

Als der Stuhl kippt, hänge ich mich blitzschnell, gelenkig wie ein Äffchen, mit beiden Armen an die Schranktür … die schließlich laut ächzend aus den Scharnieren bricht. Mit Tür und schmerzendem Handgelenk – ohne Plätzchenrezepte – finde ich mich auf dem Boden des Bügelzimmers wieder. Mist.

Ich rapple mich hoch, bemerke zum Handgelenk ein schmerzendes Steißbein, gehe aber dessen ungeachtet in den Keller, um die Leiter zu holen. Nichts, absolut gar nichts wird mich dieses Jahr vom Backen abhalten. Da entwickle ich gerade einen ungeahnten Ehrgeiz.

Um die Schranktür soll sich mein Mann kümmern, wenn er den bescheuerten Stuhl zum Wertstoffhof gebracht hat … Ich muss jetzt einkaufen und dann backe ich viele leckere Plätzchen …

Habe es heute nicht mehr zum Einkaufen geschafft. Weiß nicht, was ich den ganzen Tag getan habe, habe aber sicherlich etwas Wichtiges erledigt!

Die Dunkelheit der Nacht ist hereingebrochen, was aber

nicht erkennbar ist, denn die Leuchtkabel verwandeln Wohnraum und die komplette Straße in einen gleißend hellen Sommer-Sonnentag. Mein Mann meldet sich via Skype. Scheint nicht gut gelaunt zu sein. Das erschließt sich mir durch sein schnelles Abbrechen unseres Gesprächs; nur weil ich mich wegen des wackligen Stuhls im Bügelzimmer beschwere. Was der immer noch im Bügelzimmer zu suchen hat? Warum ich mir erst das Handgelenk verstauchen und das Steißbein prellen muss, bevor der Stuhl weggebracht wird? Ob er denn wirklich möchte, dass ich mir demnächst das Genick breche?

Ein überschnelles »Bis morgen, Belle« von meinem Mann und die Verbindung bricht ab.

Das ist doch keine Lösung ... Bin jetzt auch schlecht gelaunt ... Befürchte, Ehemann sitzt nun mit langbeiniger Schönheit in edlem Speiserestaurant; legitimiert durch sein schlecht gelauntes, gestresstes, überfordertes, hyperventilierendes Eheweib ...

Donnerstag, 14. Dezember
Orangeat

Eine dreiste Autofahrerin schnappt mir den letzten Parkplatz vor der Nase weg. Nun parke ich am Straßenrand
und stapfe einen halben Kilometer durch den nassen
Schnee zum Supermarkt. Was machen all diese Menschen
im Supermarkt? Wollen die auch alle Plätzchen backen?

Kann jetzt nicht darüber nachdenken, muss mich konzentrieren, sonderbare Zutaten wie Kardamom, Korian-
dersamen und Piment in den entsprechenden Regalen ausfindig zu machen.

Einige Zutaten auf meiner Liste kann ich wegen meiner
schlechten Handschrift kaum entziffern. So dauert es etwas, bis mir auffällt, dass ich keine Orangen kaufen wollte,
sondern dass ich Orangeat brauche. Mit einer ordentlichen
Schrift wäre es dieser anderen Weihnachtsbäckerin nicht
gelungen, das letzte Orangeat verstohlen zwischen den Le-
bensmittelbergen in ihrem Einkaufswagen verschwinden
zu lassen … egal, werde Gummibärchen in Stücke schneiden … An der Kasse steht dann eine unendlich lange
Schlange von gestressten Menschen. Waren die auch alle
auf Lesereise? Jedenfalls sind sie alle super genervt und unfreundlich, inklusive der Kassiererin … Und das alles in
dieser friedvollen Weihnachtszeit …

So, alle Zutaten sind in der Schüssel. Und nun stellen sich
mir einige Fragen: Benutzt man zum Kneten eine Maschine? Und wenn ja, welche? Und haben wir eine solche?
Vielleicht im Keller? Ich knete erst einmal mit den

Händen.

Mein Smartphone klingelt. Mutter. Mal wieder weiner-
lich. Ich stelle das Telefon laut, wobei ein Teigklumpen am
Kinn meiner Mutter auf ihrem Profilbild kleben bleibt
(sieht aus wie ein blondes Ziegenbärtchen), und knete weiter. Meine Mutter schluchzt lautstark aus dem Handy auf
der Arbeitsplatte in der Küche.

»Bernd ist gestern mit zwei Stunden Verspätung vom
Friseur nach Hause gekommen. Ohne vernünftige Erklärung«, wehklagt Mutter.

Ich knete weiter. Meine Mutter schluchzt weiter. Mein
Handgelenk schmerzt.

»Hörst du mir überhaupt zu?«, fragt meine Mutter,
nachdem sie ihren verbalen Eingangspart dreimal mit unterschiedlichen Worten und Konnotationen wiederholt
hat.

»Natürlich höre ich dir zu«, sage ich und denke, es muss
doch eine Maschine für den Teig geben. Irgendetwas mit
Knethaken …

»Er betrügt mich, das weiß ich«, sagt Mutter, während
ich das Gluckern des Weins aus der Flasche in ihr Glas
höre. Es ist elf Uhr morgens.

»Mit seiner thailändischen zwanzigjährigen Frisöse. Da
bin ich mir ganz sicher. Kein Mann braucht drei Stunden
beim Friseur.«

Ich habe meine Finger immer noch in der klebrigen
Pampe. Sicherlich würde Bernd nie etwas mit seiner zwanzigjährigen Friseurin anfangen … Ich persönlich befürchte, er hat sich tatsächlich in meine Mutter verliebt …

Das sage ich aber nicht, denn ich weiß, egal, was ich
jetzt sage, es entwickelt sich ein Endlosgespräch, wobei
meine Mutter nur noch mehr Wein trinken, aber nicht von

ihrer Überzeugung abweichen wird. Und so fällt es mir nicht schwer, mich zwischen meiner Mutter und der Weihnachtsbäckerei zu entscheiden, obwohl mir inzwischen beides auf die Nerven geht.

»Mutter, es hat gerade an der Tür geklingelt. Ich muss jetzt aufhören.«

»Aber er betrügt mich«, schluchzt meine Mutter.

»Ja, das tut mir leid, aber ich muss wirklich …«

Bevor ich noch sagen kann, dass ich mich später melde (da ist sicherlich schon ein Ende des Dramas in Sicht), hat Mutter das Gespräch gekappt. Ich gehe mit den Händen in der Teigschüssel zur Tür und als ich bereits mit dem Ellbogen den Öffner drücke, bemerke ich erst, dass es natürlich nicht geklingelt hat.

Meine Plätzchen haben es zwischenzeitlich bis in den Backofen geschafft, als es wirklich an der Haustür läutet.

Auf mein entnervtes »Hallo« (ich denke, es ist meine Mutter) meldet sich niemand. Also gehe ich mit meinen Hausschuhen (sehen aus wie zwei zottlige Hunde) zum Einfahrtstor. Schweineglatt! Hätte beinahe einen unfreiwilligen Spagat hingelegt. Ein junger, sympathischer Mann will Spenden für die Welthungerhilfe. Ich sage, dass ich bereits für die Hungersnot in Ostafrika, den Malteser Hilfsdienst, für Ärzte ohne Grenzen, das SOS-Kinderdorf und das Tierheim gespendet habe.

»Das alles ist Ihnen hoch anzurechnen, aber werden davon die Menschen auf der ganzen Welt satt?«, fragt der sympathische junge Mann.

Ich kann zwar nicht die ganze Welt durchfüttern, aber sicherlich schadet es nicht, wenn ich zurück ins Haus gehe und mein Portemonnaie hole.

Im Laufe des Tages klingelt es noch dreimal an der Tür.

Ich nehme immer gleich mein Portemonnaie mit, um weiterhin Gutes zu tun; inzwischen mit einem leichten Stirnrunzeln und der Hoffnung auf einen Bestseller. Beim letzten Klingeln dämmert es bereits. Die Zeugen Jehovas. Sie wollen keine Spende. Noch nicht. Sie wollen mit mir – in dieser schwierigen Zeit – über Gott sprechen und in der Bibel lesen. Ich sage, ich persönlich hätte dazu im Moment keine Zeit, aber die strohblonde Frau mit dem gewagten Kurzhaarschnitt im Nachbarhaus hätte sicherlich Interesse (hahaha) …

Ich muss heute noch mindestens drei Sorten Weihnachtsgebäck herstellen (meine Kokosmakronen sehen ungenießbar aus – wie kleine weiße Kuhfladen). Nur habe ich inzwischen das Gefühl, tot umfallen zu müssen, wenn ich noch einen einzigen Handgriff mache. Kopf und Körper sind von einer unermesslichen Erschöpfung … einer grenzenlosen Müdigkeit … die letzten Wochen und Monate waren wirklich anstrengend … das ganze Jahr war anstrengend… nun bin ich von einer unendlichen Energielosigkeit, einer schier endlosen Kraftlosigkeit … ich muss unbedingt noch Plätzchen backen; die Kinder können dieses Jahr nicht wieder gekauftes Gebäck zur Weihnachtsfeier des Fußballvereins, zur Weihnachtsfeier der Schule, zur Weihnachtsfeier der Klasse und was weiß denn ich, wo noch überall Selbstgebackenes mitzubringen ist, anschleppen. Ich lasse mir von meinen Kindern nicht wieder sagen, ich wäre die einzige Mutter, die zur Weihnachtszeit nicht backt!

Aber ich bin so unendlich müde. Ich setze mich erst einmal auf das Sofa und lege meine Füße hoch … ja, das tut gut …

Ich gehe zum Kühlschrank, sehe Glühwein, der da so einsam rumsteht … ja, Glühwein ist gut … vertrage ich zwar nicht, aber auch egal … schnell einen Topf, gleich die ganze Flasche rein … keine tauglichen Plätzchen, keine Geschenke … das schreit doch richtig nach Glühwein … ich bin so unendlich müde …

Und ich muss backen. Mindestens zehn unterschiedliche Plätzchensorten. Die ganze Nacht muss ich backen. Ich darf nicht schlafen. Ich brauche mehr Backzutaten. Fahre noch einmal zum Supermarkt. Da nimmt mir wieder eine Weihnachtsbäckerin den Parkplatz weg. Sie steigt aus, ich steige aus. Wir stehen uns gegenüber wie Rocky Balboa und Apollo Creed. Der erste Schlag gehört mir, der zweite ihr. Sie verfehlt mich. Mit dem nächsten Faustschlag strecke ich die Falschparkerin nieder; so wie Martin Simon auf unserer Terrasse niedergestreckt hat … Ich entere, ohne mich umzublicken, den Supermarkt, sprinte zum letzten Orangeat, fahre der Frau, die danach greifen will, mit meinem Einkaufswagen in die Kniekehlen, worauf diese das Orangeat fallen lässt. Packe das Orangeat, hechte vorbei an der langen Schlange vor der Kasse, ziehe, ohne zu bezahlen, an der Kasse vorüber (habe heute genug gespendet) und hoffe, dass mich niemand erkennt, wozu ich mir das kleine Schälchen Orangeat vor das Gesicht halte.

Dann backe ich drei Bleche Plätzchen, die verbrennen, während ein sympathischer junger Mann, der Spenden für die Außerirdischen haben will, vor meiner Tür steht. Verbrenne obendrein meine Finger, als ich das Blech mit den schwarz Gerösteten aus dem Ofen ziehe und es erneut läutet. Ich schreie in die Sprechanlage, dass ich heute nichts mehr spende, nicht für die Feen, nicht für die Kobolde, auch nicht für die Gartenzwerge, dass ich nie wieder etwas spende und wenn der junge Mann auf Menschlichkeit oder Großzügigkeit hofft, ist er hier an der falschen Adresse. Ich muss Plätzchen backen, Plätzchen haben höchste Priorität im Leben ... Höre Toms Stimme aus der Sprechanlage: »Weiß nicht, was mit der los ist.« Und Tim hinterher: »Die dreht mal wieder durch.«

»Ihr werdet gleich sehen, was hier los ist«, brülle ich zornig und verbanne meine Kinder ohne Abendessen in die Küche, wo sie die ganze Nacht Plätzchen backen müssen. Ich trinke Glühwein und esse kleine weiße Kuhfladen.

»Wieso trinkst du Glühwein, während wir backen müssen?«, fragt Tim.

»Ich bin eine großartige Schriftstellerin. Großartige Schriftstellerinnen backen nicht«, sage ich voller Inbrunst und Überzeugung.

Meine Kinder rollen stumm Teig aus. Einen nach dem anderen. Teig, Blech, Plätzchen. Ich trinke Glühwein. Da sehe ich aus der Terrassentür, dass Rentier Nummer eins nicht mehr leuchtet. Wo ist das Ersatzrentier?

Noch mehr von diesem vorzüglichen weihnachtlichen Gebräu ... zünde drei Kerzen des Adventskranzes an ... esse Kuhfladen. Das Leben ist schön!

Mein Handy läutet mit dem Klang der Schicksalsmelodie. Es ist Tessa. Sie würde diese einsamen Feiertage nicht ertragen, sagt sie. Sie würde sich von ihrem Balkon stürzen (Tessa hat gar keinen Balkon).

»Wieder diese grauenvollen, deprimierenden Tage ...«, sagt Tessa.

Ich habe vergessen, den Herd auszuschalten. Der Glühwein kocht über.

»Warum gibt es in meinem Leben keine vernünftigen Männer? Und warum bin ich dieses Weihnachten wieder ohne Mann? Warum? Warum? Warum nur?«, lamentiert Tessa.

Ich versuche den eingebrannten Glühwein von der Herdplatte zu wischen, während die Zwillinge kneten, ausrollen, ausstechen, backen …

»Mein Mann betrügt mich mit einer Italienerin«, sage ich.

»Es gibt so viele Frauen, die Männer haben, die sie gar nicht verdienen, nur ich bekomme keinen ab«, sagt Tessa.

»Hä?«, mache ich. »Er betrügt mich mit einer langhaarigen Mailänderin, der er wunderschöne Hochfrisuren auf den Kopf drapiert.«

»Was habe ich verbrochen in diesem Leben, dass es mir nicht gegönnt ist, Mann und Kinder zu haben?«, wehklagt Tessa weiter.

»Mit einem zwanzigjährigen, langbeinigen Model.«

»Wieso hast du einen so guten Mann? Den hast du gar nicht verdient.«

»Hä?«

Irgendetwas riecht komisch, zuerst angenehm, dann weniger … Der Adventskranz brennt. Was weniger gut riecht, ist Happys weißes Fell, das zischt und sich in krause kleine, dunkle Locken wickelt. Lösche mit der Lieblingsdecke meines Mannes Happy und Adventskranz. Der Adventskranz ist zu retten, nur Happy ist mir persönlich etwas zu dunkel für eine weiße Katze.

»Isabelle, bist du noch da?«, fragt Tessa.

»Ja, tut mir leid, dass das mit Thomas nichts geworden ist.«

»Hä?«, macht nun Tessa.

Stunden sind vergangen. Tessa hadert immer noch mit ihrem Leben, den Männern und Weihnachten.

»Keiner will eine Frau, die immer nur Psychoscheiß redet«, sage ich.

»Hä?«, macht Tessa wieder.

»Keiner will gefragt werden, wie er sich auf einer Skala von eins bis zehn fühlt.«

»Hä?«

Habe den Glühwein bis zum letzten Tröpfchen ausgetrunken. Inzwischen ist es früher Morgen, aber immer noch dunkel. Im verschneiten Garten leuchten die Rentiere (minus ein verstorbenes), das Rehlein äst in strahlender Helligkeit unter der maroden Tanne.

Es dämmert, als Jens stark alkoholisiert »Driving Home for Christmas« singend nach Hause kommt.

Ich tobe. Warum singt der auch noch? Kommt seinen häuslichen Pflichten (wackliger Stuhl und Schranktür!) nicht nach, aber vereinigt sich mit schönen Italienerinnen (weihnachtliche Völkervereinigung; genauso wie Bernd mit seiner Friseurin).

»Driving Home for Christmas« jetzt nur noch summend, holt Jens seine Bettdecke aus dem Schlafzimmer (frage mich, warum ich den Überzug heute gewaschen habe) und verschwindet im Keller. Ich rufe hinterher, er solle gleich nach dem Ersatzrentier schauen. Er gibt keine Antwort. Wahrscheinlich hat er mich nicht gehört.

Tessa spricht noch immer aus meinem Telefon. Sie sagt »Hä«, was mich dazu veranlasst, auch »Hä« zu sagen. Unsere weitere Konversation besteht dann letztendlich nur noch aus vielen »Häs«; unterschiedlich konnotiert.

Warum Jens und Tom mit pinkfarbenen Beautycases im Wohnzimmer stehen und warum Happy in einer pinkfarbenen Transportbox an Tims Arm schaukelt, erschließt sich mir nicht. Ebenso sonderbar erscheint mir, als Tim sagt: »Wir verbringen die Weihnachtstage bei Oma Klo« und meine Familie samt der angekokelten Happy sich im Gänsemarsch aufmacht, ins Nachbargrundstück abzuwandern.

Egal. Suche jetzt erst einmal nach dem Ersatzrentier, backe noch einige Bleche Plätzchen, bringe den wackligen Stuhl zum Wertstoffhof, hänge die Schranktür ein und fahre auf dem Rückweg nochmal beim Supermarkt vorbei, um neue Backzutaten zu kaufen …

»Belle? Belle, du musst doch langsam einmal aufwachen.«

Mein Mann sitzt neben mir auf der Couch und rüttelt an meinen Schultern. »Wie lange schläfst du denn schon?«, fragt er. »Die Kinder haben schon mehrmals versucht, dich zu wecken, aber du hast immer nur ›Hä‹ gesagt.«

»Ja, ich weiß auch nicht«, sage ich verwirrt. »Ist die Flasche Glühwein leer?«, frage ich und hebe meinen über die Armlehne der Couch hängenden Kopf leicht an. »Ah, mein Genick! Das tut weh«, stöhne ich.

»Welcher Glühwein?«

»Ach, ich habe geträumt … das ist eine lange Geschichte«, sage ich, während ich meine Gliedmaßen, die in einer sonderbaren Anordnung auf und über der Couch liegen, sortiere. »Wieso bist du eigentlich schon zu Hause?«

»Die letzten beiden Termine sind ausgefallen, da bin ich die Nacht durchgefahren. Irgendwie hast du bei unserem letzten Gespräch so entnervt geklungen. Da wollte ich bei dir sein.«

»Das ist schön«, sage ich und kuschle mich in Jens' Arme.

Ich frage mich gerade, ob man wegen eines Traums ein schlechtes Gewissen haben muss? Ein wenig vielleicht. Werde sicherheitshalber sehr liebevoll zu meinem Mann sein; keine wackligen Stühle, keine Wertstoffhöfe oder aus den Angeln gerissene Schranktüren erwähnen ...

Und Tessa werde ich auch gleich morgen anrufen ... sie zu einer familiären Weihnachtsfeier im kleinen Kreis einladen ... Tessas (zu erwartende) Weihnachtsdramen bereits im Vorfeld ausschließen ... das ist gut ... so mache ich das.

Sonntag, 24. Dezember
Schiefe Tanne

Weihnachtsabend. Ohne Geschenke und ohne selbstgebackene Plätzchen; die weißen Kuhfladen wurden bereits von meinen Kindern heißhungrig verspeist; andere Plätzchen wurden nicht gebacken, da ich nach meinem ersten Dornröschenschlaf nur kurze Zeit am Familienleben teilnahm, mich dann ins Bett legte und einige Tage mit nur wenigen Unterbrechungen verschlief.

Als ich dann meine Schlafstätte verließ, behandelte mich meine Familie mit großer Fürsorge; sie hielten alles, was mich aufregen könnte, fern von mir. Und als ich ihnen von meinen träumerischen Boxkämpfen und Einkaufskapriolen zum Zwecke der Weihnachtsbäckerei erzählte, verboten sie mir, weitere Plätzchen zu backen. Dass einer von ihnen backen hätte können – auf diese Idee kam aber dennoch niemand. Wegen der fehlenden Geschenke waren Tim und Tom sehr verständnisvoll und gaben mir eine großzügige Frist von einem Monat, um dieses Versäumnis nachzuholen.

Jens hat eine schiefe Tanne mit dünnen Ästchen und wenigen Nadeln ins Wohnzimmer gestellt (keine Ahnung, woher man ein solch bemitleidenswertes Geäst bekommt?), und Tim, Tom und Sunny haben diese künstlerisch wertvoll, aber als Weihnachtsbaum nicht identifizierbar, mit Luftschlangen, Girlanden und Luftballons geschmückt, da sie den Christbaumschmuck nicht finden konnten und mich nicht wecken wollten.

Nun sitzen wir eingemummelt in dicke Daunenjacken und Mäntel, warme Decken über unseren Schultern und Knien, auf der überdachten Terrasse. Wie eine Großfamilie; ein lautes Durcheinander an Stimmen und Lachen, während unsere kalten, roten Nasen aus den Kapuzen hervorblitzen und dicke Schneeflocken den Rasen in ein friedliches Weiß einfärben:

Tim und Tom (sehr fröhlich, auch ohne Geschenke), Sunny (sehr verliebt und wegen Felix nicht nach Kanada zu ihren Eltern geflogen) und Felix (sehr verliebt und wegen Sunny nicht nach Bremen zu seinen Eltern geflogen), meine Mutter (erschreckend verträglich) und Bernd (ohne amouröses Abenteuer mit seiner Friseurin, sondern Rückkehr nach drei Stunden mit einem Ringlein, das meine Mutter nun stolz am Ringfinger der linken Hand trägt — hoffe nur, dass das kein Verlobungsring ist!) sowie Tessa und Markus (seit sechs Wochen ein Paar mit guten Zukunftsperspektiven; wären vielleicht lieber allein geblieben, was ich aber aus Angst vor etwaigen Weihnachtsdramen mit Tessa und wegen fehlender Informationen über ihre neuen Lebensumstände ungewollt vereitelt habe). Und natürlich ich (inzwischen wieder frisch und munter).

Alle in gespannter Erwartung, wann es Jens endlich gelingen wird, etwas Gegrilltes auf unsere Teller zu bringen; aber das wird noch dauern; erst einmal muss die Gasflasche ausgewechselt werden ...

Es ist ein wundervoller Abend, wie wir da so sitzen, die Fackeln romantisch flackern (die Lichterketten um das Haus leuchten nicht mehr; vermute, Jens hat sie während meines Dornröschenschlafes mutwillig gekappt), Berge von Gegrilltem nun endlich auf unseren Tellern liegen (fleischlos bei den Kindern und mir), der Glühwein in den

Tassen dampft und duftet (auch in meiner Tasse), Tim und Tom ihre Wiener-Würstchen-im-Spind-Geschichte mit vielen Ausschmückungen erzählen (worin der Hausmeister bei der Mordkommission in München anruft) und alle herzhaft lachen (auch ich).

Und so viele frisch verliebte Paare an unserem Tisch … und mein geliebter Ehemann, der gerade lachend verkohlten Grillkäse vom Rost schabt und meine geliebten, überdrehten Max-und-Moritz-Kinder.

Thomas (verbringt Weihnachten bei seinen Eltern in München) ruft an, wünscht »Schöne Weihnachten«, und wenn man seinen Worten genau lauscht, lässt sich so etwas wie eine Entschuldigung für sein Benehmen auf unserer Lesereise erahnen – oder hineininterpretieren. Das Buch verkauft sich gut, aber es sei noch ein langer Weg auf eine Bestsellerliste, sagt er … Na, dann ist das halt so, denke ich großzügig …

Übrigens erhielten wir vor einigen Tagen auch von Michelle eine fünfseitige! handschriftliche Erklärung zu ihrer überstürzten Abreise (war natürlich genauso, wie ich vermutet habe). Ich habe mich sehr darüber gefreut und sie zu uns eingeladen, wenn sie einmal des Weges ist.

Ja, und nun steht der armselige Weihnachtsbaum hinter der Terrassentür im Halbdunkel des Wohnzimmers und Happy leuchtet weiß und flauschig mit ihrem latent pikierten Gesichtsausdruck daneben. Vielleicht ist es dieser unsägliche Weihnachtsbaum oder all diese geliebten und verliebten Menschen oder es ist der Glühwein (ich vertrage wirklich keinen Glühwein), was mich so sentimental werden lässt, dass mir für einen kurzen Moment glückliche, heiße Tränen in die Augen schießen … Oder bin ich letzten Endes schon wieder eingeschlafen …?

Gabriele Wibmer

Gefühlt war ich ein Panther
Erzählung
ISBN: 978-3-7568-8423-0

Eine schwarze Katze schwelgt in den letzten Stunden ihres er-
füllten Lebens in einer blumigen, fantasievollen, eigenwilligen
Selbstdarstellung. Sie verstrickt ihre Zweibeiner in skurrile Geschichten und lässt damit eine fabelhafte Vergangenheit wieder-
auferstehen.
Eine humorvolle Erzählung, in der sich nicht nur Katzenliebha-
ber schmunzelnd wiederfinden.